Collection
"LIV'en poche"

Cet ouvrage a été réalisé avec le concours de
l'Institut culturel de Bretagne (Skol-Uhel ar Vro)
et du Conseil régional de Bretagne.

N° I.S.B.N. : 2-910781-95-X
N° I.S.S.N. : 1281-6175

Thérèse Séné

Les Batteurs de landes

Tome II

Trahisons

LIV'ÉDITIONS
Carrefour du livre
20, rue de Portz-en-Haie
56320 Le Faouët

Chapitre V

LE CAMP DE GRAND-CHAMP

Morbihan – 1795

Quand un cavalier couvert de poussière et visiblement fourbu se présenta à l'entrée du village de Grand-Champ et demanda à voir Georges Cadoudal, il reçut de la part des factionnaires un accueil distant et plein de méfiance. L'homme était un étranger et n'usait pas du langage habituel pour se faire reconnaître. Pour vaincre les réticences des gardiens du camp, il déclina rapidement ses nom et qualité et leur enjoignit d'annoncer son arrivée. Le ton n'admettant pas la réplique, on courut prévenir Georges.

Presque aussitôt, une exclamation tonitruante retentit d'une maison située au centre du village et qui semblait la plus grande et la mieux gardée. Le nouvel arrivant fut prié d'entrer. On le guida jusqu'à la porte de son hôte. Bras ouverts, sourire éclatant, Georges Cadoudal surgit sur le seuil :

« Kristen ! s'écria-t-il chaleureusement, quelle joie de vous revoir ! Je ne vous espérais plus ! »

Il lui administra sans façon une vigoureuse accolade que Kristen encaissa sans tituber :

« C'est également une joie pour moi, dit-il en souriant à son tour, je suis heureux de constater que vous vous portez bien. »

Il considéra avec sympathie l'homme auquel il devait ce trépidant accueil et trouva Georges singulièrement changé. Le gaillard avait repris du poil de la bête et accusait à vue de nez ses deux cent vingt livres bien pesées. Son impressionnante masse de muscles surmontée d'une tête ronde couverte de boucles blondes n'était pourtant dépourvue ni de charme ni d'aisance, et ses immenses yeux bleus frangés de cils soyeux dégageaient une séduction irrésistible. Fort jeune encore puisque âgé seulement de vingt-quatre ans, il était déjà l'un des chefs les plus écoutés de la Chouannerie morbihannaise. Son autorité et son expérience, de même que son habileté, son courage et son intelligence politique lui valaient une considération sans cesse grandissante. D'aucuns commençaient à voir en lui le futur général en chef de l'armée royaliste.

« Avez-vous voyagé sans malencombre ? s'enquit Cadoudal amicalement, les routes sont si peu sûres de nos jours ! »

Sans attendre la réponse, il se mit à rire de plus belle en secouant Kristen par les épaules.

« Comme vous voilà fait, mon ami ! Un brin de toilette ne sera pas du luxe, je crois. Je vous fais préparer tout ce qu'il faut. Quand vous vous serez rafraîchi, nous mangerons, nous boirons et puis je vous laisserai dormir. Demain, je vous ferai les honneurs du camp. Ensuite, nous aurons à parler.

— Ce programme me convient tout à fait », admit Kristen que la fatigue d'une longue chevauchée commençait à engourdir.

Après s'être abondamment lavé dans un vaste cuveau d'eau chaude mis à sa disposition dans une des pièces de la maison, puis avoir revêtu les vêtements propres que contenait son maigre bagage, Kristen, ragaillardi, alla rejoindre son hôte. Celui-ci l'attendait dans la salle où flambait joyeusement un bon feu de fagots secs. Un autre homme lui tenait compagnie. Dès que ce dernier aperçut Kristen, il laissa éclater une joie sans partage :

« Quelle merveilleuse journée pour moi, mon cher ! dit-il en serrant longuement la main du baron, j'ai peine à y croire. Georges m'avait assuré que vous viendriez, mais cela me paraissait si improbable. Soyez le bienvenu, ami !

— Pierre Mercier ! Vous êtes décidément trop aimable. Votre gentillesse me va droit au cœur.

— C'est bien la moindre des choses après l'hospitalité que vous nous avez réservée à Georges et à moi, dans votre château de Kermoguer. Je me demande encore ce que nous serions devenus sans votre charitable invitation. Vous avez été notre bon Samaritain.

— N'exagérons rien. Le plaisir et l'honneur étaient pour moi. Je vous trouve une mine resplendissante.

— Grand merci, Kristen. Je ne me porte pas trop mal. Mais je vois que vous-même avez bien supporté l'épreuve du voyage.

— Assez de civilités pour aujourd'hui ! coupa Cadoudal, de belle humeur, asseyons-nous et trinquons à l'amitié ! »

Ils prirent place autour d'une table ronde où le couvert avait été dressé. Georges s'empara d'un pichet de vin et en remplit trois gobelets d'étain :

« A votre santé, mes amis ! Pour notre Dieu, notre pays et notre roi ! »

Ils levèrent ensemble leur gobelet et burent à longues goulées.

« Je ne vous ai pas demandé, Georges, si vous aviez des nouvelles des vôtres, reprit le baron au bout d'un instant, en reposant son gobelet.

— Hélas non, avoua l'Alréen, le visage assombri. Pour l'heure, ni mon père, ni mon frère Julien n'ont été libérés et j'ai peur du traitement qu'on leur a fait subir après notre évasion. Les cachots de Fort-la-Loi n'ont pas pour vertu de vous garder longtemps en vie. Ma pauvre mère, comme vous le savez, n'y a pas résisté, pas plus que l'enfant qu'elle y a mis au monde, ni que mon cher oncle Denis. Mon plus gros chagrin, voyez-vous, est d'avoir entraîné ma famille dans cette cruelle aventure. Croyez-moi, jamais un homme n'aura payé un aussi lourd tribut à la cause qu'il défend. J'en demande chaque jour miséricorde à Dieu. »

Une larme affleura sous ses longs cils soyeux. Cadoudal se tut. La perte de sa mère avait infligé au colosse une douleur dont il ne guérissait pas.

« Dieu merci, reprit le baron après un silence empreint d'émotion, vous vous êtes échappés tous les deux et vous voilà de nouveau à pied d'œuvre. »

Cadoudal lui décerna un pâle sourire :

« Et la meilleure nuit que nous ayons passée après ces longs mois de détention affreuse, c'est vous, baron, qui nous l'avez offerte.

— Ma foi, ce fut surtout le fait du hasard. Je ne vous connaissais que de nom et ne m'attendais pas à vous rencontrer de sitôt par chez nous. Si Maunoir n'était passé par là, je ne vous aurais jamais trouvés.

— Oui, c'est Maunoir qui nous a dénichés dans cette triste auberge où nous avions échoué à Pont-de-Buis ! renchérit Mercier, trop heureux de pouvoir égayer le ton de la conversation. Comment s'appelait-elle déjà ?

— L'*Auberge de la Douffine*. Nous y comptons heureusement quelques amis.

— En tout cas, nous avons eu de la chance.

Et que devient ce cher Maunoir ?

— Il garde la maison ! »

Les trois amis échangèrent un sourire détendu, puis, le cœur plus léger, attaquèrent de bel appétit la soupe de pain et le lard bouilli qu'on avait entre-temps disposés devant eux. Après avoir arrosé le tout de deux ou trois gobelets bien remplis, ils se sentirent beaucoup mieux. Le feu, constamment alimenté de grosses bûches, dégageait une chaleur douceâtre et parfumée qui ajoutait à la griserie du vin. La salle respirait le bien-être tranquille des intérieurs campagnards. Meublée de châtaignier et de chêne massif, elle contenait tout ce qu'il fallait pour satisfaire aux besoins d'une famille aisée. Par une petite fenêtre profondément encaissée dans l'épaisseur du mur filtraient les dernières lueurs du jour.

Kristen s'étira en réprimant un bâillement :

« Pardonnez-moi, fit-il, un peu confus, cette course m'a éreinté.

— Comme je vous comprends ! Mais dites-moi, observa Georges, je n'ai pas reconnu Falco, votre cheval préféré. Vous ne l'avez donc plus ?

— Si fait, mais j'ai la faiblesse de lui être trop attaché et je ne veux pas l'exposer au danger d'une blessure. Aussi l'ai-je laissé aux soins de Maunoir qui le montera régulièrement jusqu'à mon retour. Il m'est arrivé, cependant, de regretter plusieurs fois ma décision en chemin, car son compagnon d'écurie ne le vaut pas.

— Et vos reins, à présent, vous en font le cuisant reproche, pas vrai ? Si vous souhaitez vous retirer, baron, je ne vous retiens pas. Pour cette nuit, vous dormirez ici. Plus tard, nous vous trouverons un petit gîte pour que vous y soyez tranquille. J'imagine que vous ne détesterez pas un peu d'indépendance, pour le cas où quelque fortune de guerre viendrait à se présenter. Ce sont des choses qui arrivent, vous savez... »

Cadoudal ponctua son allusion d'un rire doucereux :

« Nous ne sommes pas des moines soldats, baron. Demandez donc à Mercier ce qu'il en pense. »

L'intéressé se mit à rire franchement :

« A Mercier ou à d'autres, mon cher Georges, car je ne prétends pas détenir la palme du libertinage. Tout le monde n'a pas la chance, comme toi, d'être fiancé à ma sœur Lucrèce qui règne sur ton cœur depuis plus de deux ans. Il n'y a pas grand mérite à être fidèle dans ce cas-là.

— Eh oui ! Je suis fidèle à Lucrèce ! admit Cadoudal dans un soupir factice, et voilà pourquoi la vertu m'est si légère à porter, mais ce n'est peut-être pas le cas de notre montagnard.

— Ai-je rêvé, repartit Kristen que la plaisanterie amusait, ou bien y a-t-il réellement beaucoup de femmes dans ce camp ?

— Grand-Champ n'est pas un village différent des autres, et les femmes y tiennent effectivement une grande place. Certaines sont même engagées dans la guerre tout autant que nous pouvons l'être. Je les nomme affectueusement mes « chouannettes » pour valoriser leur dévouement. Le courage des femmes est une chose étonnante, vous savez. On les croit vulnérables, mais en réalité... »

A ces mots, les traits de Kristen laissèrent transparaître une gravité pensive. Cadoudal s'en aperçut aussitôt et, sous le regard pénétrant du chef alréen, le gentilhomme sentit la confusion le gagner.

Mécontent de s'être dévoilé, il chercha hâtivement un biais assez adroit pour s'épargner le ridicule d'une confession incongrue. Comment aurait-il pu avouer à Cadoudal que l'éloge du courage des « chouannettes » de Grand-Champ venait de lui rappeler celui d'une jeune montagnarde dont il était sans nouvelles depuis bientôt un an ?

« Quelque chose ne va pas, baron ? » insista Cadoudal sans le lâcher des yeux.

Kermoguer se jeta à l'eau :

« Avez-vous quelque souvenance du cas de ce jeune messager dont je vous ai entretenu lors de votre séjour chez moi et pour lequel j'espérais le concours de vos amis d'Auray ?

— Oui da ! je ne l'ai pas oublié, et sitôt rentré à Grand-Champ je m'en suis immédiatement occupé. Hélas, il n'était plus temps. Le jeune garçon a été guillotiné à Pontivy pendant ma détention à Brest ; vraisemblablement en juillet 94. D'après ce que j'ai pu savoir, il aurait fait partie de ces transfèrements organisés de temps en temps pour désengorger la prison d'Auray. Les détenus sont ainsi dirigés tantôt sur Vannes, Lorient ou encore sur Pontivy. Ils n'y font en général qu'un très bref passage, ce qui ne facilite pas les recherches de ceux qui veulent les retrouver.

— Ah ? Bien ! fit sobrement Kristen, désappointé.

— Vous aviez de l'affection pour ce garçon ? Vous paraissez peiné.

— Il n'avait que dix-sept ans... C'était un petit paysan de chez moi.

— Mon cher, c'est là monnaie courante depuis deux ans ici. Sans vouloir mésestimer vos efforts, dans votre vieille Montagne finistérienne, vous ne vivez pas la guerre comme nous la vivons quotidiennement chez nous. Il y a dans ce camp des garçons plus jeunes encore que votre messager et qui vont au feu presque chaque semaine. Pas plus tard qu'hier, on m'en a ramené deux qui ne fêteront jamais plus leur anniversaire.

— N'est-ce pas pour m'enseigner cela que vous m'avez fait venir ? riposta Kristen avec une pointe de raideur.

— Et pour d'autres raisons encore. Il se trame des choses qui ne me plaisent pas. On parle trop de paix sans en préciser le prix. Boishardy se laisse cajoler et je crois bien qu'il a tort. Depuis l'arrivée de ce Lazare Hoche à la tête de l'armée des Côtes, il y a de la pacification dans l'air. Bon nombre de chefs chouans seraient, paraît-il, tentés de pactiser. Voilà pourquoi j'ai pensé à vous, mais nous reparlerons de cela plus tard. Allez donc vous reposer. Je suis décidément un hôte bien fatigant. »

Kristen esquissa un sourire et s'apprêta à se retirer, quand Georges, résolument en verve, crut bon d'ajouter :

« Le jeune Tugdual Kreïs avait une sœur, n'est-ce pas ? Il vous intéresserait peut-être de savoir qu'elle est ici ? »

Kermoguer sursauta et la surprise se lut si visiblement sur son visage que Cadoudal partit d'un grand rire :

« Le monde est petit, non ? Vous étiez probablement à cent lieues de vous douter ! Nolwen nous a rejoints voilà presque un an, et par Dieu je m'en félicite !

— Vraiment ? C'est une de vos « chouannettes » ?

— Nous vous y trompez pas, baron. Celle-là est d'une espèce à part. Ici, on l'appelle le Bosco, à cause du foulard qu'elle noue sur ses cheveux comme un matelot. Elle a fait ses premières armes à Bignan chez Guillemot et, depuis, nous la considérons tous comme un soldat.

— Où puis-je la trouver ? Avec votre permission, j'aimerais la saluer.

— Jamais bien loin de moi. Regardez donc dehors. »

Cadoudal ouvrit lui-même la porte, et, par discrétion, laissa Kristen sortir seul. Dehors, la nuit commençait à estomper les formes et à noyer dans un brouillard bleuté la rue principale du village. Depuis le seuil, Kristen explora le voisinage à la recherche du chiffon crasseux dont la vision récurrente avait surgi devant ses yeux. Il ne vit rien tout d'abord qui pût y ressembler, puis son regard accrocha par hasard une ombre ratatinée qui, sur la marche d'une maison voisine, semblait plongée dans la contemplation d'un objet imprécis. Perplexe, Kristen mit plusieurs secondes à se convaincre qu'il s'agissait de Nolwen. Elle ne bougeait pas plus qu'une branche morte, et seules ses mains remuaient doucement. Quand il fut près d'elle, il constata qu'elle était assise, les jambes croisées, dans la posture des tailleurs, et qu'elle nettoyait une arme dans laquelle il crut reconnaître le pistolet de Maunoir. Elle leva à peine le menton, mais dès qu'il entrevit sa figure à contre-jour, il ressentit comme un choc. C'était bien Nolwen qu'il avait devant lui, mais en même temps, elle paraissait tout autre, transformée, différente, tel un portrait infidèle au modèle qui l'aurait inspiré. Ses traits n'avaient pas changé, et pourtant ils ne rappelaient plus que de loin la paysanne aux joues rondes de Kerambraz. Le malheur lui avait sculpté un visage de pietà aux lignes pures et tragiques dont le relief affiné lui conférait une grâce émouvante. La gravité poignante de ses yeux les faisait paraître immenses dans l'écrin velouté de leurs épais cils bruns. Ses cheveux, sagement dissimulés sous un foulard discret, laissaient tout juste dépasser une mèche rebelle à la lisière d'un front délicatement bombé. Elle donnait l'impression d'avoir beaucoup vieilli sans avoir pris cependant la moindre ride, comme si ce vieillissement ne s'était opéré que de l'intérieur et sur ce qu'il y avait de plus vivant en elle. Ses doigts s'affairaient avec précaution sur les pièces de l'arme qu'elle avait démontée et gratifiaient chacune d'elle d'un traitement appliqué dans lequel on ne retrouvait rien de sa brusquerie d'antan.

« Je savais que vous étiez là, dit-elle d'une voix sourde, sans le regarder, je vous ai vu arriver...

— Pourquoi ne vous êtes-vous pas montrée ? »

Elle ne répondit pas.

« Cadoudal m'a dit pour votre frère... » avança-t-il sans assurance.

Elle l'interrompit d'un geste. Il s'inclina pour indiquer qu'il comprenait et respectait son désir de silence.

« Ainsi, vous êtes restée chez les Morbihannais ?

— Rien ne m'appelait plus ailleurs.

— Vous y êtes appréciée, semble-t-il. On m'a dit grand bien de vous.

— Cadoudal est très indulgent. »

Il sentit que la conversation ne dépasserait pas ces quelques platitudes et que Nolwen n'était pas disposée à l'entretenir. Il n'insista pas.

« Je vous verrai plus tard », dit-il en prenant congé.

Et là-dessus, il s'en retourna vers la maison de Georges.

*
* *

Moins d'une semaine après l'arrivée de Kristen à Grand-Champ, le célèbre camp retranché royaliste vit affluer chez lui tout ce que la Chouannerie morbihannaise comptait de chefs parmi les plus fameux. Le conseil royaliste se réunissait ce jour-là autour de Georges Cadoudal et du chevalier de Silz pour examiner les effets de la propagande de paix lancée par Hoche (avec quelque succès déjà dans les Côtes-du-Nord), mettant dangereusement en péril l'unité de l'insurrection. Si l'attitude trop conciliante de Boishardy à cet égard soulevait bien des controverses, chacun s'accordait à reconnaître que la guerre commençait à lasser, même si le « chouannage » morbihannais fonctionnait à merveille.

Malgré certains coups d'éclat retentissants, malgré le soutien d'une large partie de la population et l'augmentation croissante de ses troupes, le conseil morbihannais avait durement ressenti l'annonce du traité de La Jaunaye, signé le 17 février précédent par le général de Charette, l'un des chefs historiques du soulèvement vendéen. Celui qui, depuis la tragique épopée de la Virée de Galerne, incarnait aux yeux de tous la résistance intraitable, la fidélité aux princes et l'héroïsme d'un peuple martyr, avait porté un coup terrible au moral de ses amis bretons en mettant bas les armes. Si d'aucuns prédisaient aigrement qu'il s'en mordrait les doigts, d'autres, comme Boishardy, inclinaient déjà à l'imiter en rêvant d'une paix durable et satisfaisante pour tous. Comme, dans le même temps, la politique innovée par le nouveau gouvernement depuis la chute de Robespierre marquait ostensiblement une volonté d'assouplissement, et qu'elle était servie par de fins négociateurs, l'idée d'une trêve commençait à faire son chemin, au grand dam de Cadoudal, Guillemot, Saint-Régent et autres irréductibles Bretons.

Au début de ce mois de mars 1795, la conférence de Grand-Champ se présentait donc comme un carrefour important que Cadoudal tenait résolument à placer sous le double signe de l'union et de la cohésion. Les tentatives de séduction adverses, qui, ici et là, ébranlaient les convictions les mieux établies, lui paraissaient dans l'immédiat une menace autrement plus pernicieuse que la présence de la troupe en territoire chouan. Le chevalier de Silz devait présider cette réunion, ce qui n'était pas pour rassurer pleinement le chef alréen. Depuis quelque temps, de Silz manifestait des penchants pacifistes.

Quand tous pénétrèrent dans la salle où devait siéger le conseil, Kristen les dévisagea l'un après l'autre après avoir entendu leurs noms. Il y avait là des personnages déjà presque légendaires, des insurgés de la première heure, des chefs de paroisse illustres, des aristocrates de renom. Tous arboraient le sacré-cœur rouge et l'écharpe blanche, qui sur un grossier paletot de laine, qui sur les vestiges d'un ancien uniforme des régiments royaux, qui sur une élégante veste de velours fin sous laquelle rutilait une chaîne de montre en or. Ils se saluaient amicalement, avec un degré de familiarité qui variait de l'un à l'autre. Leurs visages étaient graves sans être solennels. Chacun prit place çà et là, et Kristen nota au passage que les affinités se retrouvaient dans le choix du voisinage. En raison de l'affluence, on laissa la porte ouverte et une dizaine de chouans, parmi lesquels Nolwen, se mirent en faction devant le seuil.

De Silz prit la parole le premier. Son préambule se voulut rassurant quant à la prédominance du parti royaliste en Bretagne :

« Nous sommes les maîtres, assura-t-il d'entrée de jeu. Nous tenons les voies de communication, les villes, les bourgs, les places. Notre réseau de correspondance nous pourvoit régulièrement de munitions, équipements, fonds divers et même faux assignats. Nous enrôlons de plus en plus de déserteurs. Les émigrés rentrent et nous rejoignent. Les princes nous soutiennent. On nous reconnaît désormais le titre de belligérants, car nous sommes la grande armée catholique de Bretagne. »

Cette proclamation un tantinet emphatique n'eut pas sur l'assistance l'effet qu'il espérait. Chacun savait pertinemment ce qu'il en était et la conférence de base de Grand-Champ avait une autre vocation que de dresser un bilan notoirement connu. On attendit donc la suite avec intérêt, sachant qu'elle contenait le véritable objet de la réunion.

« Le moment est donc venu pour nous de nous interroger sur l'avenir de notre mouvement, poursuivit de Silz en embrassant l'assemblée du regard. Devons-nous poursuivre cette guerre, maintenir le pays en armes avec tout ce que cela comporte de troubles et de désordres, ou bien pouvons-nous désormais envisager une négociation équitable de nos conditions de paix ? Nous avons atteint la plupart de nos buts. La nation ne conteste plus notre qualité d'interlocuteurs. La guerre ne peut durer éternellement, même si son utilité n'est plus à démontrer. Elle nous a permis de préparer le terrain. A nous de reconstruire, maintenant. »

Cadoudal réagit vivement :

« La paix, de Silz ? La paix pour qui ? En sommes-nous demandeurs ? Pas que je sache ! Faut-il faire la part belle à nos persécuteurs ? Gageriez-vous notre avenir sur la bonne foi d'un serment républicain ? Quant à moi, je maintiens qu'il n'y a rien à négocier sinon le retrait total des troupes du gouvernement ! La

Bretagne n'est pas à prendre, elle se donne !

— Georges, je suis bien d'accord, mais je le répète, il faut songer à l'avenir.

— L'avenir, c'est la restauration des franchises et libertés de Bretagne, c'est le rétablissement de notre parlement dans ses droits, c'est la reconnaissance de notre autonomie telle qu'elle fut définie dans le traité d'alliance, et cela ne peut se faire que par la volonté légitime du souverain. Le retour à la monarchie est la seule garantie que nous ayons à cet égard. »

Plusieurs membres du conseil encensèrent vigoureusement. La réplique de Cadoudal résumait ce qu'ils pensaient. Ils ne se battaient pour le roi que dans cet esprit, parce que seule la monarchie pouvait leur rendre ce qu'ils avaient perdu. D'autres évitaient de manifester une quelconque opinion et observaient avec curiosité la tournure des débats.

« Je reviens de Bréhand où j'ai rencontré Boishardy, ainsi que Frotté, Bellefonds, d'Urville, Tinténiac et d'Andigné. Cormatin s'y trouvait également, de retour d'Angleterre, sur ordre de Puisaye. »

De Silz laissa planer un silence énigmatique avant de reprendre :

« Vous m'accorderez que ce ne sont pas là de vains noms et que la réputation de ces hommes les place au-dessus de toute suspicion. Il ne viendrait pas à l'idée de leur prêter quelque travers de lâcheté, de duplicité ou d'inconséquence.

— A voir... pour d'aucuns... grommela Cadoudal, méfiant.

— Nous avons échangé des idées fort intéressantes. Cormatin tient pour la paix et il est prêt à tout pour en obtenir une honnête négociation. Il a déjà rencontré le général Hoche à ce sujet, lequel l'a, paraît-il, courtoisement reçu et très poliment écouté. Croyez-moi, messieurs, Lazare Hoche est l'homme de la situation. Ayant eu lui-même à pâtir de la Terreur, cela l'a rendu indulgent et compréhensif. Écoutons au moins ce qu'il a à proposer. Ensuite, nous nous déterminerons.

— Ça par exemple ! explosa Cadoudal en abattant sa large main sur la table de conférence, mais au nom de quelle légitimité ce Cormatin s'instaure-t-il le plénipotentiaire de la Chouannerie ? Qui l'a jamais chargé de parler pour nous ? De quoi se mêle-t-il, ce Parisien vaniteux ?

— Puisaye lui a donné les pleins pouvoirs ainsi que le grade de major général.

— Mais je ne reconnais pas davantage à Puisaye une autorité supérieure en la matière. Il s'est institué lui-même général en chef de l'armée catholique et royale de Bretagne sans avoir consulté personne. Il ne faudrait pas qu'il s'imagine être vraiment ce qu'il prétend. J'ai été l'un des premiers à me rallier à lui avec Mercier la Vendée, les frères Jan ici présents, ainsi que vous, de Silz, et bon nombre des membres de cette assemblée, parce que j'ai cru voir en lui le digne successeur de La Rouërie. Au début, il a su faire preuve d'une incontestable efficacité, et je n'oublie pas que nous lui devons la prise de Grand-Champ. Mais aujourd'hui, je m'étonne de ses incohérences. Voilà un homme qui, il n'y a pas trois mois, nous annonce qu'il passe en Angleterre pour travailler au débarquement allié, et nous apprenons que, dans le même temps, il délègue un obscur aventurier auprès des républicains pour parler d'accords de paix au nom de la Chouannerie ! Qu'est-ce que cette farce ? Pour ma part, je dénie à quiconque le droit de s'exprimer en mes lieu et place et je conteste violemment cette usurpation de pouvoir. Sachez-le dès maintenant, quels que soient les engagements pris par ce pantin, je n'en respecterai aucun !

— Attendez au moins d'en savoir plus long avant de vous emporter. Vous serez peut-être surpris. Si Cormatin n'était qu'un pantin, comme vous dites, croyez-vous qu'il aurait l'oreille de Boishardy, de Frotté ou de Tinténiac ?

— Surpris, je le suis déjà, quant à Boishardy, il fait ce qu'il veut de son oreille mais je le trouve bien imprudent, ces derniers temps. J'attends sous très peu le passage de Tinténiac par Grand-Champ, j'en aurai pour lors le cœur net. Quant à Frotté, je ne le connais pas personnellement, mais la Normandie n'est pas intéressée aux mêmes chefs que la Bretagne à la restauration monarchique. Elle ne défend pas les mêmes idéaux. »

Les reparties de Cadoudal suscitaient des réactions plus ou moins houleuses au sein du conseil. Son bon sens paysan, sa probité notoire et son franc parler lui valaient d'inconditionnelles sympathies, mais les arguments de De Silz touchaient aussi un auditoire réceptif. Pour certains, la paix n'était plus tout à fait synonyme de compromission. Deux années de guerre, cela commençait à faire long, et si l'exemple des Côtes-du-Nord mettait en évidence le bon vouloir des deux bords, pourquoi ne pas adopter une politique identique dans le Morbihan ?

« Quoi qu'il en soit, relança de Silz au bout d'un moment, nous ne pourrons pas éluder longtemps le projet d'une conférence plénière réunissant les représentants des deux partis. C'est inéluctable. Nous nous devons au moins d'en accepter le principe. Il n'y a rien d'infamant dans le fait de consentir à s'asseoir à une même table pour discuter. Si c'est un échec, tant pis. Nous conserverons notre liberté de refus. »

Cadoudal haussa les épaules d'un air désabusé :

« Et le débarquement pour lequel nous œuvrons depuis si longtemps ? Faut-il l'inscrire aussi à l'ordre du jour de votre conférence plénière ?

— Le dessein n'en est pas abandonné. Puisaye y croit encore et le comte d'Artois nous y aidera.

— S'il ne doit servir qu'à ramener les émigrés chez nous, nous serons les premiers à leur interdire l'accès de nos côtes ! »

Après avoir approuvé hautement la réponse de Cadoudal, Lantivy réclama la parole :

« Si j'ai bien compris, dit-il en s'adressant à de Silz, nous devons tacitement admettre l'idée d'une discussion, sans pour autant renoncer à poursuivre la guerre pour le cas où la discussion se solderait par un échec. En somme, il nous faut, d'un côté, préparer la conférence, et de l'autre, le débarquement. Ce que votre démonstration oublie de préciser, c'est ce qui risque de se passer si les pourparlers aboutissent. Il m'étonnerait fort que les parlementaires républicains s'engagent à rétablir le roi. Après quoi, qui devrons-nous servir et que deviendront les princes avec leur armada anglaise ? N'y a-t-il pas là-dedans quelque chose qui vous choque, chevalier ?

— Présentée sous cet angle, comte de Lantivy, votre analyse ne manque pas d'ambiguïté. Mais c'est aussi parler dans l'ignorance des clauses du traité à venir. S'il doit avoir lieu, nous y serons, aussi bien vous que moi, et nous ne sommes pas hommes à laisser signer n'importe quoi. Laissons faire les choses et nous verrons bien. Le principal est de montrer notre bonne composition. Prendre part à une conférence de la paix, c'est aussi prouver que notre cause est noble et qu'elle est économe du sang de ses défenseurs.

— Belle formule ! riposta Lantivy, légèrement railleur, et selon vous, quand cette conférence devrait-elle intervenir ? Vous devez bien avoir votre idée là-dessus ?

— Probablement courant avril... »

Cadoudal sursauta violemment :

« Voilà qui est parfait ! lâcha-t-il avec aigreur, et bravo pour la consultation ! Nous sommes mis devant le fait accompli.

— C'est précisément pour solliciter tous les avis que nous nous sommes réunis ce jourd'hui. J'entends que chacun s'exprime en son âme et conscience, pour ou contre la conférence.

— Mettez cela aux voix, de Silz.

— C'est bien mon intention. »

De Silz invita chacun des membres du conseil à exprimer son opinion, et contrairement à ce que prévoyait Cadoudal, une tendance favorable à la paix se dessina très vite parmi les chefs chouans. D'aucuns, pour s'en justifier, alléguèrent la lassitude des habitants des paroisses de leur secteur. D'autres ne cachèrent pas qu'il leur tardait de retrouver une existence normale auprès de leur famille. Une minorité, enfin, admit que l'exemple de Boishardy leur avait donné à réfléchir, et que pendant qu'eux guerroyaient encore, lui avait recouvré la totalité de ses biens. Le noyau dur du conseil, quant à lui, rejeta en bloc la motion de De Silz. Ces hommes avaient fait une fois pour toutes le sacrifice de leur tranquillité et de leur bien-être pour la cause qu'ils servaient et n'entendaient revenir là-dessus. Les offres de paix républicaines, à leur sens, n'étaient qu'un leurre, une supercherie, et pour ceux qui, comme Cadoudal, avaient vu mourir plusieurs de leurs proches, c'était aussi une trahison vis-à-vis de leurs morts.

Le scrutin verbal se déroula dans un climat de tension extrême. Jamais le conseil morbihannais n'était apparu si divisé. Les plus impulsifs menacèrent plusieurs fois d'en venir aux mains et les chouans qui gardaient la porte durent intervenir avec fermeté pour éviter le pugilat. Cadoudal, de sa voix de stentor, exhortait tout le monde au calme en criant plus fort que les autres. Guillemot, qui s'était approché de lui, observait la scène d'un air goguenard. Le Roi de Bignan trouvait manifestement cocasse le spectacle de ces débordements. Quant à lui, son opinion était faite depuis fort longtemps, et ce n'était pas l'éloquence distinguée d'un de Silz qui l'en ferait changer.

Lorsque le désordre cessa peu à peu et que chacun eut recouvré son sang-froid, on procéda au décompte des voix, avec l'aide des abbés Boutouillic et Guillevic faisant office d'assesseurs. Une majorité très nette s'était prononcée pour un cessez-le-feu. La mort dans l'âme, Cadoudal s'inclina sans promettre pour autant de se conformer scrupuleusement à cette décision. Il se déclara au contraire libre de toute servitude et seul juge de la conduite qu'il adopterait par la suite. Ceux qui avaient voté contre la proposition de De Silz l'applaudirent chaudement.

« Nous avons toujours fait ainsi, appuya Guillemot, parce que c'est nous qui voyons ce qui se passe dans nos cantons, et nous n'avons pas attendu les ordres d'un Puisaye ni les singeries d'un Cormatin pour savoir où était notre devoir. Par Dieu ! si la Chouannerie existe et si elle fait peur, c'est bien grâce à nous ! »

Sur ce, avisant Nolwen qui lui souriait de loin, il lui décocha un clin d'œil jovial avant d'ajouter :

« Pas vrai, Bosco ? »

Elle lui répondit par un geste familier.

« En tout cas, renchérit-il sur le même ton, s'il venait à Georges l'idée saugrenue de se passer de toi, tu peux revenir à Bignan quand tu veux. Tu y seras la bienvenue !

— Pas question ! trancha Cadoudal, rubicond, celle-là je me la garde ! Quand les vrais amis se font rares, ceux qui restent n'en deviennent que plus précieux ! »

Ceux qui se sentirent visés dirigèrent vers Nolwen un regard oblique, mais personne ne broncha. Il était déconseillé de s'en prendre au Bosco en présence de Cadoudal, de Guillemot et de bien d'autres encore qui l'estimaient profondément. A cette occasion, Kristen fut secrètement étonné de constater la popularité dont semblait jouir la sœur du messager auprès des membres du conseil morbihannais. Elle paraissait parfaitement à l'aise au milieu d'eux, et d'aucuns – comme Guillemot à l'instant – ne cachaient pas la vive sympathie qu'ils éprouvaient pour elle. Comment, en l'espace d'une année, avait-elle fait pour les connaître tous et s'imposer à eux de cette manière ? Plus il la regardait et plus elle le surprenait par la maîtrise et le sérieux avec lesquels elle assurait sa part du service d'ordre. Et il ne s'étonnait pas moins de la voir sourire aux uns et aux autres, elle qui, jadis, offrait si rarement un aspect gracieux de sa personne.

Cependant, l'assemblée, après s'être véhémentement affrontée sur le sujet de la conférence, en était maintenant à développer les derniers événements d'une guerre qui, malgré tout, ne voulait pas finir. L'attaque de Guéméné, menée avec brio par Mercier, Du Chélas et Jean Jan contre trois cents grenadiers, la saisie de deux pièces de canon et de nombreux prisonniers bleus provoquèrent de vives acclamations. Une victoire identique, remportée par Boishardy à Jugon, fut également saluée avec éloges. On énuméra ensuite tous les exploits dont la Chouannerie pouvait s'enorgueillir : prises de guerre importantes, fructueuses retombées d'une propagande astucieuse visant à encourager la désertion, désorganisation totale des équipages de l'armée, augmentation du nombre de camps retranchés, abondance des subsides en provenance d'Angleterre grâce aux passeurs, affection inaltérable de la population envers le jeune dauphin Louis. Puis chaque chef présenta son rapport personnel sur le secteur de son ressort. En dépit de quelques épisodes malheureux, l'aveu de quelques pertes, l'annonce de quelques morts, l'action des uns et des autres se révélait positive dans l'ensemble, et le conseil s'en déclara satisfait.

Les débats s'éternisèrent jusqu'à une heure assez avancée de la soirée. Ensuite de quoi, ayant fait le tour de tout ce qu'il y avait à dire, on s'achemina civilement vers le terme de la réunion en échangeant salutations et hommages, jusqu'à ce que les premiers partants se répandissent au-dehors. Différentes escortes patientaient dans la rue et fraternisaient entre elles en attendant la sortie du chef qu'elles avaient accompagné. Un attroupement insolite d'hommes en armes encombrait ainsi les abords de la maison de Cadoudal, devisant, riant, chahutant et créant de la sorte une ambiance de kermesse à l'intérieur du camp. Des villageoises émoustillées les gratifiaient en passant de leurs espiègleries. Les provisions de bouche circulaient d'un groupe à un autre, de même que les chopines et les fioles. On tuait le temps comme on pouvait en compagnie de vieux amis, en faisant des connaissances, en commentant des nouvelles qui ne figuraient pas à l'ordre du jour de la réunion du conseil. Plus loin, des chevaux piaffaient sans conviction. Peu à peu, les escortes se reconstituèrent et, en bon ordre, s'étirèrent vers la sortie du village entre deux haies de sentinelles. La place se vida graduellement.

« Oh ! Pierre ! lança Cadoudal à Guillemot, tu ne restes pas souper ?

— Bah ! répondit le Roi de Bignan, j'ai à faire et cette réunion n'a que trop duré. Perte de temps que tout cela... perte de temps... C'est pourtant pas le travail qui manque. Je file, Georges ! A une prochaine fois ! Salut Bosco ! »

L'incorrigible paysan pirouetta sur ses talons, et, avec une mimique burlesque, rameuta sa poignée de compagnons avant de faire voile sur son royaume. Dans le concert des opinions bruyamment comparées, il n'avait pas jugé utile de révéler que, depuis peu, toute sa famille avait été arrêtée, emprisonnée, sa ferme saccagée et ses biens saisis. Pierre Guillemot, avec le sens de la décence qui caractérise les hommes de sa trempe, tirait un voile pudique sur tout ce qui concernait ses soucis personnels.

Parmi les chefs chouans composant le conseil royaliste, tous ne repartirent pas. Grand-Champ était aussi le siège officiel de ce conseil, et chacun pouvait y séjourner à son gré. Julien Berthelot, les deux abbés, les frères Jan et Lantivy furent de ceux qui restèrent. Dès que les mouvements de foule se furent un peu dissipés, le comte de Lantivy s'adressa familièrement à Georges :

« J'ai le plus pressant besoin de me changer les idées, fit-il avec un clin d'œil égrillard, puis-je, pour ce faire, disposer des commodités habituelles ?

— Vous trouverez votre logement prêt, mon cher comte, quant à ce qui en fait le charme, je parierais qu'il vous y attend déjà.

— Comment est-elle, cette chère Béatrice ?

— Dans les meilleures dispositions du monde, si j'en juge par la manière dont elle montait fougueusement son cheval ce matin.

— Voici qui m'ouvre bien des perspectives quant à l'ardeur de ses reins... »

Cadoudal émit une sorte de gloussement :

« Serez-vous néanmoins des nôtres à dîner ?

— Mais comment donc ! Songez à l'appétit qui me sera venu entre-temps ! »

Lantivy s'éloigna d'un pas guilleret. On l'entendit même siffloter l'air approximatif d'une chanson paillarde qui dénotait un goût curieux pour la chose musicale, mais qui en disait long sur d'autres de ses goûts.

Pendant ce temps, les deux abbés avaient réintégré la petite cure qui jouxtait l'église de Grand-Champ, où la vieille bonne de l'ancien recteur leur mitonnait d'excellents petits plats. Jean et Mathurin Jan s'étaient engouffrés quant à eux dans le ventre enfumé d'une sombre gargote qui servait à toute heure du jour et de la nuit des chopes de cidre et de piquette. Julien Berthelot enfin, en vétéran des lieux, effectuait son inspection rituelle tout en distribuant à la ronde de vigoureuses poignées de main. La garde de Cadoudal s'était dispersée, elle aussi, car les hommes avaient soif. Il ne restait plus devant la maison de celui-ci que Mercier, Kermoguer, Nolwen et lui-même.

« Eh bien, baron ! fit l'homme de Kerléano, que pensez-vous de tout ceci ?

— Ma foi, répondit Kristen, il me semble que je tombe en un singulier moment. Certes, je ne m'attendais pas, en venant ici, à entendre parler de paix. Je croyais au contraire qu'on me demanderait de préparer le soulèvement du Finistère.

— Mais c'est bien ce que je vous demande, Kristen. Je vous le disais l'autre soir, la pacification est dans l'air, mais je n'aime pas la tournure qu'elle prend. Je subodorais depuis plusieurs semaines qu'on méditait un coup aussi stupide que l'organisation de cette conférence. Je ne crois pas une seconde à sa réussite, non parce que je ne souhaite pas la paix, mais parce que l'affaire est trop mal engagée et nos intérêts trop mal défendus. Pour l'instant, je veux préserver nos arrières, et, en cas de malheur, pouvoir compter sur d'autres forces que celles qu'on aura bâillonnées. C'est pourquoi je vous ai appelé. Et c'est pourquoi je vous prie instamment de demeurer auprès de nous jusqu'à l'issue des pourparlers.

— La chose est entendue, Georges, mais aussi longtemps que je séjournerai à Grand-Champ, je ne veux pas rester les bras croisés. Vos combats sont aussi les miens. Je tiens à y prendre part.

— Cela va de soi. Je ne vous ferai pas l'affront de vous laisser de côté. Pour l'heure, le mieux que vous ayez à faire est de visiter votre nouvelle résidence. Vous n'avez pas encore eu le temps d'en faire le grand tour. Nolwen vous la montrera. Mercier et moi nous avons du travail de correspondance à terminer. Nous nous reverrons à l'heure du dîner. »

L'interpellée accepta la mission sans sourciller, et, sitôt Cadoudal et Mercier rentrés, entraîna Kristen dans une visite du camp.

Elle lui montra successivement le bâtiment renfermant les réserves de munitions ; celui qui abritait les pièces d'artillerie raflées aux Bleus ; les principaux dispositifs de défense de Grand-Champ, l'église, les maisons à usage de cantonnement. L'animation ordinaire du village ne laissait rien supposer de son rôle stratégique.

Les gens y vivaient aussi normalement qu'ailleurs, même si, parmi les villageois, bon nombre d'hommes circulaient en armes. La population féminine n'y était pas moins nombreuse que dans les bourgs où l'armée chouannique ne cantonnait pas, et pourtant, certaines de ces femmes, que rien ne distinguait des autres, n'étaient pas de Grand-Champ, mais avaient délibérément choisi d'y servir le parti royaliste. Agents de liaison et de renseignement, cantinières, infirmières le cas échéant, elles cumulaient tous ces rôles à la fois, souvent au mépris de leur vie, et toutes savaient, le moment venu, répondre à l'appel des combats en se rendant utiles de mille et une façons.

Ce fut en ces termes que Nolwen, sobrement, dépeignit à Kristen ses compagnes en guerre. Elle ne lui dit rien, cependant, de ses propres fonctions, et il n'osa pas la questionner.

Au cours de leur promenade à travers le village, ils passèrent à proximité d'une maison que rien ne rendait remarquable sinon une petite écurie de torchis, accolée au pignon et qui abritait présentement une magnifique jument encore sellée.

« La garçonnière de Lantivy », commenta laconiquement Nolwen en désignant à Kristen une fenêtre du premier étage.

Elle mit si peu d'expression dans cette phrase qu'il ne sut s'il devait sourire ou feindre l'indifférence. Puis, elle ajouta sur le même ton :

« Vous aurez bientôt la vôtre dans la maison voisine. »

Il ouvrit de grands yeux :

« Je n'en demande pas tant », dit-il.

Elle s'arrêta alors de marcher, et, en le regardant bien en face, lui demanda tout à trac :

« Comment va Maunoir ? Il avait été blessé à

Roc'h-ar-Plen, et je me suis souvent fait du souci pour lui depuis ce jour.

— Rassurez-vous, il s'est vite rétabli. La blessure était sans gravité. Ce n'était pas la première blessure qu'il recevait, vous savez. Maunoir est prémuni contre le silex et le plomb.

— Je ne lui connaissais pas ce pouvoir, mais je suis soulagée. J'étais allée à Kermoguer, juste avant mon départ, mais je n'ai pas pu vous rencontrer.

— Je sais. On me l'a dit. Vous auriez dû insister.

— Je n'ai pas osé. Vous étiez occupé.

— Je vous ai connue plus hardie. »

Elle sourit :

« Cela ne m'a pas toujours réussi. »

Puis, changeant de sujet :

« Et les autres, ceux de La Vraie Croix, que deviennent-ils ?

— Toujours fidèles au poste. A vrai dire, ils n'ont guère d'autre choix, car pour l'instant ils n'ont pas réussi à se faire oublier.

— Métrier ?

— Non. Métrier n'est pas réapparu à Châteaulin depuis un an. Mais la mort de Thomas Le Goff, en revanche, a déchaîné la fureur de ses amis. Nous avons eu de mauvais jours. »

Nolwen se troubla légèrement, puis éluda le sujet :

« Et Arzhel, comment se porte-t-il ?

— Fort bien. Il a pu rentrer à Kerambraz.

— Vraiment ? Mais les autres étaient après lui.

— Belig est morte. Elle s'est noyée dans la rivière du moulin du pont. Volontairement à ce qu'il paraît. Un suicide en somme. En tout cas, je n'y suis pour rien.

— Je vous crois volontiers. »

Ils firent encore quelques pas côte à côte dans l'unique rue du village où s'alignaient de part et d'autre les façades identiques de maisons basses ou d'un étage, percées de fenêtres à linteaux de granit, de portes arrondies souvent ouvertes. Des jeunes gens musaient en petites bandes, dans la douceur parfumée du printemps morbihannais. L'air embaumait la terre mouillée, la résine et le bois brûlé, et des mouettes rieuses s'abattaient en piaillant sur les champs fraîchement labourés des alentours. Il y avait de la gaieté à Grand-Champ, une sorte de gaieté pétillante et communicative qui circulait comme un courant. Entre deux chaudes alertes, deux escarmouches, on s'efforçait d'oublier la guerre en vivant plus intensément les moments de trêve. La vie paraissait avoir une saveur incomparable qui aiguisait les appétits et rendait les gens avides et jouisseurs. On se délectait d'éphémère sans penser à demain. Chaque minute de plaisir était une petite victoire.

Nolwen et Kristen revinrent en flânant vers le centre du village et, en dépassant l'église, s'y arrêtèrent plus longuement. Le soleil semait sur les vitraux des incendies fugaces et multicolores. Une aura de paix et d'ineffable sérénité émanait des modestes structures du sanctuaire de pierre où toute la tiédeur de l'air semblait s'être réfugiée. Il faisait merveilleusement bon près du porche. Par la lourde porte restée entrebâillée, on apercevait les rangées de bancs sagement alignés, les dalles luisantes de l'entrée et, dans le lointain, les lueurs vacillantes des buissons de cierges éternellement allumés pendant le jour.

Ils s'attardèrent un instant à l'ombre du clocher, reposant leurs yeux des mouvements de la rue en les laissant vaguer sur les pentes nacrées de la toiture d'ardoise. Tout en haut, un grand crucifix de fer étirait démesurément l'ombre de ses branches minces.

« On murmure que la liberté du culte sera bientôt rétablie, dit Kristen d'un air méditatif, il se trouverait même des républicains pour en prôner la restauration. Dieu veuille que ce soit vrai. Il n'est rien de plus admirable qu'une église ouverte, de nos jours.

— Mais avant qu'on en vienne là, répondit Nolwen dans un filet de voix, combien d'innocents s'endormiront encore, privés des sacrements du passage ? »

Kristen frissonna malgré lui. Elle faisait assurément référence à son frère dont on pouvait imaginer que la mort expéditive n'avait pas donné lieu au moindre viatique. Pour un chrétien de ce pays, il n'était rien de pire. Et Nolwen devait probablement endurer la plus atroce des incertitudes à ce propos.

« Dieu reconnaîtra les siens, fit-il dans un élan de compassion, il faut beaucoup prier pour eux.

— C'est tout ce que je peux faire pour Tugdual désormais ; tout ce qui me reste après avoir tant essayé. Je n'ai jamais été avare de mes prières, mais aujourd'hui je sais mieux que jamais ce que je dois mettre dedans. Seulement, je n'ai plus le cœur aussi pur qu'avant. Je ne peux pas pardonner. Ça non, je ne peux pas. La haine est en moi comme un poignard que je ne parviens pas à arracher. Cela me fait saigner à l'intérieur. Et le sang qui se répand en moi me brûle. J'ai parfois envie de hurler. Je crois que je me battrai jusqu'à mon dernier souffle, sans espoir d'oublier jamais. »

Il l'écoutait sans mot dire, surpris qu'elle se confiât à lui avec cette absence de pudeur

« Quand j'ai quitté La Vraie Croix, poursuivit-elle d'une voix plus ferme, j'avais encore de l'espérance, mais je ne savais pas où était Auray. Je me suis mise en route en me disant que je trouverais. Sans passeport, sans papiers, ne sachant ni lire ni écrire, je courais de grands risques. Aussi, je me cachais le jour et ne marchais que la nuit en me fiant à mon instinct. Et puis, je me suis mêlée à des bandes pareilles à celle de la forêt de Laz, sauf que celles-ci se faisaient moins discrètes puisque la population les aimait bien. On m'a fait confiance. Je suis restée avec Jean Jan d'abord, à Baud, puis avec Guillemot à Bignan et Plumélec. J'espérais rejoindre Georges Cadoudal à Auray, puisque c'était lui le chef de ce secteur, mais à cette époque il parcourait le pays de long en large avec Mercier pour recenser et organiser l'armée catholique et royale. Nous nous sommes rencontrés plusieurs fois lors de ses passages dans les paroisses où je me trouvais et nous nous sommes même battus côte à côte à Saint-Jean-Brévelay et à Saint-Bily, mais je n'ai jamais pu lui parler de Tugdual parce qu'il avait tant à faire et qu'il eût été déshonnête de le retarder à propos d'une affaire qui pouvait se résoudre sans lui. Quand Mercier et Georges ont été arrêtés, j'ai décidé de rejoindre Julien Berthelot, à Grand-Champ, ce qui me rapprochait un peu d'Auray. Julien a bien voulu se renseigner au sujet de Tugdual, mais bien vite il a appris qu'il n'était plus à la prison d'Auray. On l'avait envoyé à Pontivy. Vous savez, on envoie à Pontivy ceux que la prison ne peut plus contenir, mais ce n'est pas pour leur donner des cellules plus larges. C'est pour les tuer. J'ai su par la suite que Tugdual avait été exécuté sans jugement, comme un animal ramassé sur la voie publique. L'administration ne savait même plus pourquoi il était là. Il encombrait, voilà tout. Julien m'a déconseillé de réclamer son corps, vu ma propre situation. Alors, depuis l'été dernier, il repose quelque part, dans une fosse commune, à Pontivy... »

Elle baissa la tête et se tut, asphyxiée par le chagrin. Kristen, mal à l'aise, chercha hâtivement un mot de réconfort :

« Je comprends, dit-il, étant moi-même sans nouvelles de ma sœur... »

Mais il ne s'étendit pas davantage, honteux d'une comparaison qu'il savait si peu soutenable. Les sentiments qui, jadis, l'avaient lié à Héloïse n'avaient jamais égalé l'attachement de Nolwen pour son frère. L'âge, l'éducation, certains déboires familiaux n'avaient guère contribué au rapprochement du frère et de la sœur, et l'émigration s'était ensuite chargée de consommer leur séparation. En vérité, s'il se faisait de temps en temps quelque souci pour Héloïse, cela ne le bouleversait pas au point d'en perdre l'esprit, et, n'ayant que fort brièvement vécu en sa compagnie, il n'éprouvait aucunement le vide de son absence.

Tout à coup, Nolwen parut se réveiller. Elle se redressa, se secoua, regarda autour d'elle et, sans transition, déclara incontinent :

« Je dois prendre ma faction. C'est mon tour à présent. Il faut que j'y aille. »

Et là-dessus, elle partit en courant.

*

* *

Le soir venu, le dîner réunit à la table de Cadoudal Mercier, Kristen, Berthelot, Jean Jan, Lantivy ainsi que la maîtresse de ce dernier, la superbe et arrogante Béatrice de Lantenac. Malgré la visite décevante de De Silz et l'accord de cessez-le-feu qui en avait résulté, les convives affichaient une bonne humeur inaltérable. Devant les plats fumants, les carafes chatoyantes, les mines s'étaient épanouies, les esprits détendus et la franche jovialité installée résolument pour la soirée. L'heure commandait qu'on oubliât les sujets de friction et jusqu'au souvenir des rancœurs accumulées. Il y avait temps pour tout.

Après le bénédicité récité par Cadoudal et plusieurs toasts portés à la santé du dauphin, on se mit consciencieusement à dévaster un à un tous les plats qui se présentaient. La cuisine, simple mais abondante, eut tôt fait de remettre les cœurs d'aplomb. Repus et abreuvés plus que de besoin, les commensaux ressentirent bientôt les effets d'une douce griserie. La conversation roula sur de plaisantes banalités ponctuées de grands éclats de rire et de familiers badinages. Béatrice de Lantenac, les joues roses et l'œil brillant, déployait toutes les grâces de son envoûtante séduction auprès de ses voisins de table. Insensiblement, son attention revenait de plus en plus souvent sur Kristen dont le charme ténébreux et les manières distantes éveillaient en elle des désirs de conquête. Lantivy, flegmatique, observait son manège en souriant distraitement. L'immoralité de cette femme le ravissait.

Soudain, Cadoudal se renversa contre le dossier de sa chaise et, repoussant son assiette d'un brusque revers de main, se resservit à boire en bougonnant :

« Des armes, des munitions, encore et toujours des munitions, voilà ce qu'il nous faut... »

Il porta son gobelet à ses lèvres et but d'un seul trait avant d'ajouter :

« L'expérience nous a enseigné à ne compter que sur notre propre prévoyance. Si la paix doit être signée, et, mes amis, elle le sera certainement, nous devons dès maintenant nous attendre à essuyer de mauvais grains. Il y aura des lendemains terribles, bien des pleurs et des grincements de dents, et il nous faudra y faire face. Je n'ai pas une foi illimitée dans les promesses d'Albion. Je ne crois pas qu'il faille espérer de sa part un secours efficace. Elle nous lâchera au premier coup de semonce, comme elle l'a déjà fait. C'est donc à nous qu'il revient de procurer à notre armée l'arsenal nécessaire pour répondre aux besoins des combats à venir. Et j'ai là-dessus ma petite idée... »

S'adressant à Kristen qui saisissait parfaitement le sens de ce préambule :

« Nous en avons déjà discuté ensemble, n'est-ce pas, à Kermoguer ? Je veux parler de la poudrerie de Pont-de-Buis...

— Certes, comme vous le savez, je suis prêt à vous aider. Je connais cet endroit comme ma poche.

— Précisément, vos renseignements nous sont indispensables. »

Aux autres qui dressaient l'oreille sans comprendre, il précisa :

« Après notre évasion du fort de Brest, Mercier et moi nous sommes passés par le vallon de la Douffine, où, sur la commune du Pont-de-Buis, existe une poudrerie construite, je crois, sous Louis le Quatorzième. Elle produit, à ce qu'il paraît, entre vingt-cinq et trente mille livres de poudre par mois et n'emploie qu'une centaine d'ouvriers sur place.

— Eh bien ? fit Lantivy, vivement intéressé.

— Pour peu qu'on la prépare bien, une expédition contre cette fabrique ne me semble pas impossible. Pourquoi acheter ailleurs ce que nous produisons chez nous ? Avec une telle provision de poudre, nous pourrions voir venir.

— Votre idée me plaît, Georges, et mérite qu'on l'étudie de plus près. Que nous faut-il savoir encore ?

— Kermoguer va vous faire un plan. »

En un clin d'œil, la table fut désencombrée, un rouleau de papier étalé et le baron nanti de tout ce qu'il faut pour écrire et tracer.

« A vol d'oiseau, commença-t-il, la poudrerie du Pont-de-Buis n'est distante de Châteaulin que de deux lieues à peine. Elle se présente de la sorte : tout autour, des collines, et dessous, la Douffine qui n'est pas très large et qu'on franchit par un pont situé à cet emplacement. Les ouvriers y pénètrent par deux portes : l'une à l'est, l'autre au sud, et qui ne sont jamais gardées. Le directeur s'appelle Campourcy. Les poudriers sont au nombre de cent, parmi lesquels une quinzaine de vétérans, le maître charpentier Lanchou et le contrôleur Collignet. Pas de soldats ni de garde spécifique. En revanche, il faudra compter avec les garnisons de Châteaulin, de Briec et de Châteauneuf-du-Faou. Cela pourrait faire au bas mot quelque deux cents hommes une fois réunis. A mon sens, si l'effet de surprise peut jouer complètement et si la résistance rencontrée à l'intérieur se révèle aussi faible que je le crois, il sera néanmoins plus prudent de prévoir une évacuation rapide en groupes dispersés, avec des itinéraires de repli différents. La topographie s'y prête assez bien. »

Lantivy réfléchit un instant, puis, interpellant Kristen avec une pointe d'affectation tout aristocratique :

« Seriez-vous des nôtres le cas échéant, mon cher, avec, cela va de soi, le concours de vos hommes ?

— Pont-de-Buis est l'un de mes secteurs. J'y lèverai tout ce qu'il vous faudra.

— De combien de divisions disposez-vous au total ?

— De divisions, comte ? Qu'est-ce à dire ?

— Une division vaut sept cantonnements de sept loges chacun. Cela fait donc entre trois cent quarante et trois cent cinquante hommes. N'êtes-vous point organisés ainsi chez vous ? »

Kristen sourit avec indulgence :

« J'avoue que nous manquons passablement de rigueur et que l'ordre n'est pas notre fort. Cela tient sans doute à nos mentalités tribales. »

Lantivy partit d'un franc éclat de rire :

« Que n'arborez-vous le torque à l'effigie des lis, baron ! Vous feriez un fameux général gaulois ! »

Tout le monde s'esclaffa et Kristen salua avec humour la saillie du jeune comte.

Cependant, l'idée de Cadoudal galopait dans les esprits. On savait le chef chouan peu coutumier de paroles en l'air. S'il avait cru bon d'évoquer la poudrerie du Pont-de-Buis, c'était assurément parce qu'il réfléchissait sérieusement aux moyens de l'investir. Aussi, devant l'ébauche de plan de Kristen, chacun se prenait à rêver d'une vaste équipée vers les moulins à poudre du vallon de la Douffine.

« Georges, déclara Julien Berthelot, le visage radieux, je crois qu'il ne faut pas abandonner ce projet. Il doit faire l'objet d'une préparation minutieuse. Je propose donc que nous le tenions secret jusqu'au moment venu. Selon ce que nous réserveront les prochaines semaines, je pense que le conseil sera bien aise de le faire sien. »

Cadoudal approuva de la tête. Pour lui, il ne faisait aucun doute que le conseil morbihannais se jetterait sur cette proposition avec empressement dès la première violation des accords de paix. Il ne doutait pas davantage qu'on ne rendît justice à sa clairvoyance politique. Les partisans de la paix comprendraient alors qu'on ne négocie pas avec la nation.

Le reste de la soirée, il ne fut plus question que de la poudrerie de Pont-de-Buis, de la manière dont on s'y rendrait et de la meilleure tactique pour l'investir sans coup férir. On pria inlassablement le baron de répéter tout ce qu'il savait, du détail le plus infime aux descriptions essentielles, sans se fatiguer de l'entendre mentionner les portes non gardées, l'absence de surveillance, le nombre négligeable d'ouvriers. Pour finir, on vida maints gobelets en l'honneur de ceux qui marcheraient bientôt sur le Finistère. Puis l'on se sépara le plus cordialement du monde avant de rejoindre son gîte respectif. Ce soir-là, Kristen de Kermoguer inaugura le sien en se remémorant avec amusement la conjecture polissonne de Cadoudal relative à quelque « fortune de guerre ». Le sourire de Mlle de Lantenac n'était-il pas une manière d'invitation ?

Le lendemain matin, fort tôt, un étrange remue-ménage surprit le village dans ses dernières heures de sommeil. Des cris, des exclamations, le roulement d'une galopade achevèrent de tirer du lit ceux qui s'y prélassaient encore. A l'entrée, les gardes s'agitaient en riant, les fusils brandis, la face hilare. Quelqu'un hurla qu'on aille chercher Cadoudal. Ce ne fut pas nécessaire. Le colosse avait déjà fait irruption sur le seuil de sa maison, en chemise, le col ouvert, l'air ahuri. Un prénom claironné à l'envi l'avait aussitôt attiré dehors :

« Julien ! »

Il poussa un rugissement et s'élança au-devant de l'homme dont on saluait la venue si bruyamment. C'était un personnage d'aspect singulier, portant barbe et chevelure longues, toutes deux du plus beau roux qui se puisse voir. Il était vêtu d'une ample chemise de chanvre qui lui battait les cuisses et de grossières braies usées aux genoux. Mais ce qui étonnait le plus dans son accoutrement était encore la petite harpe qu'il tenait précautionneusement sous son bras et qui paraissait très vieille. Bien qu'il fût difficile de lui donner un âge, le nouvel arrivant avait à peine vingt ans.

Cadoudal le saisit à pleins bras, le souleva de terre et le fit tournoyer au-dessus du sol en riant à gorge déployée.

« Julien ! Julien ! Mon frère ! » hoquetait-il à l'infini sans pouvoir prononcer autre chose que ces deux mots qui résumaient tout.

Le jeune homme se laissait malmener avec indulgence. Il souriait d'un air très doux tandis que le bonheur illuminait son regard bleu, seul trait de sa physionomie qui rappelât vaguement son frère. Pour le reste, ils étaient si différents l'un de l'autre que la révélation de leur fraternité causait invariablement un grand choc. Autour d'eux, on applaudissait avec frénésie leurs spectaculaires retrouvailles. Ceux qui ne connaissaient pas Julien le découvraient avec ébahissement et se pressaient pour l'examiner de plus près. Comment ce petit rouquin pouvait-il avoir reçu la vie de ceux-là mêmes qui avaient donné au monde un hercule tel que Georges ? On s'émerveillait néanmoins de l'émotion de l'aîné qui, les larmes aux yeux, la voix étranglée, déclinait interminablement le prénom de son cadet sans se résoudre à le poser à terre.

Accourus de partout, les habitants du village formaient à présent un véritable essaim autour des deux hommes et les commentaires allaient bon train : Quand ? Comment ? Pourquoi ? Les questions se bousculaient sans laisser à Julien le temps de répondre. On voulait tout savoir tout de suite de l'évasion ou de la relaxe qui valait au barde roux ce retour tonitruant. Perdue au milieu de la foule en liesse, Nolwen assistait à la scène en se retenant de montrer sa tristesse.

Quand la joie suffocante qui le bouleversait lui permit enfin de reprendre ses esprits, Cadoudal, à son tour, interrompit ses effusions pour s'informer : dans quelles circonstances Julien avait-il pu sortir de Fort-la-Loi ? Le père s'y trouvait-il encore ? Qu'allait-il advenir de lui ?

Julien, très calme, s'efforça de répondre clairement : on lui avait signifié sa remise en liberté sans l'assortir de la moindre explication. Il ne savait pas à quelles mystérieuses interventions il devait ce geste de clémence. Le père, lui aussi, avait bénéficié d'un élargissement. Pour l'heure, il avait réintégré Kerléano.

Georges ne cacha pas son immense soulagement. Son père était libre, son frère venait de lui être rendu, et, de toute évidence, les républicains avaient jeté du lest pour consolider la trêve. Les enjeux du moment impliquaient quelques sacrifices de ce genre en signe de conciliation. La plus grande chance de Louis et de Julien avait été de s'appeler Cadoudal au moment même où ce nom était étroitement lié aux accords de paix. Plusieurs mois plus tôt, il leur avait coûté la paille humide de Fort-la-Loi. Malheureusement, pour Marie-Jeanne et pour Denis, la faveur républicaine intervenait trop tard.

A cette pensée, le cœur de Georges se serra douloureusement, mais il n'en laissa rien paraître.

« Allons, viens ! dit-il à son frère en l'entourant de son bras, tu m'en diras plus long après. Pour l'heure, tu dois être affamé. »

Julien sourit ingénument :

« Un morceau de lard serait le bienvenu... » dit-il en faisant tinter quelques notes sur les cordes de sa harpe.

Le retour inopiné de Julien Cadoudal à Grand-Champ donna lieu à de nombreuses réjouissances. Jamais homme ne fut plus fêté que ce poète au cœur pur que l'on voyait soudain paré de toutes les vertus ; la première étant, bien entendu, d'être le frère du grand Georges. Lucide quant à la réalité de ses talents, l'intéressé écouta poliment les panégyriques déversés à sa louange, mais garda la tête froide. Julien se savait bien incapable de surpasser son frère aîné en quoi que ce fût, sauf pour ce qui était de la musique et des vers. Aussi se montra-t-il bon compagnon pour plaire à tout le monde, mais conserva à l'égard de sa célébrité inattendue un détachement prudent. Barde, philosophe, doux rêveur, il aimait par-dessus tout laisser parler sa harpe. Il enchanta ses admirateurs jusqu'à la nuit venue. Georges, quant à lui, puisa dans la présence de son frère une force nouvelle. Désormais réconcilié avec lui-même, sûr du soutien des siens et résolu à glorifier le sacrifice de ceux qui s'en étaient allés, il put, dès lors, se consacrer aux grands desseins dont il rêvait pour son pays.

*
* *

Fidèles aux accords intervenus lors de la conférence de base de Grand-Champ, les chouans de Cadoudal respectèrent le cessez-le-feu jusqu'à la fin du mois de mars. De leur côté, les républicains, sans doute bien renseignés, évitèrent de harceler les sympathisants royalistes. La famille de Guillemot fut même relâchée et retourna vivre auprès du Roi de Bignan. Pendant la trêve, on s'observa beaucoup de part et d'autre, sans sympathie réelle ni confiance. Les tractations engagées par les plénipotentiaires des deux bords ne disaient rien qui vaille à personne. D'un côté, Cormatin, dévoré d'ambition personnelle, faisait feu des quatre fers pour s'arroger les lauriers de la paix et continuait de passer aux yeux des siens pour un intrigant. De l'autre, les bateleurs républicains promettaient monts et merveilles à qui déposerait les armes, mais faisaient placarder simultanément des offres de récompense énormes pour encourager la dénonciation. Les consignes les plus contradictoires désorientaient civils et militaires, créant un malaise grandissant à l'égard d'une paix de plus en plus suspecte, dont les intérêts semblaient dépendre des caprices d'une bande d'hurluberlus. Et pendant ce temps, Hoche, que rien n'enchaînait plus depuis son installation à la tête de l'armée des Côtes, travaillait hardiment à construire son propre plan de pacification, avec le concours accidentel d'un diplomate d'occasion : le général Humbert.

Quoi de plus étonnant, en effet, que cette pièce maîtresse dans le jeu politique de Lazare Hoche : le général Humbert, dont le nom jusqu'alors inconnu commençait à circuler de bouche à oreille avec une inquiétude accrue. On savait peu de chose à son sujet, sinon qu'il incarnait le modèle de l'officier républicain sorti du rang, sachant à peine lire et écrire et s'exprimant dans un langage de paysan mais capable d'une bravoure exemplaire. Sa fulgurante carrière se résumait en un raccourci éloquent : volontaire en 92, colonel en 93, général en 94, et il n'était pas douteux qu'elle se fût acquise sur les champs de bataille les plus prestigieux. Pourtant, c'était son tout dernier exploit en date qui semait la plus grande émotion dans les rangs royalistes. Parvenu sans rouerie ni subterfuge à gagner la confiance de Boishardy, il était vite devenu le résident privilégié du château de l'aristocrate hors-la-loi. Dieu seul savait ce qui, contre toute logique, avait permis ce singulier rapprochement entre le chef chouan et le rustique officier vosgien, mais en tout état de cause, le résultat n'avait pas tardé. L'illustre chef de guerre aujourd'hui parlait de déposer les armes, et, de ce fait, le département des Côtes-du-Nord, qui, depuis le début de l'insurrection, se révélait incontestablement le mieux organisé de tous, menaçait de faire sécession au sein de la coalition. C'est assez dire combien l'influente bonhomie d'Humbert suscitait l'alarme et le souci.

Dans le même temps, d'autres conférences semblables à celles de Grand-Champ s'étaient tenues en maints endroits, qui toutes, à l'instar du conseil morbihannais, avaient démontré un désir unanime de paix. Les nouvelles qui circulaient librement entre les différents secteurs tenus par les chouans témoignaient d'une combativité en perte de vitesse. La base renâclait, jugeant à juste titre cette guerre intestine nuisible, d'autant que pour beaucoup de gens les moyens de subsistance avaient considérablement régressé, plongeant des familles entières dans l'isolement, la peur, le dénuement. Les petites exploitations allaient à vau-l'eau, les moissons gâtées, les emplois perdus, l'endettement engendraient des situations dramatiques.

Contraints de se rendre à l'évidence, les chefs royalistes durent s'incliner. D'un commun accord, ils se rangèrent à l'avis du conseil en acceptant le principe d'un traité de paix dont ils se promettaient de discuter âprement les clauses. Puis ils attendirent qu'une date fût fixée.

Quand la date de la conférence parvint à Cadoudal, celui-ci se contenta de réunir ses hommes et de la leur communiquer. Le premier avril 1795 à La Prévalaye, près de Rennes, débuteraient donc les fameux pourparlers de paix, sous la haute présidence du baron de Cormatin. Rien ne permettait cependant d'affirmer que ce qui en résulterait suffirait à éteindre la guerre. Aussi l'Alréen se réservait-il le droit de briser tout accord n'ayant reçu son aval, et de recommander qu'en son absence, chacun se tînt prêt à toutes les éventualités, y compris à celle de la reprise immédiate des combats.

Ensuite de quoi commencèrent pour Georges les préparatifs du départ. Visiblement anxieux de s'éloigner, il confia le commandement de l'état-major de Grand-Champ à Pierre Mercier et désigna Kristen de Kermoguer pour le seconder. Tous deux reçurent à cette occasion les recommandations précises de leur chef :

« On ne sait jamais ce que les Bleus ont dans la tête, aussi, quand je serai parti, ne relâchez pas un instant votre vigilance. Maintenez à Grand-Champ toutes les mesures de sûreté que j'y ai établies. Faites vérifier en permanence le bon état des armes et de l'artillerie. Doublez, si besoin est, les sentinelles dedans et dehors. Ne laissez pas les gars s'endormir à leur poste, ni commettre d'imprudences. Ce ne serait pas la première fois que les Bleus profiteraient d'une trêve pour attaquer. Vous devez vous tenir constamment sur le pied de guerre jusqu'à ce que je revienne, et cela même si vous entendez dire que la paix est signée. Attendez que je vous le confirme moi-même. »

Puis Cadoudal revêtit ses meilleurs habits, coiffa son chapeau à aigrette blanche et sélectionna minutieusement les membres de son escorte. Lorsque Nolwen manifesta son dépit de n'être point retenue pour le voyage à Rennes, il lui expliqua gentiment qu'il préférait la savoir à Grand-Champ, argument énigmatique devant lequel elle capitula cependant sans protester.

Enfin, Georges, de Silz, Lantivy et Berthelot partis, les occupants du camp s'installèrent dans l'attente. Dès les premiers jours, Kristen et Mercier appliquèrent à la lettre les consignes de Cadoudal, et les villageois se plièrent sans maugréer aux corvées qu'ils leur imposèrent en vue d'assurer la défense de Grand-Champ. Les habitants n'étaient pas vraiment inquiets puisque le mois de mars s'était achevé sans incident notoire et que le calme semblait régner un peu partout dans le pays. Personne n'envisageait sérieusement que Grand-Champ fût attaqué au cours de cette période puisque là-bas, à Rennes, on travaillait à la paix. Au demeurant, ils avaient une totale confiance en Pierre Mercier et commençaient à s'habituer au grand chef finistérien qui depuis peu avait rejoint l'état-major de De Silz et qui se distinguait des autres par son extrême réserve. Les femmes surtout lui trouvaient de la prestance et un charme plein de mystère qui les rendaient friandes de son auguste protection. Béatrice de Lantenac, à cet égard, se montrait de loin la plus effrontée de toutes. Lantivy parti, elle avait aussitôt jeté son dévolu sur le seul gentilhomme du camp qui fût à sa mesure. Et pour parvenir à ses fins, elle ne reculait devant aucune manœuvre. Sûre de sa beauté, hardie comme une Amazone, elle déployait une audace étourdissante pour attirer l'attention des fascinants yeux noirs du baron, si bien que la population villageoise tout entière tenait lieu de public à chacune de ses extravagances. On la voyait tantôt exécuter sur sa jument des figures équestres de haute école, d'autres fois, c'était au tir à l'arc ou au pistolet qu'elle démontrait ses talents remarquables. Elle mettait une habileté subtile à ne laisser soupçonner aucune mise en scène, de sorte que les spectateurs, admiratifs, saluaient son adresse, applaudissaient sa virtuosité sans y voir malice. Seule, Nolwen dédaignait de se mêler aux badauds complaisants. Méprisant ces artifices dont l'utilité pratique lui échappait, elle consacrait le plus clair de son temps à inspecter discrètement le camp et à assurer ses gardes. Parfois, elle sortait de Grand-Champ afin de rencontrer les sentinelles postées aux alentours. A son retour, elle ne disait pas un mot de ce qu'elle avait fait ou vu et personne ne la questionnait. Mercier lui-même, qui avait remarqué son manège, se contentait d'observer ses allées et venues sans lui réclamer de comptes. Si Nolwen se taisait, c'était donc qu'il n'y avait rien à signaler.

Tout à coup, des bruits étranges issus d'horizons divers vinrent jeter un trouble désagréable dans le ciel serein de la trêve. Des bandes organisées, se réclamant de la Chouannerie et arborant le sacré-cœur rouge, semaient la terreur parmi les pauvres gens. On faisait état de fermes incendiées, de paysans molestés, de municipalités dévastées sous la menace des armes. A chaque fois, les auteurs de ces exactions avaient claironné leur appartenance à l'armée catholique et royale de Bretagne, affirmant agir au nom du roi. L'extraordinaire brutalité de leur comportement frappait de stupeur les témoins de leurs méfaits, et la colère populaire commençait à gronder un peu partout, accusant les chouans de vouloir saborder la paix.

Les habitants de Grand-Champ, comme ceux des autres secteurs qui, de Baud à Locminé, de Bignan à Noyal-Pontivy, Ploërmel, Saint-Bily et Lanvaux, attendaient sagement le retour des parlementaires de La Prévalaye, apprirent avec un ahurissement sans nom cette scandaleuse violation du cessez-le-feu. Tous les chefs morbihannais se trouvant pour lors installés à la même table de conférence, il ne pouvait s'agir d'une de leurs initiatives. L'hypothèse inverse eût-elle été envisageable que la nature même des méthodes employées dénonçait leur origine. L'affaire sentait trop le mauvais coup pour ne pas y voir la main des autorités républicaines. Quelque part, quelqu'un avait décidé de faire pression sur la population afin de l'amener à se retourner contre ceux qu'elle protégeait et soutenait depuis le commencement des hostilités. En rendant le mouvement royaliste impopulaire, on espérait sans doute accélérer sa chute. Si l'explication était limpide pour les vrais partisans, il n'en était pas de même pour les victimes de ces prétendus chouans. Il y avait trop longtemps que Blancs et Bleus se disputaient la faveur du peuple pour qu'il fût encore possible à ce dernier de distinguer le bon grain de l'ivraie. Toutes causes confondues, la guerre n'avait engendré que des malheurs, et les gens en avaient assez.

Mercier et Kristen, très inquiets sur les conséquences de cette nouvelle invention, résolurent d'un commun accord de contre-attaquer rapidement. La trêve interdisait l'usage des armes mais ne prescrivait nullement de ne pas riposter en cas d'agression caractérisée. Si on laissait les « faux chouans » perpétrer d'autres méfaits, le pays tout entier, bientôt, s'insurgerait contre les soldats du roi. Il fallait au plus vite désamorcer le complot et désigner aux yeux de tous les vrais coupables.

Réunis dans la maison de Cadoudal en compagnie des meilleurs de leurs hommes, ils examinèrent longuement la question et convinrent qu'il était préférable de ne pas donner à leurs représailles un trop grand retentissement afin de ne pas compromettre le bon déroulement des travaux de La Prévalaye.

« Quoi qu'il advienne, résuma laconiquement Mercier, vis-à-vis de l'opinion publique, nous aurons réglé nos comptes entre nous, et vis-à-vis des Bleus, nous aurons éreinté leur invention, mais ils seront bien embarrassés de nous en faire ouvertement grief ! »

Nolwen, qui sur la prière de La Vendée s'était jointe au conseil restreint, et qui, jusque-là, n'était guère intervenue, se décida à prendre la parole :

« Les Bleus ont recruté des hommes de sac et de corde pour nous discréditer. Le gouvernement est complice et c'est le citoyen Boursault qui en a eu l'idée ; ce mécréant de Boursault qui parcourait le pays il n'y a pas si longtemps, en promettant une loi de pardon et d'humanité à l'usage de tous, et même aux déserteurs. Celui-là même qui avait mis à prix la tête de Boishardy pour la somme de trois mille livres...

— Eh bien ? fit Mercier à peine surpris, d'où tiens-tu cela, Bosco ?

— A Loperhet, j'en ai croisé qui parlaient entre eux...

— Ils ne t'ont pas vue ?

— Sûr que non ! Sinon je ne serais pas ici à vous le raconter.

— Que faisais-tu à Loperhet ?

— Je les ai suivis tandis qu'ils s'en retournaient après avoir visité la ferme du Loc'h.

— Quand était-ce ?

— Avant-hier.

— Pourquoi ne pas avoir parlé plus tôt ?

— J'attendais d'être sûre. Et puis j'ai interrogé les fermiers du Loc'h. Ils m'ont donné des détails. L'un des bandits s'appelle Maloc. On peut le trouver à Kerhero. Si on le prend, il dira tout.

— Dans ce cas, Bosco, qu'attendons-nous ?

— La nuit, peut-être, La Vendée ? La chouette est un oiseau nocturne... »

Dès le soir même, Kristen, Mercier et une quinzaine d'hommes décidés, guidés par Nolwen, marchèrent sur le repaire du bandit Maloc. Selon les renseignements rapportés par la jeune fille, le chef de bande devait avoir auprès de lui une bonne dizaine de complices, armés et payés par les républicains. C'était pour la plupart des repris de justice à qui l'on avait promis l'amnistie en contrepartie des sordides services rendus à la nation ; des hommes de main sans cervelle parmi lesquels quelques mauvaises bêtes dont il faudrait se méfier. Ces gens-là n'avaient plus rien à perdre, sinon leur vie qui ne valait pas cher. Cependant, ils la défendraient.

Ils furent surpris en plein sommeil, ivres morts et repus comme des fauves. La maisonnette dans laquelle ils s'étaient réfugiés était assez isolée pour leur garantir sécurité et discrétion. Se croyant à l'abri, ils ne montaient même pas la garde. Le coup qui fit voler leur porte en éclats les réveilla brutalement. Avant qu'ils eussent le temps de vider leurs fusils, la moitié d'entre eux étaient déjà par terre, criblés de balles. Les autres cherchèrent de dérisoires replis aux quatre coins de la maison, mais tombèrent à leur tour pêle-mêle, par-dessus les corps ensanglantés de leurs complices. Il n'en resta bientôt plus que trois debout, dont Maloc que Nolwen avait instantanément identifié : un homme de taille moyenne, massif, hirsute, doté d'une volumineuse barbe noire. C'était ainsi qu'on lui avait décrit le faux chouan à la ferme du Loc'h. Ils se rendirent sans faire de difficultés. A demi hébétés, tremblants de peur, ils répondirent à toutes les questions. C'était le citoyen Boursault qui les avait engagés pour ce travail, avec l'accord du citoyen Carnot. D'autres bandes avaient été constituées dans les mêmes conditions, dans les Côtes-du-Nord et dans le Morbihan, avec pour mission de terroriser les populations en se faisant passer pour des soldats du roi. Ils n'avaient pas bien compris pourquoi on leur avait demandé de faire cela, mais leur liberté étant à ce prix, ils avaient accepté.

Ils ne cherchèrent même pas à plaider leur cause. Les hommes qui les tenaient à merci étaient des chouans et faire appel à leur pardon relevait d'une totale inconscience. Les chouans ne pardonnaient jamais aux traîtres. La demi-douzaine de cadavres qui jonchait le sol en témoignait éloquemment.

Considérant que le châtiment était à la mesure du préjudice subi, ni Kristen, ni Mercier ne voulurent pousser plus loin leur vengeance. Abattre de sang-froid trois hommes désarmés, ce n'était plus faire justice. Après une mise en garde très claire, formulée en des termes aussi secs qu'un arrêt de mort, ils leur laissèrent la vie sous la réserve expresse qu'à la première récidive ils seraient immédiatement retrouvés et exécutés sans pitié, coupables ou non. En conséquence de quoi, il ne leur restait plus qu'à convaincre les autres de se tenir cois.

De retour à Grand-Champ, ils rédigèrent ensemble une lettre à Cadoudal l'informant des menées déloyales du camp républicain. Ils la lui firent porter par messager spécial, avec l'ordre formel de ne la remettre qu'en mains propres au chef morbihannais, cela afin d'éviter les risques de censure ou de détournement. Cadoudal seul jugerait de ce qu'il conviendrait de faire. Il fallait pour cela qu'il eût connaissance sans délai de ces faits. L'issue de la conférence pouvait peut-être en dépendre.

On entendit peu parler de l'expédition punitive des chouans à Kerhero, car sans doute fit-on disparaître très rapidement les traces encombrantes de cette nuit sanglante, personne n'ayant intérêt à ébruiter l'incident. L'extermination d'une poignée de vauriens ne méritait pas les frais d'une enquête, surtout si celle-ci devait aboutir à une série de conclusions pour le moins dérangeantes. Cependant, il ne fut plus question dans les jours qui suivirent de pillages ni de brutalités commis par les chouans.

Pendant ce temps, à La Prévalaye, les pourparlers de paix semblaient s'éterniser et Cadoudal ne revenait pas. L'absence de l'Alréen commençait à être ressentie comme un signe de mauvais augure. Cela faisait presque trois semaines que de Silz et lui s'étaient mis en route pour Rennes, et, depuis, aucune nouvelle bonne ou mauvaise n'avait filtré de leurs entretiens.

De leur côté, les Bleus ne paraissaient guère mieux informés, et pour ne pas commettre d'impair, s'abstenaient d'importuner le monde de leurs tracasseries habituelles. On n'en rencontrait plus un seul dans les parages de Grand-Champ où ils avaient accoutumé de venir rôder chaque jour. Dans les villes et les villages occupés, ils mettaient tout en œuvre pour éviter les incidents, laissant les gens aller et venir à leur guise sans les harceler de leurs sempiternels contrôles. Leur volonté manifeste d'apaiser les esprits trahissait leurs propres incertitudes. D'un bord comme de l'autre, on se confinait dans une attente prudente et presque timorée, avant d'être fixé sur le sort de la guerre.

Tandis que le mois d'avril entamait sa dernière semaine, Cadoudal réapparut enfin, sans crier gare, et visiblement fort agité. Les hommes de son escorte osaient à peine lever les yeux.

Aux questions qu'on leur jeta au passage, ils répondirent par un silence gêné, lourd de sombres sous-entendus. Leur retour triomphant tant espéré s'accompagna soudain d'une douloureuse déception. Ils demeurèrent groupés autour de Cadoudal, au lieu de s'égailler dans le camp, et quand celui-ci ordonna sèchement à Mercier et à Kristen de le suivre, ils se massèrent de part et d'autre de la porte comme s'ils devaient encore défendre leur chef.

« Mes amis ! s'écria Georges à l'adresse des villageois, qui, accourus de partout, étaient suspendus maintenant aux lèvres du chouan, la paix offerte par les républicains n'était qu'un piège indigne. On a voulu nous humilier. Pour vous, j'ai refusé cette honte ! »

Son visage marbré de rouge, ses traits déformés par la colère qui bouillonnait en lui, ses poings serrés en disaient plus long que ses mots. Personne ne prit le risque de le questionner et un silence de plomb suivit sa déclaration.

D'un geste, il invita ses deux lieutenants à entrer dans la maison, puis il referma la porte sur ses talons après avoir lâché une imprécation inaudible.

« Je m'attendais à une rude partie, leur dit-il dans un souffle, mais là, mes craintes étaient très au-dessous de la réalité. De Silz est en route. Il ne saurait tarder. »

Il se laissa choir lourdement sur une chaise et vida d'un trait la cruche d'eau qui se trouvait sur la table.

« Que s'est-il passé ? » s'enquit Mercier, consterné.

Cadoudal leva sur lui son regard bleu, ombré comme un ciel de mer par gros temps, et un rictus convulsa le bas de son visage :

« On nous a menés en bateau, gronda-t-il, Cormatin est un gredin vendu aux Bleus. Ah ! Il avait bien fait les choses, le bougre ! Un château pour nous héberger, un manoir pour nous réunir, des toiles de tentes pour nos gars, des victuailles à volonté et du vin comme s'il en pleuvait. Nous étions traités comme des princes ; tant pour nous éblouir que pour nous aveugler.

— Combien étiez-vous ?

— Cent vingt et un officiers du roi plus huit cents hommes pour former la garde. Je n'avais jamais vu pareil rassemblement.

— En somme, tous les départements insurgés étaient représentés

— A l'exception de la Vendée, puisque Charette a déjà son traité de paix.

— Et en face ?

— Des civils ! Dix, parfois douze représentants de la Convention.

— Voilà qui est singulier, nota Kristen, perplexe, la guerre n'est-elle donc plus l'affaire des militaires ?

— Le général Hoche et le général Beck ainsi que plusieurs officiers de l'état-major accompagnaient régulièrement les représentants, mais seul Humbert assistait aux réunions.

— Et qu'en est-il ressorti, alors, de ces réunions ?

— Un beau gâchis ! doublé d'une forfaiture. Nous nous réunissions tous les deux ou trois jours à raison de quatre heures par séance, ce qui, convenons-en, ne s'appelle pas faire diligence. J'étais le premier à déplorer la lenteur de cette grand-messe diplomatique et les trop nombreuses réjouissances qui entrecoupaient nos travaux. A chaque séance, nous devions nous transporter au manoir de La Mabilais où se déroulaient les délibérations sous la présidence de Cormatin – quand ce cuistre n'était pas occupé à nous remplir la panse pour mieux nous obscurcir l'esprit. Bref, au terme de la première semaine, nous en étions toujours au même point. Puis, le ton monta et révéla les dissensions profondes qui divisaient le parti royaliste. Seule une minorité acceptait de suivre Cormatin. Les autres, dans leur ensemble, lui contestaient toute espèce de légitimité. Des altercations violentes l'opposèrent aux plus réfractaires d'entre nous. Boishardy prit son parti. Les séances devinrent houleuses. Enfin, le 13 avril se produisit l'irréparable. En contrepartie d'un certain nombre d'avantages comparables à ceux consentis aux Vendéens par le traité de La Jaunaye, Cormatin voulut, comme préalable, nous imposer de reconnaître la République. Ce fut l'explosion générale. Le Gris-Duval, Guillemot, Saint-Régent et moi-même nous nous levâmes, étranglés de colère, et, dans le feu de mon indignation, je lui lançai : "Monsieur ! Au nom de tous les royalistes de Bretagne et de Vendée, je vous défends de poursuivre !" Là-dessus, je quittai la conférence, suivi de plusieurs autres et claquai la porte au nez du traité de paix.

— Donc, il n'a pas été signé ? se réjouit prématurément Pierre Mercier.

— Si fait ! Hélas ! le 20 mai. Je n'y étais plus, car avant de regagner Grand-Champ, j'ai tenu à réunir un conseil d'urgence au manoir de Kerdaniel en Bignan où, en date du 18, nous avons pris un arrêté prescrivant diverses mesures de recensement, d'approvisionnement, de préparation et d'organisation de nos troupes en prévision de la reprise du conflit. C'est ensuite que j'ai su comment Cormatin, pressé d'en finir, était parvenu à arracher aux nôtres son traité de paix. Il a fait circuler une feuille de papier sur laquelle figuraient deux colonnes : une pour le « oui », l'autre pour le « non ». Vingt signatures ont été déposées dans la colonne

« oui » dont celles de De Silz et de Boishardy. Mais de Silz, que j'ai revu plus tard, m'a confié son accablement. Il se repent d'avoir signé car personne ne reconnaîtra jamais la validité de ce traité. Les signataires se sont déshonorés. La Chouannerie a été trahie. Cormatin peut bien pavoiser, il a su vendre ce qui ne lui appartenait pas en démembrant notre parti, en nous jetant les uns contre les autres comme des frères ennemis. Oh ! bien sûr ! on nous a promis la liberté des opinions et des cultes, l'amnistie pour les émigrés, une indemnité pour les habitants des campagnes et pour les victimes blanches ou bleues, mais que vaut aujourd'hui cette promesse au regard de l'humiliante concession de La Prévalaye ? »

Cadoudal poussa un soupir déchirant et se resservit à boire :

« Tout est à refaire ! Bon sang ! Et dire que dans les villages où je suis passé, les gens hurlaient de joie en croyant la guerre terminée !

— Vous nous annonciez la venue de De Silz...

— De Silz a perdu ses illusions ainsi que l'estime de lui-même. Il sait, lui aussi, que cela ne pourra pas durer et que les Bleus saisiront la première occasion de tordre le cou à ces accords de paix. C'est Poirier de Beauvais qui, après mon départ, a dénoncé leur ambiguïté en déclarant à Cormatin livide : “Reconnaîtra-t-on la République avec l'intention de violer le traité ? Cette fausseté répugne à des chevaliers français. M. Cormatin a l'honneur de commander ici des Bretons par une commission du général de Puisaye. Cette commission lui a-t-elle été donnée au nom des princes pour reconnaître la République ou pour la combattre ? Il est nécessaire que M. Cormatin soit suspendu de son commandement jusqu'à nouvel ordre.”

Voilà qui résume assez bien l'absurdité de ce traité et la confusion qu'il vient de créer. C'est pourquoi de Silz se hâte de nous rejoindre. Grand-Champ depuis un moment est dans la ligne de mire des républicains. Au premier incident, ils nous fondront dessus.

— Nous disposons d'environ sept cents hommes...

— Mais seuls deux cent cinquante sont de vrais combattants et il en viendra le double pour les écraser tous. »

*
* *

D'un bout à l'autre du pays, des explosions de liesse populaire saluaient la fin des hostilités et acclamaient les signataires du traité de La Prévalaye. Les chouans, eux, se tenaient sur leurs gardes. A Bignan, Guillemot reçut un accueil délirant pour avoir refusé les conditions de Cormatin. Dès son retour à Grand-Champ, de Silz transforma le village en camp militaire, inventoria les réserves de l'arsenal, établit des retranchements supplémentaires, renforça les gardes, instaura l'état d'alerte. Loin de se retirer, ainsi que le stipulait l'une des clauses principales du traité, les troupes accentuèrent leur concentration et durcirent leur vigilance armée.

Dans un souci calculé de modération, les autorités libérèrent quelques prêtres, permirent quelques célébrations, tolérèrent le port de la cocarde blanche, mais ces gestes symboliques demeurèrent trop isolés pour restaurer la confiance. La paix semblait si précaire qu'une étincelle eût suffi à mettre le feu aux poudres, si bien que de part et d'autre on s'efforçait d'éviter les incidents. Pourtant, dès le 6 mai, le général Hoche écrivait aux représentants : « A la conduite que tiennent les chouans, nous ne devons pas compter sur leurs promesses de paix », et pour bien montrer qu'il n'y croyait pas lui-même, il mit ses troupes en mouvement.

Aussitôt, le conseil répliqua par une circulaire en date du 10 mai adressée à tous les chefs de cantons : « (...) sans éclat, faites avertir vos soldats de préparer leurs armes et de se tenir prêts à marcher. »

Dans la nuit du 8 au 9 mai, un détachement venu d'Hennebont désarma la paroisse de Quistinic, sur le canton de Jean Jan.

Le 17 mai, les Conventionnels prenaient un arrêté prohibant le port de la cocarde blanche sous peine d'arrestation et formaient le projet de désarmer par la force toutes les campagnes.

De jour en jour, la paix vacillait.

Dans le même temps, deux émissaires de Puisaye, MM. du Boisberthelot et d'Allègre, arrivés tout droit d'Angleterre, vinrent annoncer à de Silz l'imminence d'un débarquement de soldats émigrés soutenus par une escadre britannique. Cormatin, désavoué par le général, était déchu de son commandement, mais les accords de La Prévalaye avaient dérangé les plans de M. de Puisaye. Après la défection de Boishardy, il n'était plus possible, en effet, de songer aux côtes de Saint-Brieuc pour accueillir la descente, en conséquence il fut convenu que l'expédition serait dirigée sur le Morbihan.

De Silz, immédiatement, convoqua le conseil au grand complet, et l'entrevue eut lieu à Grand-Champ, ce qui ne passa pas inaperçu. Il ne fallut pas moins d'une journée entière pour mettre au point chaque détail de l'opération.

L'Angleterre fournirait l'escadre, les équipements et les subsides, mais les Français seuls débarqueraient. Les royalistes bretons, et Cadoudal le premier, tenaient beaucoup à cette condition. L'idée de favoriser une descente étrangère – britannique de surcroît – sur le sol de France n'allait pas sans susciter un sérieux cas de conscience. Devoir la victoire à l'ennemi héréditaire, voilà qui tempérait quelque peu l'enthousiasme de ceux qui n'avaient pas oublié le rendez-vous manqué de Granville. Ils se mirent d'accord, néanmoins, sur la plupart des modalités, promirent un concours indéfectible aux soixante mille hommes embarqués sur les trois vaisseaux de ligne, les six frégates et huit chaloupes canonnières annoncés par Puisaye, enfin, ils choisirent l'endroit le plus approprié pour cette vaste opération : la presqu'île de Quiberon.

Il restait peu de temps, en vérité, pour mettre sur pied les dispositifs de soutien au débarquement, et la première de toutes les priorités consistait à préparer le terrain.

Pas une division, pas un cantonnement, pas une loge qui ne fût réquisitionné pour l'entreprise. Toutes les forces disponibles reçurent l'ordre de se regrouper. Du nord au sud du département, les secteurs se mobilisèrent en prévision d'un déplacement massif sur Quiberon. Des caches éventrées on exhuma les fusils et la poudre.

Pour la circonstance, l'immense majorité des chefs royalistes présents à La Mabilais, signataires ou non du traité de paix, et dont certains étaient restés à Grand-Champ, s'adonnèrent tous ensemble à la gigantesque tâche. Oublieux des discordes passées, ils consacrèrent toute leur énergie à rassembler leurs troupes, à répartir l'armement et à définir sans ergoter une hiérarchie du commandement. Seul, de Silz, au sein de ce vaste déploiement d'activité, persistait à afficher une tristesse incurable. Le souvenir de ce qu'il appelait amèrement « sa trahison » continuait d'instiller en lui le poison du remords. Hanté par le désir d'apaiser sa conscience, il se dépensait sans relâche, souvent jusqu'à l'épuisement, avec un mépris si flagrant de lui-même qu'il en peinait tous ses amis. Sa quête effrénée de l'oubli tournait à l'obsession, au point de le mener au bord de la folie.

La suite des événements devait le tirer provisoirement de ses macérations morbides. Malgré les efforts de conciliation accomplis de part et d'autre pour préserver le fragile équilibre du cessez-le-feu, les hostilités reprirent de plus belle à l'initiative des républicains. Depuis la grande réunion du conseil morbihannais, Grand-Champ était de nouveau surveillé de très près et les autorités commençaient à s'alarmer de l'agitation fébrile qu'on pouvait y observer. Le jour où Cadoudal, accompagné de Kristen, Nolwen et de quelques-uns de ses « légionnaires » poussa une inspection jusqu'à la taille de Loperhet, il eut la désagréable surprise d'y être reçu à coups de fusils. Les Bleus avaient investi la redoute et l'attendaient de pied ferme. Le combat s'engagea immédiatement, brutal et fulgurant, comme un exutoire à la hargne impatiente entretenue dans les deux camps. Malgré la soudaineté de l'attaque, les chouans résistèrent avec vigueur.

« Vive le roi quand même ! » hurla Cadoudal quand une balle lui laboura la cuisse.

Après une heure de dur affrontement, les Bleus abandonnèrent la place. Georges, entraîné par ses soldats, consentit à décrocher.

A Grand-Champ, le récit du guet-apens républicain fut perçu comme un coup de semonce.

L'engrenage inexorable de la rupture s'était mis en branle. Et bien que la provocation fût manifestement de leur fait, les Bleus réagirent aussitôt avec une véhémence implacable.

« Voilà leur réponse ! » proclama Nolwen en brandissant sous les yeux de Cadoudal le texte d'un arrêté promulgué le jour même par les représentants du peuple Brüe et Guermeur, en poste à Quimperlé.

Elle était encore tout essoufflée de la course qu'elle venait d'accomplir. Au camp, elle faisait encore de temps en temps office de messagère.

« D'où tiens-tu cela ?

— De nos renseignements. Il paraît aussi que Jallé, le courrier de Cormatin, a été saisi près de Ploërmel, et que Cormatin lui-même s'est fait arrêter à Rennes. Les Bleus s'énervent. »

Cadoudal entreprit la lecture à voix haute du document rapporté par Nolwen, puis, soudain, se mit à pâlir :

« Article II : les lieux et retranchements de rebelles à Grand-Champ, Pluvigner, Lanvaux, seront sans retard attaqués et investis, s'il se peut aux mêmes heures. On s'emparera des personnes qui s'y trouveraient rassemblées... »

L'article III fut à peine abordé. De Silz, Mercier, Lantivy, Kristen et tous ceux qui s'étaient approchés pour entendre, avaient bondi en même temps :

« Attaquer ! Ils décident de nous attaquer !

— Et ce n'est pas tout, précisa encore Nolwen, le général Josnet-La Violais se prépare à quitter Vannes à la tête d'importants renforts de troupes. M'est avis qu'il ne saurait tarder puisqu'on avance la date du 27 mai.

— Le 27 mai ? Mais c'est demain !

— C'est même dans quelques heures... »

Les services de renseignement royalistes fonctionnaient toujours à la perfection. La plupart de leurs membres appartenaient aux corps constitués et avaient par conséquent accès aux bulletins des lois et aux gazettes, en même temps qu'ils assistaient aux délibérations. Ils puisaient ainsi leurs informations à la source et les divulguaient ensuite au moyen d'un réseau compliqué d'agents, de « boîtes aux lettres » et de correspondants, dix fois plus efficace que l'officiel service des postes. Aucune de leurs dépêches n'était à prendre à la légère.

« Il faut prévenir les autres, décréta Cadoudal, ceux de Pluvigner et de Lanvaux, et aussi Guillemot. Qu'ils se replient au plus vite.

— Je m'en occupe ! lança Lantivy.

— Nolwen, veux-tu courir chez l'ami Pierre à Bignan ?

— Non, général ! (elle n'appelait jamais Cadoudal autrement que par ce nom), je suis avec vous et j'y reste. A moins bien sûr que vous me donniez l'ordre contraire. Dépêchez quelqu'un d'autre à Bignan. C'est à Grand-Champ que j'appartiens désormais. »

Le ton était déférent mais ferme. Elle regardait Cadoudal droit dans les yeux sans montrer la moindre crainte.

« Reste, alors, si c'est ce que tu veux », concéda l'hercule alréen avec un pâle sourire. Puis il se détourna d'elle pour voler au plus urgent :

« Mercier ! Distribue les armes ! De Silz, qu'en est-il de votre système de défense ?

— Un cordon de protection cerne le camp et les retranchements sont au point. Nous ne tiendrons peut-être pas longtemps, mais nous avons de quoi leur compliquer l'ouvrage. Pour autant, prévoyez néanmoins de décrocher quand les choses tourneront mal. Vous êtes plus utile vivant que mort, mon cher Georges.

— Et vous, chevalier ? N'êtes-vous point utile, peut-être ?

— J'espère bien vous prouver que si !... »

En l'espace de quelques heures, Grand-Champ se transforma en fort, et l'alerte générale propulsa tout le monde à son poste. Par prudence, on évacua les femmes et les enfants dont la présence n'était plus souhaitable. Cette fois, l'affaire s'annonçait chaude. Il y eut bien des pleurs et des déchirements, mais de Silz se montra intraitable.

Les deux abbés Boutouillic et Guillevic dispensèrent force prières et bénédictions avant de se laisser convaincre de partir eux aussi. On les conduisit sous bonne escorte au-delà du village, vêtus en simples citoyens et nantis de maintes recommandations à l'intention des familles qui bientôt connaîtraient le deuil. Julien Berthelot, Jacques Duchemin, les frères Pierre-Jean et d'autres membres du conseil secondèrent de leur mieux Cadoudal, de Silz et Lantivy dans l'organisation de la défense. Ils n'avaient pas, comme ces derniers, l'expérience des grandes batailles et n'excellaient que dans l'art de l'embuscade et du harcèlement, mais c'était de vaillants combattants. La Vendée, enfin, veilla personnellement à ce que les armes fussent correctement réparties avec une réserve suffisante de balles et de poudre pour chaque tireur. Sa connaissance parfaite des divers modèles de fusils utilisés à Grand-Champ et des ressources de l'armurerie en général lui permettait de déterminer les attributions précises, sans risque d'anomalie ou de carence dans l'approvisionnement en munitions.

La nuit qui suivit cette journée de grande effervescence rétablit un calme relatif dans le village, sans pour autant ralentir la rotation des gardes, ni même accorder le sommeil à ceux que ces bouillants préparatifs avaient mis sur les dents. En dépit des conseils de repos prescrits par l'état-major du camp, on ne dormit que d'un œil, tout habillé et l'arme à portée de main.

Le général Josnet-La Violais, selon la tradition, attaqua à l'aube. Convaincu de surprendre une population paisiblement endormie, il lança une partie de ses troupes à l'assaut du village. Les soldats se ruèrent comme des fourmis au cœur du petit bourg, se jetèrent sur les portes closes, sur les fenêtres, dans les remises et les appentis, se répandirent dans les ruelles en poussant des hurlements féroces. L'obstacle ne leur faisait pas peur. On leur avait promis une victoire facile.

La mousqueterie chouanne les détrompa bien vite. Fulgurante et précise, elle faucha la première vague d'assaut et fit plier la suivante. Des soldats s'écroulèrent au milieu de la rue, d'autres tombèrent sur le seuil des maisons. Une clameur furieuse accueillit la riposte royaliste, pour mourir aussitôt dans un fracas étourdissant. Le feu, tout à coup, fit rage de partout, jaillissant des toits, des fenêtres, des redoutes hâtivement dressées aux points stratégiques du village. Les chouans tiraient sans discontinuer, en ajustant méthodiquement leurs coups. Rompus de longue date aux combats inégaux, ils avaient une science innée de l'efficacité.

Stoppés dans leur élan par une résistance plus opiniâtre qu'ils ne l'avaient imaginée, les Bleus mirent plusieurs minutes à corriger leur tactique. La précision des tirs les affolait. Massés au centre du village qu'ils se proposaient d'investir sans mal, ils s'effondraient en grappes, sans avoir eu le temps de comprendre leur erreur. Un épais brouillard enfumait la rue principale, bordée de façades aveugles d'où fulgurait le feu continu des fusillades.

Josnet vit le danger. Les chouans avaient

été prévenus et s'étaient préparés au choc. Il ne restait plus qu'à faire donner le gros de la troupe pour réduire définitivement ce nid de rebelles. Il appela les renforts demeurés en arrière et ordonna la mise à sac de Grand-Champ. Sous la poussée furieuse des forces républicaines, la défense royaliste fléchit légèrement. Des maisons aux portes fracassées s'échappaient en courant des tireurs débusqués. La bataille se poursuivit dans la rue, faute pour les Blancs de pouvoir conserver leurs positions. On se battit bientôt au corps à corps, ou encore face à face, en se tirant dessus à bout portant. Cadoudal, au milieu de ses hommes, accomplissait à lui seul un carnage. Autour de lui, les Bleus hurlaient :

« La grosse tête ! Emparez-vous d'elle ! » sans savoir que ce sobriquet, inauguré jadis par Stofflet sur les plages de Granville, décuplait les forces du colosse. Cadoudal était un phénomène de la nature. Ce qui lui tombait entre les mains n'en ressortait jamais intact, et les balles elles-mêmes semblaient se détourner de lui. Malgré l'acharnement de ses assaillants, le cercle vide qui le séparait d'eux s'élargissait à vue d'œil.

Non loin de lui, Mercier besognait hardiment, anéantissant sans relâche des fractions de la troupe imprudemment aventurées. A ses côtés, Kristen, Nolwen et Berthelot faisaient feu de tous bords. Cependant, l'étau se refermait inexorablement sur eux, les forçant à combattre le dos au mur. Subitement, un cavalier bondit devant eux, noir de poudre, échevelé, un sabre dans une main, un pistolet dans l'autre. C'était de Silz :

« Décrochez ! Décrochez ! leur cria-t-il à s'en casser la voix, c'est le moment ou jamais. Nous ne pouvons plus tenir ! »

Cadoudal dressa la tête :

« Que dites-vous ? «

En même temps, il grimaça, car la blessure reçue à Loperhet venait de se rouvrir.

« Lanvaux ! Repliez-vous sur Lanvaux ! Sauvez-vous, grand Dieu ! » s'époumona encore de Silz en virevoltant sur son cheval qu'il ne guidait que par les genoux.

Et comme le géant ne bougeait toujours pas, il lui jeta dans un souffle :

« J'en ai déjà donné l'ordre. Il est trop tard, Georges ! Filez, vous aussi ! »

Là-dessus, il décrivit une sorte de salut, enleva son cheval et s'élança à corps perdu vers le gros de la mêlée. Ses amis, horrifiés, virent le cavalier magnifique vaciller sur sa selle, puis disparaître dans un nuage de fumée. Le comte de La Haye de Silz, ancien lieutenant de vaisseau, compagnon de M. de La Rouërie, général élu de l'armée du Morbihan, venait d'être abattu sous leurs yeux, trente-sept jours après avoir signé la paix de La Prévalaye.

Chapitre VI

RETOUR

Le pari insensé

Ils marchaient depuis des heures, à l'écart des routes, sur des chemins inexistants que le hasard plaçait au coup par coup sous leurs pieds et qu'ils suivaient machinalement. Silencieux et mornes comme à un retour de funérailles, ils allaient tantôt l'un derrière l'autre, tantôt côte à côte, d'un pas qui, la fatigue aidant, imprimait à leur allure un mouvement d'automate. L'œil constamment aux aguets, rivé sur un horizon fuyant qui semblait se dérober de minute en minute, ils n'avaient même plus la force de penser. De temps à autre, ils interrogeaient discrètement le ciel où le soleil achevait sa course en larges traînées de feu et, sans se concerter, pressaient le pas avec la même hâte désespérée. Des maigres nourritures glanées ici et là il ne restait plus rien depuis longtemps, ni dans leurs poches, ni dans leur ventre et, au creux de leur estomac, une sensation de vide douloureux, d'aigres élancements laminaient peu à peu leur courage et leurs forces. Déjà le crépuscule jetait sous les buissons des îlots d'ombre diaphanes et drapait la cime des arbres de lambeaux de soie bleus. Bientôt, il leur faudrait chercher encore, à l'abri des sous-bois, une couche précaire pour deux ou trois heures de mauvais sommeil, et cette nuit serait la troisième qu'ils passeraient ainsi, la troisième depuis leur fuite éperdue de Grand-Champ dévasté.

A quelques centaines de toises du chemin creux dont ils venaient à peine d'émerger, ils virent tout à coup se dresser devant eux la silhouette trapue d'une grange de torchis couverte d'un toit de chaume. A première vue, la bâtisse paraissait désaffectée mais en assez bon état cependant pour servir de refuge à deux marcheurs exténués. Après un rapide coup d'œil alentour, ils s'en approchèrent prudemment, doutant encore du secours qu'elle semblait offrir.

Elle élevait ses quatre murs ventrus à la lisière d'un champ en friches où les joncs croissaient en touffes raides sur un tapis d'herbe drue. Son voisinage immédiat ne laissait soupçonner aucune habitation, et seule la large porte de planches épaisses qui en défendait l'entrée empêchait de la croire abandonnée.

Ils en firent une fois le tour avant de se décider à relever l'épar qui bloquait la porte. L'intérieur ne contenait qu'une dizaine de bottes de paille dispersées sur le sol de terre battue, des paniers d'osier empilés négligemment dans un coin, des écheveaux de chanvre suspendus aux solives et quelques outils rouillés.

« Qu'en pensez-vous ? demanda Kristen en examinant les lieux.

— Nous saurons nous en contenter », répondit Nolwen.

Elle passa résolument le seuil et leva la tête vers la charpente :

« Au moins, s'il pleut, nous serons à l'abri. »

Puis, décelant les hésitations du baron :

« Quelque chose vous inquiète ?

— Je ne sais. Cette grange est déserte, mais on y vient toujours. Il se peut que son propriétaire ne soit pas loin.

— Je n'ai pas vu de maison dans les parages, ni senti le feu de bois. Faisons confiance à la chance et gageons qu'il ne viendra personne ce soir.

— Soit, concéda Kristen en entrant à son tour. D'ailleurs, je suis si fourbu que mes jambes ne me portent plus. »

Il se laissa tomber pesamment sur les genoux au milieu de la grange et s'assit sur ses talons, les bras pendants, les épaules voûtées. D'un geste infiniment las, il détacha son sabre et le jeta loin de lui comme un objet inutile, puis il traita de même le seul pistolet qu'il avait sauvé du désastre et qu'il envoya valser près de la lame inerte. Nolwen, qui l'observait à la dérobée, s'en alla ranger posément son arme personnelle auprès de celles du baron et revint se planter devant lui :

« J'ai aperçu un petit ruisseau en contrebas de ce champ...

— Eh bien ? maugréa-t-il sans la regarder.

— Je vais aller m'y laver un peu. »

Il sursauta :

« Le moment est-il bien choisi pour avoir de ces coquetteries ?

— Il ne s'agit pas de coquetterie mais de propreté. Nous divaguons depuis trois jours, presque sans manger ni boire, ne dormant qu'à la belle étoile comme des animaux errants, et je commence à ne pas beaucoup aimer l'odeur de mes vêtements. »

Il leva sur elle un regard dubitatif qui, tout à coup, s'éclaira d'une lueur étrange. Elle était debout, devant lui, à la hauteur de ses yeux, lesquels s'étaient machinalement portés sur les formes de la jeune fille. La vision d'un corps de femme lui traversa l'esprit comme un éblouissement. Jamais il n'avait cédé à l'envie de percer les secrets de ce travesti d'homme auquel tout le monde semblait s'être habitué. A la longue, il avait même fini par oublier ce que les grosses pattes des soldats de Châteaulin avaient vulgairement exhibé ; du moins le croyait-il jusqu'à l'annonce intempestive de cette toilette champêtre. Nolwen était trop près de lui à cet instant pour qu'il ne fût pas tenté de se la représenter nue. En proclamant à brûle-pourpoint son intention de se baigner, elle avait fait jaillir sans le vouloir dans l'imagination du gentilhomme des images de naïade à la chevelure fauve.

Il admettait volontiers à présent que ses effets de paysan ne rendaient pas justice à sa féminité et qu'à vivre parmi les hommes elle en avait copié bien des traits. Pourtant, force était de constater que, depuis peu, elle subissait une métamorphose sensible et harmonieuse qui n'était pas sans évoquer le charme inattendu des floraisons tardives. Sous la grossière chemise de chanvre, le pantalon de toile rêche, triomphaient les rondeurs d'une femme épanouie qu'une robe aurait pu rendre désirable.

Elle venait de dénouer son foulard et ébouriffait ses cheveux d'un joli mouvement de tête. Sa chevelure elle-même, rarement dévoilée, dégageait une sensualité troublante. Elle était généreuse et floue, irrégulière, imprévisible et mêlait avec un bonheur égal les nuances du roux à celles du châtain.

Kristen réprima un frisson lorsque sa jeune compagne abaissa vers lui ses prunelles étoilées de candeur naïve :

« Mon idée vous contrarie ? »

Il y avait tant d'innocence, tant d'inconscience dans cette question qu'il eut un peu honte de lui :

« Non, fit-il en détournant la tête, je me demandais tout au plus si la prudence...

— Je n'en aurai pas pour longtemps, je vous le promets.

— Prenez garde tout de même à ne point boire de cette eau », crut-il judicieux d'ajouter en se composant un air de père de famille.

Elle haussa les épaules en souriant.

Il resta un moment pensif tandis qu'elle s'éloignait, puis, rassemblant son courage, il se leva et entreprit d'explorer le contenu de la grange en prévision de leur séjour nomade. La masure n'offrait qu'un confort rudimentaire, mais en comparaison du dénuement total dont ils avaient dû se contenter jusqu'alors, elle semblait presque luxueuse. Il se mit à délier des bottes de paille, en tapissa le sol pour confectionner une litière, y étala sa veste en guise de couverture puis envisagea diverses solutions pour se procurer un peu de nourriture. Ce faisant, ses idées vagabondes lui échappaient sans cesse et le ramenaient obstinément aux pensées qu'il avait chassées. Il s'avéra bientôt incapable de penser à autre chose qu'à Nolwen. Tout dans cette grange conspirait à raviver le souvenir de leurs mésaventures passées : la vétusté de l'endroit, les odeurs de moisi, le silence et jusqu'à cette paille qu'ils allaient tout à l'heure partager. Par étourderie sans doute, il n'avait préparé qu'une seule litière et déposé sa veste au beau milieu comme s'il pressentait déjà qu'ils y dormiraient ensemble. Ensemble, le sort voulait aujourd'hui qu'ils le fussent à nouveau, dans l'épreuve, la fuite et les périls comme lors de leur évasion. Pendant longtemps, l'épisode de la traversée de l'Aulne avait hanté sa mémoire, et jamais il n'avait pu oublier l'image de Nolwen s'engloutissant dans l'eau. Oui, ce jour-là, Nolwen était entrée dans sa vie comme par effraction.

Était-ce l'afflux de ces réminiscences, l'effet d'une vague prémonition ? mais de minute en minute, l'absence de la jeune fille l'inquiétait. Il en évaluait mentalement la durée, s'inventait d'obscures raisons de s'en alarmer, trépignait presque en se traitant d'imbécile tout en dressant l'oreille au moindre bruit. Pour se calmer, il résolut de marcher de long en large, fit semblant d'étudier la charpente, joua distraitement avec les écheveaux de chanvre et finalement se retrouva sur le seuil, en position de vigie, les yeux tournés vers le ruisseau.

Là-bas, entre les balais de roseaux, un point blanc venait de rebondir et le cœur du guetteur immobile tressaillit. Nolwen s'en revenait vers lui et il avait beau se raisonner, désavouer le trouble qu'il sentait croître en lui, une fièvre insolite continuait de l'agiter.

Les paupières plissées, il suivit attentivement la progression de celle dont il guettait la venue. Elle procédait par petits sauts prudents, leste et furtive, en exploitant astucieusement le sens de la lumière pour se rendre invisible, et il ne pouvait s'empêcher de l'admirer. Dans l'explosion incandescente du soleil couchant, elle conjuguait la légèreté de l'elfe à la grâce de l'ondine.

Une dernière fois, il tenta de se reprendre. Au fond, que faisait-il sur ce seuil sinon veiller sur elle ? Après la tourmente de Grand-Champ, n'avait-il pas raison de faire bonne garde ? Et cependant, il avait l'impression que son cœur se dilatait et que ses battements fous ébranlaient la terre elle-même.

Soudain, elle fut devant lui, rafraîchie, pacifiée par l'eau glacée du ruisseau. Ses cheveux cascadaient en mèches ruisselantes et sa chemise constellée d'auréoles humides lui collait à la peau.

« Je me sens mieux », dit-elle simplement.

Ensuite, il ne sut comment elle échoua entre ses bras. L'y avait-il attirée dans un geste impulsif ? S'y était-elle jetée spontanément ? Il n'aurait pu le dire, mais déjà, il la serrait avec force contre lui. Interdite ou consentante, elle ne se défendait pas.

Leurs lèvres se cherchèrent en tremblant, se trouvèrent et s'unirent. La brûlure de ce premier baiser les affola. Stupéfait, Kristen prit le visage de Nolwen entre ses mains et interrogea son regard. L'idée de la choquer, de la meurtrir le terrifiait. La formidable attirance qu'il éprouvait pour elle différait de tout ce qu'il avait connu à ce jour.

Étreint d'une sourde appréhension, il la serra plus fort encore. L'éclosion subite d'un sentiment aussi violent lui donnait le vertige et l'effrayait tout à la fois. *Les circonstances, sans doute...* songeait-il dans un effort de raisonnement, lui qui de toute sa vie n'avait jamais perdu la tête. Peut-être n'était-ce là qu'une sorte de contrecoup ; le brusque et légitime besoin de se sentir vivant. Mais il n'était déjà plus temps d'y remédier, car l'impétuosité de leur désir les poussait l'un vers l'autre et les emportait.

Il rabattit la porte derrière eux et entraîna Nolwen vers leur couche en la gardant étroitement enlacée. Quand il la renversa contre lui pour l'étendre sur la paille, il dut maîtriser à grand-peine son envie folle de la posséder. Elle n'émit pas la moindre plainte lorsqu'il s'abattit lourdement sur elle tout en lui infligeant l'étau de ses bras durs. Abandonnée, offerte, elle sentit la chaleur d'un torse immense l'envelopper, deux mains expertes la parcourir avidement. Bientôt, une sensation de plénitude totale l'envahit quand, dominant son impatience, Kristen laissa agir sa virtuosité. La rudesse de l'assaut fondit sous le déploiement savant des caresses. Respectueux d'une innocence intacte et débordant d'une tendresse qui ne cessait de le surprendre, Kristen accomplissait des prodiges pour adoucir l'instant de la rencontre.

Lorsque l'amour se répandit en elle, Nolwen ne sut tout d'abord à quel mystérieux mécanisme intime elle devait d'éprouver presque en même temps une douleur si vive et un bien-être si rayonnant. Une dernière étreinte faillit lui arracher un cri qui mourut dans un gémissement. Kristen, inerte, reposait sur elle de tout son long, le visage enfoui dans le pli de son cou. Il lâcha un petit cri plaintif qui réveilla en elle le feu couvant d'une indulgence tendre. Maladroite, hésitante, elle referma ses bras sur lui et l'apaisa d'une caresse. Pour lui, elle inventait les gestes qu'elle n'avait jamais faits.

Quand il releva la tête, encore tout frémissant, ce qu'elle lut au fond de ses yeux noirs ressemblait à de la gratitude mêlée d'étonnement. Mais à la seconde même, elle se prit à redouter les premiers mots qu'il allait prononcer :

« Je suis désolé, Nolwen, balbutia-t-il, dégrisé et confus, je n'aurais pas dû, je vous demande pardon... »

La platitude cruelle et formaliste de ces trois pitoyables phrases la crucifia. Elle serra les dents, meurtrie jusqu'à l'âme tandis qu'ils se détachaient l'un de l'autre d'un même mouvement brutal. Kristen bascula sur le côté. Elle resta immobile, les yeux plantés dans les solives, le cœur en cendre. Le silence qui suivit leur séparation dressa entre eux un mur de glace. De tous les mots qu'elle avait craints ceux-là étaient les pires. En l'écrasant d'un repentir qu'elle ne réclamait pas, le baron venait d'anéantir son rêve. Grand seigneur, il plaidait coupable, insinuant par là même qu'il y avait eu faute, et cet aveu de culpabilité était comme une insulte au bonheur qu'elle lui avait donné.

Était-ce pour lui si difficile d'admettre qu'une paysanne pût être libre de sa personne et responsable de ses actes comme une grande dame ?

Je le hais ! songea-t-elle, la rage au ventre, *je le hais !*

Elle avait envie de l'étriller, de l'humilier aussi gravement qu'il venait de le faire, et dans le tumulte de sa révolte, la vengeance lui fournit l'estocade :

« Ne vous excusez point, messire, repartit-elle avec une désinvolture perfide, c'est là bien peu de chose. »

Il fronça les sourcils, froissé par l'accent désobligeant de la remarque :

« Que voulez-vous dire ? »

Elle ricana :

« Que je vous pardonne volontiers et vous engage à garder vos regrets pour une occasion plus grave. Il y a bien longtemps, je présume, que vous êtes privé de femme et votre nature ne s'y résigne point. Le hasard m'a placée sur votre route, et voilà tout. Cela n'a pas plus d'importance pour vous que pour moi, je vous assure.

— L'étendue de votre compréhension me confond, grinça-t-il, désappointé. Est-ce vraiment ce que vous pensez ? Ce n'est pas ce que j'ai cru comprendre tout à l'heure...

— Bah ! laissons cela, vous dis-je. De toute façon nous n'avions le choix ni l'un ni l'autre et la guerre nous apprend à brûler les étapes. A vingt-trois ans, il était grand temps pour moi que cela se fasse. »

Elle mettait une complaisance presque vulgaire à rajuster ses vêtements sans hâte comme s'il ne s'était rien passé. Un sourire placide flottait sur ses lèvres. Elle savait que son effronterie était l'une de ses meilleures armes.

« Grand Dieu ! explosa Kristen tout à coup, mais qui vous donne le droit ? Êtes-vous née d'une louve pour être aussi féroce ? »

Ce disant, il s'était rué sur elle et l'empoignait aux épaules avec fureur :

« Personne ! vous m'entendez ? Personne n'a encore jamais osé !... »

Il suffoquait de colère, les mots s'étouffaient dans sa gorge. Il aurait voulu la rouer de coups. Le visage près du sien, il revivait leurs orages passés dans l'éclat détestable de ses yeux. Non, personne n'avait jamais osé ce qu'elle osait en ce moment. Personne ne l'avait jamais bravé avec cette arrogance. Personne sauf elle. Et c'était cela qui lui plaisait et le déconcertait à la fois. Il admirait son courage et son infernal aplomb. Il aimait qu'elle lui résiste et ne baisse pas les yeux comme tant d'autres devant lui. Tout en elle le séduisait, l'irritait, le désorientait, y compris cette fière susceptibilité à laquelle il se heurtait sans cesse.

Appuyé sur elle de tout son poids, il ne se résolvait pas à la lâcher, et cependant l'odeur de sa peau, de ses cheveux mouillés, le contact trop précis de son corps soumis à sa violence attisaient sournoisement le désir encore vif qu'il avait d'elle. Elle ne semblait pas avoir peur, le regardait bien en face, et son regard d'or humide le subjuguait. D'un coup de reins, il se rejeta en arrière et roula hors de la litière.

Elle se retrouva seule sur la veste chiffonnée, abasourdie et perplexe. Quelque chose dans la réaction excessive de Kristen l'avait alertée. Contrairement à ce qu'elle espérait, elle ne tirait aucune satisfaction de cet affrontement. L'hypothèse d'un malentendu s'insinua alors en elle comme un rai de lumière en même temps que les paroles de Maunoir lui revenaient en mémoire. En fait, ce malentendu qui ne datait pas d'hier méritait aujourd'hui un examen de conscience.

Parce qu'un jour un hobereau breton hautain et orgueilleux l'avait traitée de paysanne ignorante et stupide, elle avait fait de cette insulte le point d'orgue de sa vie. Pour laver cette cinglante apostrophe, elle s'était engagée dans les méandres d'une guerre absurde et, tant par défi que par nécessité, s'y était comportée de manière honorable. Mais jamais elle n'avait pu éteindre la rancune qui la rongeait depuis ce jour-là. Il lui avait fallu l'exil de Grand-Champ pour comprendre qu'elle n'avait pas vécu un seul de tous ces jours sans que le baron ne fût présent à son esprit. Lors même qu'elle chouannait avec Guillemot, Berthelot ou Cadoudal dans les landes morbihannaises, c'était à lui qu'elle pensait en faisant le coup de feu. Et quand on lui avait appris la mort ignoble de son frère, c'était vers Kermoguer qu'étaient montés ses appels de détresse. A aucun moment elle n'avait abandonné l'espoir de revoir Kristen, mais c'était à Grand-Champ, à Bignan ou à Auray qu'elle voulait le retrouver, c'est-à-dire sur le territoire où le Bosco avait gagné ses galons de soldat. Rentrer à Kerambraz n'aurait nullement servi son ambition de l'étonner.

Comment aurait-elle pu prévoir qu'elle désarmerait si vite ? A Grand-Champ, il s'était imposé tout de suite et l'amitié de Georges lui avait conféré l'aura des élus. Silencieux, altier, bourru mais bien élevé, Kristen de Kermoguer faisait figure de personnage, et il n'était pas rare qu'elle surprît son regard sur elle lorsque, par hasard, ils se trouvaient dehors en même temps. Son attention la flattait secrètement, mais elle ne cherchait pas à savoir pourquoi. Y réfléchir l'eût obligée à trop penser à lui. Elle préférait se dire qu'il la regardait comme un soldat. Pourtant, elle ne pouvait nier qu'à trois reprises au moins il avait fait mieux que cela : à Châteaulin d'abord où il l'avait sortie de l'eau au prix d'un effort héroïque ; à Loperhet ensuite où, par deux fois, il s'était jeté devant elle quand les Bleus l'ajustaient ; et en dernier lieu à Grand-Champ où il avait pris des risques considérables pour la rejoindre et l'emmener. Enfin, que dire de la prévenance exemplaire manifestée tout à l'heure dans l'acte d'amour ? Bien que relativement ignorante de ces choses, elle avait deviné que sous la douceur magnétique de ses caresses, la tendre autorité de ses gestes, se dissimulait une nature exigeante qui, en d'autres circonstances, n'eût pas craint d'assouvir son solide appétit. Mais Kristen, une fois encore, avait voulu la préserver, lui épargner la souffrance comme il lui avait épargné la mort.

Pourquoi refusait-t-elle de voir ce qui crevait les yeux ? Cet homme lui avait donné plus qu'elle n'avait jamais reçu de quiconque et ne méritait pas tant d'ingratitude. Au fond, que savait-elle de lui, de ses chagrins et de ses drames pour lui opposer une telle intransigeance ? S'il avait eu des torts, autrefois, envers elle, il n'avait pas manqué de les réparer depuis, ce qui dénotait les qualités d'un cœur qu'il cachait soigneusement dans une cuirasse d'airain. Ce n'était pas sa faute si, à travers lui, c'était la mort de Tugdual qu'elle continuait à la fois de punir et d'expier. Le malheur ne pouvait éternellement servir d'excuse à l'intolérance et à l'aveuglement.

Timidement elle tendit la main dans le vide et rencontra le bras du gentilhomme :

« Faisons la paix, monsieur, voulez-vous ? dit-elle en effleurant la manche de sa chemise, je suis parfois si emportée... »

Il ne répondit pas, mais laissa la main de Nolwen reposer sur son bras.

« Rien de ce qui s'est passé entre nous, sachez-le, poursuivit-elle dans un murmure, ne justifiait vos regrets et, par conséquent, je n'avais rien à vous pardonner. »

Le bras de Kristen s'écarta lentement et sa main glissa jusqu'à la sienne :

« Vous et moi, nous ne nous sommes jamais très bien compris, soupira-t-il. Je me demande parfois si nous parlons la même langue. Et pourtant... »

Il n'acheva pas sa phrase, ne sachant comment résumer ce qu'il concevait lui-même si mal. Sa colère, déjà, était tombée. Paume contre paume, doigts enlacés, leurs mains continuaient de se parler pour eux.

« Seigneur ! reprit Kristen au bout d'un instant, quelle mouche vous a piquée ? Pourquoi tant de méchanceté ?

— Vos paroles m'ont blessée. J'ai eu le sentiment que vous aviez honte de moi.

— Honte ? »

Il s'était dressé sur son coude et la dévisageait avec stupeur.

« Oui, honte. Je ne suis qu'une paysanne ni très jolie ni bien maligne, et je n'ai pas été jusque-là bien habile à vous plaire...

— Enfin, Nolwen ! serez-vous toujours aussi impulsive et n'écouterez-vous donc jamais que votre colère par-dessus tout ce que l'on peut vous dire ? Si j'ai eu honte, ce n'était pas de vous mais de moi. Vous n'aviez manifestement aucune expérience et je n'ai pas été pour vous un initiateur très patient. J'aurais dû me montrer plus... Bon sang ! comment vous expliquer ces choses qui vous sont visiblement si étrangères ? »

Ce fut au tour de Nolwen de soupirer :

« Ne vous donnez pas cette peine. C'est moi à présent qui vous demande pardon. Vous savez, les épreuves m'ont durcie plus que de raison. Elle m'ont mis un caillou à la place du cœur et des écailles sur les yeux. Voilà pourquoi je me laisse trop souvent guider par la colère. Il ne faut pas me méjuger. Au fond, je ne suis pas si mauvaise. »

Il la contempla longuement d'un air songeur et grave :

« Nolwen, depuis que je vous connais le monde marche à l'envers. Je ne sais pas ce que je fais avec vous, ni vous avec moi, mais ce que je sais en revanche, c'est que je ne souhaiterais pas avoir une autre compagnie que la vôtre en ce moment. Y aurait-il eu dix jolies filles dans cette grange à ma seule discrétion, c'est bel et bien vers vous que je serais allé. Comprenne qui pourra. »

Elle esquissa un sourire et se tourna vers lui :

« Venez plus près de moi. Il commence à faire froid et j'ai grand besoin de votre chaleur. Un si grand besoin... »

Cette prière inattendue le désarma. Pour éviter de perdre contenance, il feignit de l'exaucer à contrecœur :

« Je me demande, grommela-t-il en se rapprochant d'elle, d'où vous est venue la remarquable certitude que je manquais de femmes. »

Elle eut un petit rire de gorge :

« Si vous aviez eu une bonne amie, tout le monde à Grand-Champ l'aurait su, vous pensez ! Surtout s'il s'était agi de Mlle de Lantenac.

— Tiens donc ! Dois-je en déduire que vous

m'espionniez ?

— Ce n'était pas nécessaire. Toutes les femmes du village s'en chargeaient bien pour moi. Elles n'avaient d'yeux que pour vous.

— Vraiment ?

— Ne faites pas l'innocent. Vous l'aviez certainement remarqué.

— A Grand-Champ, souvenez-vous, je n'avais guère le loisir de m'occuper de cela. »

Le silence qui ponctua cette discrète mise au point les ramena tous deux aux événements des derniers jours. Malgré la résistance opiniâtre de ses défenseurs, Grand-Champ était tombé, emportant dans sa chute l'avenir d'une Chouannerie désormais orpheline de De Silz. Le plus affreux des doutes pesait également sur le sort de Cadoudal et de Mercier, dont on ne savait pas s'ils avaient pu rejoindre les landes de Lanvaux par les marais du Loch. Quant au Roi de Bignan, nul ne pouvait dire s'il avait survécu au choc et sauvé ses positions. La forfaiture de La Mabilais explosait au visage de ses signataires, donnant raison s'il en était besoin à ceux qui s'en étaient méfiés, mais le chaos triomphait. En l'espace de quelques heures, tout avait basculé.

« Pensez-vous qu'ils sont encore en vie ? hasarda Nolwen subitement éteinte, dites, sont-ils saufs à votre avis ? »

Il haussa imperceptiblement les épaules d'un air de triste impuissance :

« J'aimerais pouvoir vous l'affirmer...

— Le général était blessé, il ne pouvait pas courir.

— Ses hommes l'auront emmené...

— Aussi, pourquoi l'avons-nous abandonné ? Pourquoi nous sommes-nous enfuis ?

— Nous lui avons obéi, Nolwen. C'était sa volonté. »

Kristen se tut, la tête encore pleine de la dernière image du chef alréen. Au plus fort de la tourmente, tandis que les cadavres s'amoncelaient autour de lui et que le crépitement des armes couvrait le râle des agonisants, Georges avait eu le courage de lui adresser ce message sublime : « Allez-vous-en, baron ! Rentrez dans le Finistère ! Faites lever le pays là où on ne l'attend plus ! » Et Kristen, abasourdi, avait mis un certain temps à comprendre que cette ultime consigne prenait le sens d'un testament.

« Mais s'il est mort, murmura Nolwen, lugubre, qu'allons-nous faire ?

— Continuer la lutte, pardi ! Il ne saurait y avoir d'autre réponse à sa mort. Et qu'on ne vienne plus nous reparler de paix tant que les républicains occuperont ce pays. Nous sommes ici chez nous. Nul n'a le droit de nous imposer des lois qui ne soient nôtres ni de massacrer impunément nos frères.

— J'ai entendu parler d'une guerre qui aurait duré cent ans. Est-ce que nous nous battrons pendant cent ans, nous aussi ?

— S'il le faut, et même davantage. Le Finistère n'a pas dit son dernier mot. Il est peut-être plus lent à la colère, mais il est aussi plus têtu. Quand ses voisins seront à genoux, c'est lui qui se redressera.

— Avec Maunoir et vous, bien sûr.

— Je l'espère bien. Je n'ai pas communiqué avec Maunoir depuis mon arrivée à Grand-Champ, mais je compte le trouver prêt.

— Il le sera sûrement ! Je parierais qu'il a bien travaillé en votre absence. Maunoir est pour vous ce que Mercier est pour Georges. »

Kristen ne put retenir un sourire amusé :

« Je vous sens tout à coup bien impatiente de le revoir. Vous aurait-il un peu manqué, ce cher Maunoir ?

— A vous autant qu'à moi, je présume, puisqu'il est votre ami. A propos, pourquoi ne l'appelez-vous jamais par son prénom ? N'est-ce pas l'usage entre amis ?

— C'est que je ne sais même pas si Maunoir a un prénom. Il est né sans identité ni famille. On l'a trouvé devant la cure du recteur de Fouesnant, un matin de printemps. Le prêtre qui le recueillit le confia aux religieuses. On le nomma Maunoir en mémoire du célèbre missionnaire qui reçut, dit-on, le don de la langue bretonne dans la chapelle de Ty-Mam-Doué près de Quimper. Le choix de ce nom lui fut sans doute bénéfique, car il montra très tôt de réelles dispositions pour l'étude, ce qui lui valut d'être éduqué chez les pères, en échange de menus travaux. Plus tard, lors de la guerre d'Indépendance d'Amérique, il choisit par conviction d'aller combattre auprès des *Insurgents,* et de cette époque lui est resté le surnom de Major. Voilà toute son histoire.

— Vous le connaissez depuis longtemps ?

— Environ six ou sept ans. Nous avions alors pour habitude de fréquenter les mêmes lieux et de nous distraire ensemble. Puis, il disparut pendant une année entière durant laquelle, je l'appris plus tard, il avait rejoint les conjurés bretons de La Rouërie, lequel La Rouërie avait été son officier supérieur et son compagnon d'armes aux Amériques. La conjuration regroupait déjà quelques grands noms tels que Tinténiac, Lantivy, de Silz. Hélas, elle fut dénoncée, et, à la mort du marquis, bon nombre de ces conspirateurs furent activement pourchassés. Maunoir vint chercher refuge à Kermoguer et je fis de lui mon garde forestier. Cela dit, ma chère, vous me faites fort habilement parler de lui et j'admire votre adresse. Ai-je au moins rassasié votre curiosité ? »

Tout en parlant, Kristen l'avait attirée au creux de son bras et lui pressait doucement l'épaule, ce qui peu à peu, entraînait la jeune fille vers le sommeil. Elle se pelotonna contre lui et ne dit plus un mot. Autour d'eux, l'obscurité suspendait aux solives des tentures de velours noir. Les écheveaux de chanvre dodelinaient mollement au-dessus de leurs têtes et, sous le chaume effrangé du toit, des chauves-souris entamaient leur sarabande nocturne en poussant de petits cris aigus. La nuit s'était approchée à pas de loup et les enveloppait de son haleine fade. Tandis qu'elle voguait entre rêve et conscience, Nolwen sentit le visage de Kristen se perdre dans ses cheveux ; ses bras l'enfermer comme dans un berceau, et elle se fit plus petite encore, serrée en boule contre lui.

« Où avez-vous rangé nos armes ? s'émut-elle néanmoins, tout engourdie de sa chaleur.

— Ici, à portée de main. Les deux pistolets sont chargés et j'ai tiré mon sabre hors de son fourreau.

— Dieu veuille que nous n'ayons pas à nous en servir cette nuit, car je n'ai guère de vaillance en réserve, et sans vouloir vous faire affront, j'ai furieusement envie de dormir. »

Kristen rit doucement tout en lui effleurant la tempe d'un léger baiser. Elle l'entendit murmurer près de son oreille une suite de mots qu'elle ne comprit pas. Puis, après un bref silence qu'il combla d'un soupir, il acheva son monologue par une vague remarque au sujet de la porte. Après quoi, ils sombrèrent en même temps dans un sommeil de plomb.

Ils devaient reposer depuis une heure ou deux quand la porte, soudain, s'ouvrit à grand fracas et un ouragan de cris et de rugissements fit voler en éclats le silence de la nuit. Les deux dormeurs s'éveillèrent d'un bond et, dressés sur leur couche, découvrirent avec horreur ce qui les entourait. Torches brandies, baïonnettes en avant, une dizaine de gendarmes avaient investi leur asile et grondaient comme une meute au débucher d'un cerf.

« Levez-vous ! gueula le brigadier qui commandait l'escouade, et n'essayez pas de résister ! »

Assommés par la brutalité de l'irruption, les yeux meurtris par la lumière des flammes, Kristen et Nolwen demeurèrent pétrifiés sur place.

« J'ai dit debout ! » glapit le sous-officier hargneusement.

Ils obtempérèrent sans hâte, la mort dans l'âme. La tête encore embrumée de sommeil, les paupières lourdes, ils échangèrent à la sauvette un regard consterné. Sans papiers, sans appui, ils tombaient *ipso facto* sous le coup de la loi, et les armes qu'ils n'avaient plus le temps de faire disparaître les condamnaient irrémédiablement.

« Pressez-vous un peu ! et gare à vous ! » avertit encore le brigadier tandis qu'ils rajustaient péniblement leurs effets en désordre.

Les autres, au coude à coude, guettaient le moindre de leur mouvement, le doigt crispé sur la détente.

C'est alors que, prompte comme l'éclair, Nolwen tourna sur elle-même et dans un réflexe insensé se jeta à plat ventre sur les pistolets restés au bord de la litière. Ses mains fouillèrent désespérément la paille, griffèrent la terre et le bois lisse d'une crosse, tentèrent de saisir l'arme quand, tout à coup, une douleur atroce lui traversa la cuisse, brisant net son élan. Elle se cabra et d'un furieux coup de reins voulut se redresser, mais, ivre de souffrance, s'affala dans la paille. La baïonnette d'un jeune gendarme, plongée à vif dans sa chair, la maintenait clouée au sol. Elle n'émit pas un cri lorsque ce même gendarme, encore stupéfait de son geste, voulut reprendre précipitamment son bien. Quand il tira sur le fer, le sang se mit à gicler.

« Folle ! Folle ! » s'écria Kristen en se ruant sur elle.

Sans se soucier des fusils pointés vers lui, il tomba à genoux près de Nolwen et la saisit à pleins bras :

« Pourquoi as-tu fait ça, petite idiote ? C'était stupide... »

Il s'escrimait à comprimer la plaie pour arrêter le sang, mais le flux écarlate lui submergeait les doigts :

« Il faut la faire soigner au plus vite ! intima-t-il aux républicains, la blessure est profonde.

— Du calme, citoyen ! riposta le brigadier, nous allons vous emmener à Quimperlé.

— A Quimperlé ? Mais où sommes-nous ?

— A une demi-lieue de votre destination finale. »

Kristen sentit sa raison chanceler. Ils n'étaient plus qu'à une demi-lieue de Quimperlé ! Autant dire presque chez eux ! Et si près de toucher au but, ils venaient de se faire surprendre dans cette maudite grange. Partagé entre l'accablement et la révolte, il accusa le coup en reportant sur Nolwen son attention inquiète :

« Auparavant, nous devons la panser. Elle perd tout son sang.

— Pas de temps à perdre ! Fallait pas qu'elle bouge ! Suivez-moi sans faire d'histoire. »

Les gendarmes s'étaient prestement emparés du sabre et des deux pistolets et les avaient remis au sous-officier qui les examinait avec une satisfaction évidente. Cette trouvaille ne l'incitait en rien aux accommodements.

« Je vous répète qu'il faut d'abord bander cette blessure ! s'entêta Kristen, saisi d'une rage froide, et c'est bien ce que je vais faire. »

Joignant le geste à la parole, il déchira un pan de sa chemise et, sous l'œil mauvais du brigadier, se mit en devoir de garrotter soigneusement la cuisse ensanglantée de Nolwen.

« Suffit maintenant ! tonna celui-ci en le mettant en joue.

— Allons-nous-en d'ici », fit Kristen en soulevant Nolwen dans ses bras. En un tournemain, il ramassa sa veste et en couvrit la blessée.

Comme les gendarmes manifestaient l'intention de s'assurer eux-mêmes de la jeune fille, il les repoussa rudement :

« Ne la touchez pas ! Je la porterai ! »

Cerné de baïonnettes, d'uniformes et de flammes, il sortit dans la nuit en serrant son précieux fardeau.

Les Bleus avaient attaché leurs montures à bonne distance de la grange de manière à ne pas donner l'alerte. Les bêtes attendaient passivement, massées derrière un rideau d'arbres. Dès qu'il les eut repérées, Kristen accéléra le pas malgré l'obscurité. L'obsession de l'urgence le cravachait. Il sentait sur sa peau le tiède ruissellement détremper sa chemise et, dans le creux de son épaule, la tête de Nolwen s'alourdir peu à peu. La demi-lieue qu'il leur fallait encore couvrir le désespérait.

Tandis qu'il se hâtait de rejoindre les chevaux, son regard intercepta fortuitement la silhouette d'un individu dont la présence insolite en ces lieux et à pareille heure ne manqua pas de l'intriguer. L'homme était vêtu d'une veste de paysan et de culottes larges et tenait son chapeau à la main. Il restait prudemment effacé dans l'ombre d'un vieux châtaignier, au tronc duquel il se fondit lorsque Kristen le dépassa :

« Est-ce ton œuvre ? » fit le baron en s'arrêtant devant lui.

L'interpellé se raidit. Sous l'éclairage blafard

d'un frêle croissant de lune, il distingua une chevelure de femme déployée et la forme avachie d'un corps tordu par la souffrance. Ses gros yeux ahuris roulèrent comme des billes. Tout à l'heure, il avait vu deux hommes pénétrer dans sa grange, et c'était ces deux hommes qu'il était allé dénoncer aux gendarmes. Choisit-on de coucher dans une pareille auberge quand on n'a rien à se reprocher ? Comment aurait-il pu deviner que l'un d'eux était une femme ?

— C'est ma grange... allégua-t-il en bégayant, c'est ma grange...

— Tu le diras à l'Ankou quand il viendra te prendre et tu auras bientôt l'éternité pour te repentir. »

Un coup de crosse dans le dos força Kristen à passer son chemin. Il cracha aux pieds du traître et allongea le pas.

Parvenu à proximité des chevaux, il demanda sur lequel il devait installer Nolwen. On lui rétorqua qu'il n'aurait qu'à suivre les gendarmes à pied. Seule la moitié de l'escouade, en effet, était montée.

« Je la porterai donc jusqu'à Quimperlé, trancha-t-il, résolument réfractaire à l'idée de supplier.

— Mets-la sur celui-ci ! concéda le brigadier en lui jetant un œil soupçonneux. Je ne sais pas ce que tu as derrière la tête, mais je me méfie. Tant que nous garderons la fille, tu te tiendras tranquille. »

On le laissa seul hisser Nolwen en selle et lui enrouler les rênes autour des poignets. Après quoi, on lui ficela les mains derrière le dos et les six gendarmes à pied formèrent une escorte serrée pendant que les autres enfourchaient leurs chevaux.

La troupe s'engagea sur une route cahoteuse qui lui fit, pour un temps, longer la Laïta, puis bifurqua vers une voie plus large en direction de la ville. Kristen, qui n'avait pas été autorisé à marcher près de Nolwen, observait douloureusement le supplice de la jeune fille. A chaque écart du cheval, à chaque bosse du chemin, il voyait son buste s'affaisser vers l'encolure, ses jambes ballotter dans le vide, son corps tanguer dangereusement comme un esquif en perdition. Entre ses mains inertes, les rênes lâches ne servaient à rien sinon à la maintenir encore en selle, comme retenue par un fil. La crainte de la voir chuter d'une minute à l'autre sans pouvoir lui porter secours devenait pour lui une hantise telle qu'il en aspirait à revoir au plus vite les geôles du gouvernement pourvu que Nolwen y fût soignée. Peu lui importait la suite des événements. Il en venait même à oublier qu'au terme de ce voyage c'était sur l'échafaud qu'ils se retrouveraient.

On les mena sans délai à la maison d'arrêt de Quimperlé, sise dans un quartier de la basse-ville. Au premier coup frappé contre l'huis, un garde parut :

« Réveille ton monde ! lui cria le brigadier, v'la de nouveaux pensionnaires !

— Ben ! bougonna le garde, va falloir bientôt les liter. La maison devient trop petite.

— Discute pas, demain y f'ra jour. Pour ce soir, faut m'les fourrer quelque part. Ah ! j'oubliais ! Y'a aussi une blessée.

— Manquait plus qu'ça ! »

Il ouvrit la porte en grand et appela le reste de la garde.

On arracha Nolwen de sa selle et, après l'avoir posée par terre sans douceur, on les poussa tous deux à l'intérieur de la conciergerie où une chandelle morveuse venait d'être allumée. La pièce empestait le tabac froid et le remugle. Une table hideuse, barbouillée aux couleurs de la nation, lui tenait lieu d'unique mobilier, et elle était bien trop étroite pour contenir la moindre chaise.

Tiré du lit au beau milieu de son sommeil, le concierge fit une apparition ronchonne devant les représentants de la force :

« Quoi encore ? maugréa-t-il en se frottant les yeux, ça finira donc jamais ? On emprisonne jour et nuit maintenant ? Où je vais les mettre, moi, ces deux-là ?

— A toi de voir. Nous avons fait notre travail, à toi de faire le tien. »

Avisant la mine convulsée de Nolwen, le concierge s'insurgea :

« Et par-dessus le marché, en v'là une d'amochée ! Nom d'une pipe ! M'a pas l'air brillante ! J'veux pas qu'elle trépasse ici, moi.

— Tiendra bien encore un peu. C'est une coriace. Sois sur tes gardes avec elle.

— T'en as de bonnes, j'suis pas soldat. Et puis, j'ai rien pour la soigner. Bon ! J'vais toujours prendre leurs noms. Ensuite, on verra. »

Il ouvrit en soupirant un registre graisseux sur lequel s'étageaient des colonnes de gribouillages et trempa sa plume dans l'encrier :

« Toi, l'homme, décline tes nom, prénoms, âge et qualité.

— Martin, Jérôme Martin, 32 ans, aubergiste.

— Montre tes papiers.

— Je ne les ai plus. On me les a volés.

— D'où es-tu ?

— De Gourin.

— Motif de l'arrestation ?

— J'ai dormi dans une grange.

— Vouais... Défaut de papiers et suspect. Et elle, c'est ta femme ?

— Non...

— Vous avez été pris ensemble pourtant.

— Je ne le nie pas.

— Je vois. »

Que voyait-il vraiment, cet âne bâté, pour se croire obligé d'afficher sa réprobation mesquine ? Que pouvait-il seulement comprendre à la pudeur de Kristen dont les sentiments dévalisés refusaient cet étalage vulgaire ? Et, pendant ce temps, Nolwen, debout, se vidait de son sang.

« Cette jeune fille est blessée, tenta d'exposer le baron en prenant durement sur lui pour ne pas exploser, elle a besoin d'un médecin. Expédie les formalités et fais-la soigner. Tu l'interrogeras plus tard.

— Est-elle en état de parler ?

— N'importe ! Elle se nomme Marie Naour, elle a vingt-trois ans et elle est servante. Cela te suffit-il ? »

Cela lui était venu presque sans y penser comme pour l'identité qu'il venait de s'attribuer. Une servante appelée Marie Naour ne pouvait, selon lui, inspirer aucune méfiance.

« Eh là ! s'interposa vivement le brigadier, pour une servante, elle se défend bigrement bien. Si Topin ne l'avait pas plantée, elle nous aurait tiré dessus. Note, citoyen concierge, que ladite Marie Naour a voulu faire usage de ses armes et qu'elle a été blessée en tentant de résister.

— J'vais pas écrire tout ça, c'est bien trop long. Garde-le pour ton rapport. Je ne prête pas la main aux procès-verbaux, et d'ailleurs je me demande pourquoi je me donne le mal de tenir un registre puisqu'on ne le regarde jamais. Bon ! Marie Naour, 23 ans, servante, voilà qui est assez pour remplir ma ligne.

— Où les conduit-on ?

— Le citoyen Martin, dans la cellule du fond. Y devra pousser les autres, mais tant pis.

— Et la fille ?

— Ça, c'est une autre chanson ! Portez-la

toujours dans la cuisine. J'vais aller chercher ma femme pour qu'elle s'occupe d'elle pendant que vous irez quérir le médecin de l'armée.

— Tu sais bien qu'il est absent de Quimperlé pour plusieurs jours.

— Dans ce cas, n'importe quel infirmier fera l'affaire. J'ai pas les moyens de payer un médecin civil. C'est pas prévu dans la trésorerie de la prison. Et moi, j'en suis responsable.

— Fais pour le mieux. Nous, on se charge d'aviser les autorités. »

Sur un geste du brigadier, deux gendarmes empoignèrent Nolwen et l'entraînèrent hors de la conciergerie. Kristen voulut s'adresser à elle une dernière fois, l'implorer de tenir bon et de ne jamais céder au renoncement. Il voulut lui jurer que, jusqu'au pied de l'échafaud, il ne cesserait de penser à elle. Mais il ne put articuler un mot. Elle ne le regardait pas, semblait déjà ailleurs, et en la voyant livrée à l'incurie du concierge il fut saisi d'une terrible inquiétude.

On le jeta dans une geôle surpeuplée où son entrée fut accueillie par un concert de grognements. Pour éviter de piétiner les corps entassés sur le sol, il se casa dans un coin, près de la porte, et attendit l'aurore, convaincu de n'accomplir ici qu'un très rapide passage.

On le laissa néanmoins trois jours dans l'oubli le plus total, sans le visiter ni même l'interroger. Ses seuls contacts avec l'extérieur se limitaient à la main du concierge distribuant les boules de pain par la lunette du guichet. Pendant ces trois jours, il tenta vainement d'obtenir des nouvelles de "Marie Naour" sans recueillir d'autre réponse qu'un silence indifférent. Il finit par guetter d'un cœur battant le claquement du moraillon sur le volet de bois, comme si ce bruit, à chaque fois, devait lui annoncer la fin de son attente. Mais l'attente s'éternisait, retardant sans logique apparente le traitement expéditif auquel il s'était préparé. Au bout du troisième jour, ses compagnons de cellule, fatigués de le voir sursauter au moindre cliquetis, résolurent de l'initier aux pratiques de la maison. A Quimperlé, comme dans beaucoup de petites juridictions, la justice fonctionnait mal. L'instruction des affaires, la mise en œuvre des procédures souffraient de l'engorgement chronique des prétoires, et la recrudescence récente du nombre des incarcérations tendait à aggraver les lenteurs du système. Bref, en prison, qu'on fût coupable ou innocent, il fallait avant tout apprendre à patienter.

Mais Kristen n'était pas disposé à la patience et encore moins à la résignation. Il crut devenir enragé. Incapable de supporter plus longtemps le poids écrasant de l'incertitude, il voulut pulvériser les murs de la prison en les faisant résonner d'un tapage infernal qui secoua bientôt tout le bâtiment. Très vite, les autres détenus commencèrent à l'imiter. Grossie d'une colère qui couvait depuis longtemps, la grogne se propagea, crépitante comme l'amorce d'une émeute.

Affolé, le concierge accourut :

« Mais qu'est-ce que tu veux à la fin ? cria-t-il au fauteur de troubles en martelant le volet, pourquoi tu gueules comme ça ? »

Comme Kristen ne répondait pas, il releva le battant d'un geste sec et inséra la tête dans l'ouverture :

« Si tu continues, j'vais t'faire bâillonner et ferrer !

— Dis-moi ce qu'est devenue la fille qui m'accompagnait.

— J'suis pas obligé de te répondre. T'as aucun droit ici.

— Qu'en avez-vous fait ? Où est-elle ?

— J'ai pas à te renseigner.

— Je t'avertis, ces murs ne me retiendront pas longtemps... »

Le concierge recula d'un pas, impressionné malgré lui. L'autorité menaçante du prisonnier n'incitait pas à prendre ses paroles à la légère. Cet individu, à l'évidence, possédait l'envergure d'un meneur et paraissait de taille à déclencher une mutinerie.

Le bonhomme réfléchit un instant :

« Écoute, dit-il, la fille est toujours ici. On la soigne.

— Qui la soigne ?

— Un infirmier militaire.

— Comment va-t-elle ?

— Ni pire ni mieux.

— Je veux la voir.

— Il n'en est pas question.

— Je veux la voir, te dis-je ! Fais ce qu'il faut pour me mener auprès d'elle.

— C'est impossible.

— Aussi longtemps que tu refuseras de me la montrer, j'encouragerai la révolte. Entends gronder la colère des hommes qui sont ici. Compte sur moi pour entretenir ce brasier. »

Des profondeurs de la prison montait le bourdonnement continu d'une rauque incantation guerrière entrecoupée de cris et de sifflets. Le concierge blêmit. Les quelques plantons affectés à la garde ne représentaient pas une force suffisante pour réprimer une révolte générale, et comme tant d'autres maisons d'arrêt, celle de Quimperlé ne comportait aucun dispositif de sécurité inébranlable.

« Je ne suis que le concierge... marmonna-t-il sans conviction, je n'ai pas autorité...

— Mais tu sais à qui en référer. Adresse-toi à qui de droit et fais vite. »

Il fallut au malheureux gardien une bonne demi-journée pour mener à bien les tractations nécessaires. Lorsqu'il réapparut sur le coup des quatre heures de relevée, il était accompagné du brigadier, d'un forgeron et d'un troisième personnage d'allure singulière se proclamant « représentant du peuple en mission ». Quand Kristen entendit son nom, il frémit. L'inconnu s'appelait Brüe. C'était l'un des deux signataires de l'arrêté du 27 mai duquel résultait la prise de Grand-Champ.

« On me rapporte, citoyen, attaqua le républicain en faisant bomber son gilet rayé, que tu sèmes la perturbation parmi les prisonniers. Est-ce bien raisonnable, dis-moi ? Il me semble, au contraire, que tu devrais te réjouir de la perfection des lois républicaines qui donnent aux séditieux de ton espèce les moyens de se défendre en toute égalité. J'ai lu le rapport du brigadier. Tu mériterais un traitement plus sévère, selon moi. Pourtant, tu as des exigences à ce qu'il paraît ? Je suis venu les examiner avec toi. Es-tu toi-même disposé à y mettre du tien ? »

Kristen fronça les sourcils :

« Où veux-tu en venir, citoyen représentant ?

— On n'a pas fait toute la lumière sur les circonstances précises de ton arrestation.

— J'ai déjà répondu là-dessus.

— C'est inexact. Tu n'as pas répondu du tout. Tu te prétends aubergiste, mais je veux bien être pape si tu l'es vraiment. Il suffit de te regarder. Que faisais-tu dans cette grange ? Pourquoi étais-tu armé ? D'où venais-tu en vérité ? Ne serais-tu pas plutôt l'un de ces chiens de royalistes qui infectent le pays au mépris des accords de paix ?

— J'ignore de quoi tu parles. Je tiens simplement à être rassuré sur l'état de santé de la jeune personne qui était avec moi.

— La citoyenne Marie Naour... une "jeune

personne" bien belliqueuse d'après ce qu'on m'a dit, et dont la vivacité du sang me semble incompatible avec le pacifique état de servante.

— Ce ne sont là que des préjugés, citoyen. La peur suscite parfois des réactions inattendues. Rien ne prouve qu'elle sache utiliser une arme. Les pistolets, je te le rappelle, m'appartenaient tous les deux.

— Tu nous crois si naïfs ? Il y avait des traces de poudre sur ses vêtements et nous avons trouvé une balle dans l'une de ses poches.

— Soit ! Et alors ? Par les temps qui courent, cela n'a rien de surprenant. Dois-je pour autant être tenu dans l'ignorance de sa santé ?

— Tu es anxieux de la revoir, n'est-ce pas ? Une chance pour toi que la République soit servie par de braves gens. Alors, voici ce que je te propose : on te met les fers et tu auras l'autorisation de lui rendre une courte visite... »

Kristen planta son regard noir dans celui de Brüe. Bien que présenté sous une forme débonnaire, cet arrangement faisait difficilement oublier l'hypocrisie de son intention, car il était prévisible que les fers resteraient à demeure et réduiraient du même coup l'action de l'agitateur.

« Ai-je le choix ? releva-t-il d'un ton maussade.

— Je ne crois pas. »

Brüe le regardait fixement et semblait poursuivre une idée. Il ne lui coûtait rien d'accorder cette grâce, mais il était curieux du résultat qu'elle produirait.

Kristen inclina la tête en signe de consentement. On le fit sortir de la cellule et le forgeron entreprit de lui river aux chevilles et aux poignets des bracelets de métal lourd reliés par des chaînes trop courtes. L'opération se déroula dans un silence de mort, les autres prisonniers ayant provisoirement étouffé leur chahut pour compter les coups de marteau.

Sitôt entravé, on le conduisit par un couloir sinistre jusqu'à une petite porte délabrée qui paraissait donner sur un placard. Sur l'ordre du représentant en mission, elle fut déverrouillée et Kristen put pénétrer à l'intérieur du réduit qu'elle dissimulait.

Ce qu'il découvrit alors lui souleva le cœur.

Nolwen, exsangue, gisait au creux d'une paillasse dont on avait négligemment garni un petit lit de sangles, sans drap ni couverture. Sur sa cuisse, un affreux bandage exsudait de la sanie. Elle respirait faiblement, les yeux clos, les narines pincées. Ses cheveux poissés de sueur lui dévoraient une partie du visage.

La pièce où on l'avait reléguée offrait à peine assez de place pour les modestes dimensions du lit. Une chandelle minuscule y faisait office de veilleuse, et sur le vieux parquet poussiéreux traînaient une cuvette d'eau sale et des lambeaux de toile souillés. L'odeur fétide et révoltante qui planait dans le triste cagibi portait un témoignage accablant sur la qualité des soins et de l'hygiène dont Nolwen était entourée.

Kristen s'approcha d'elle en titubant, pâle et révulsé. L'invraisemblable exiguïté de la pièce lui permettait tout juste d'aborder le lit. Appuyé au chambranle, Brüe étudiait avec une attention cynique les efforts véhéments du citoyen Martin pour surmonter sa violente émotion.

Tombant à genoux au chevet de Nolwen, Kermoguer se pencha au-dessus d'elle et chercha à lire sur ses traits creusés des signes d'une hypothétique amélioration. Ce faisant, il s'était mis à lui parler doucement, et les témoins de la scène eurent beau tendre l'oreille, ils ne purent comprendre un seul mot de ce qu'il lui murmurait dans leur idiome des montagnes Noires.

« Cette jeune fille va mourir, déclara-t-il alors à voix haute, j'ignore de quels soins elle bénéficie mais il est évident qu'elle en meurt. »

Il se releva et dévisagea à tour de rôle le concierge et le représentant du peuple :

« Laisserez-vous accomplir cette ignominie ?

— Je ne peux guère faire mieux, protesta le concierge gêné, je n'ai pas de place et on n'a pas voulu m'autoriser à la faire transporter ailleurs.

— Est-ce une raison pour la laisser croupir dans ce galetas ? As-tu vraiment besoin d'une autorisation pour tenir cet endroit propre ? »

Le ton était si cinglant que le bonhomme ne trouva rien à répondre. Brüe vola à son secours :

« Ainsi que le citoyen Lancien vient de le l'exposer, ses attributions personnelles et celles de son administration ne prévoient pas de soigner les blessés. Mais, si tu as des suggestions à formuler, nous sommes tout ouïe. »

Le baron fut immédiatement sur ses gardes.

« Qu'est-ce à dire ?

— Nous ne demandons pas mieux que de trouver des solutions.

— La première qui viendrait à l'esprit de tout homme raisonnable serait d'aller quérir un médecin, ou à défaut, une des religieuses du couvent des Ursulines.

— Oh que tu me déçois ! J'espérais un plus gros effort d'imagination. Les sœurs se sont envolées et les médecins se font rares. Quand bien même on en dénicherait un, serais-tu en mesure de le payer de tes deniers, aubergiste ? »

Devant le rictus pincé de Kristen, Brüe laissa fuser un éclat de rire railleur :

« Tu vois que ce n'est pas si simple. Allons ! Il nous reste encore l'infirmier de l'armée et sa modeste sapience. C'est un tout jeune homme qui excelle, m'a-t-on dit, à soigner les chevaux. Avec un peu de chance, il saura lui épargner la mort, mais peut-être pas l'amputation, hélas ! Et il lui faudra couper très haut... faute d'argent, n'est-ce pas... mais l'argent n'est pas tout, citoyen. N'importe quelle monnaie d'échange ferait aussi bien l'affaire.

— On m'a déjà fouillé. Je n'ai rien d'autre à offrir.

— Tu persistes à faire la bête ? Libre à toi. Mais regarde bien ton amie et dis-toi qu'elle comptait peut-être sur un geste de bonne volonté de ta part.

— Je n'entends rien à tes insinuations.

— Je suis persuadé du contraire. L'ennui, c'est que tu perds du temps. Je vais te faire ramener dans ta cellule où tu pourras méditer à loisir sur les dangers de l'entêtement. Tu ne m'en voudras pas de te laisser les fers. La cérémonie pourrait se reproduire avant peu et il est si contraignant de déranger à chaque fois le forgeron. »

Kristen sentit son courage se lézarder. Jusqu'à cet instant, la haine n'avait cessé de chauffer sa volonté à blanc, mais la haine elle-même se diluait à présent dans un sentiment d'impuissance et de remords.

Un dernier regard sur Nolwen la lui montra déjà morte, roide, blanche et glacée au creux de cette infâme paillasse. Cette vision faillit lui faire abjurer toute fierté et, le cœur calciné, il ferma les yeux pour cacher son immense détresse.

Au même moment, elle battit des paupières. Ses mains agrippèrent le bord du lit. Elle chercha l'ombre du baron mais, ne la trouvant pas, s'adressa au mur avec une énergie qui surprit tout le monde :

« Je n'ai que faire de ta compassion, citoyen Martin, elle ne m'est d'aucun secours ! parvint-elle à ânonner dans un français écorché, tu ne me dois rien et je ne veux rien te devoir. Si nous

nous sommes mis dans un mauvais cas, j'y ai ma part autant que toi et je refuse, tu m'entends, je refuse que tu te mettes en règle avec moi en me payant de ta pitié. Tout ce que tu peux faire d'utile désormais est de me laisser tranquille. »

Elle ne vit pas le regard noir s'embuer, ni la puissante mâchoire du seigneur de Kermoguer se crisper convulsivement, mais elle consacra le reste de ses forces à prier pour que son vœu fût entendu et exaucé. Si près de la mort, elle n'avait d'autre alternative que cette ultime comédie pour préserver le baron de tout attendrissement. Malgré son épuisement, elle concevait clairement l'odieuse manœuvre à laquelle on voulait la mêler. Les républicains se servaient d'elle sans vergogne pour amener le baron à résipiscence et, avec cette lucidité particulière qu'engendre l'approche de l'agonie, elle sentait celui-ci sur le point de fléchir. Si une partie d'elle-même trouvait encore des raisons de s'en consoler, l'autre en rejetait l'idée comme une monstruosité. Sa vie ne pesait plus assez lourd pour justifier un tel marché et en aucun cas elle n'aurait su tolérer que Kristen y consentît. Tant pis si, pour l'en détourner, elle devait une fois encore le décevoir et le blesser.

« Que dis-tu de cela ? ironisa Brüe que cette scène amusait beaucoup, voilà qui porte sérieusement atteinte à tes supposés talents de séducteur. Personnellement, je trouve l'arrêt plutôt vexant, à moins qu'il ne s'agisse là d'une version plus subtile de ce que l'on pourrait nommer "solidarité". »

Kermoguer posa sur le représentant du peuple un regard plombé de répugnance et de mépris :

« Ton esprit est décidément trop tortueux.

— Vraiment ? me prendrais-tu pour un

idiot ? Crois-tu que je ne suis pas capable de faire la différence entre cette pantomime et les phrases qu'elle prononce dans son délire ? Quand est-elle la plus sincère, dis-moi ? Qui est ce Kristen qu'elle appelle sans arrêt ?

— Comment veux-tu que je le sache ? Je la connais à peine. Que cherches-tu à prouver par là ?

— Que vous êtes tous les deux des hors-la-loi, des brigands et complices de surcroît.

— As-tu rêvé cela pour en être aussi sûr ?

— Crois-moi, je mettrai tout en œuvre pour le démontrer et votre solidarité ne servira à rien sinon à aggraver votre cas. »

A ces mots, Nolwen s'agita de nouveau sur sa couche :

« Quelle solidarité ? gémit-elle, tandis que ses doigts torturaient la paillasse, je maudis cet homme qui m'a porté malheur et je ne veux pas être solidaire de lui. Chassez-le de cette pièce, je vous en conjure et ne m'imposez plus jamais sa présence afin que je meure en paix. Mécréant d'aubergiste ! Tu ne me voleras pas mes derniers instants ! »

Le brigadier repoussa vigoureusement Kristen dans le couloir

« Allons ! ça suffit ! je te ramène au cachot. »

Les pieds alourdis par les chaînes, la démarche incertaine, Kristen se résigna à obéir mais, avant de le laisser partir, Brüe l'attrapa par le bras :

« Attends un peu ! Tu n'as vraiment rien d'autre à dire ?

— Que veux-tu de moi ?

— Que tu m'aides à sauver la paix. Les royalistes sont battus. Ils n'ont plus aucune raison de poursuivre la lutte. Alors, si tu es des leurs, si tu t'es fourvoyé dans leur camp, fais amende honorable en nous livrant les informations que tu possèdes et nous saurons en tenir compte.

— Tu m'attribues décidément une importance que je n'ai pas. Je ne vois pas ce que je pourrais te dire de plus.

— A ta guise. Après tout, il est peut-être vrai que tu ne vaux pas cher. »

Kermoguer dédaigna de relever l'injure. L'opinion de Brüe, ses promesses, ses insultes, tout cela lui était indifférent. L'homme au gilet rayé détenait tous les pouvoirs sauf celui de l'humilier. En revanche, l'hostilité soudaine et inexplicable de Nolwen l'avait profondément meurtri, et de cette meurtrissure secrète s'écoulait à présent une douleur insidieuse et brûlante qui le privait du recul nécessaire à la compréhension de ce changement. Désemparé, il entendait encore ses paroles âcres tinter et rebondir dans sa tête comme une volée de pierres, et moins il leur trouvait de raison objective, plus elles l'égaraient vers des espaces de réflexion douloureusement contradictoires. Détournant la tête, il se dégagea des doigts de Brüe et emboîta le pas au brigadier.

« Encore un instant ! lui cria l'émissaire républicain, l'écume aux lèvres, dis-toi bien que vous êtes perdus ! perdus ! La République victorieuse ne fera qu'une bouchée de vous tous, bande de pillards, renégats réactionnaires, infâmes Vendéens ! Nous vous réduirons jusqu'au dernier et nous paverons les rues de vos crânes pour que les patriotes puissent y danser la *Carmagnole* sans se crotter les pieds ! Nous sommes les plus forts, tu entends ? Les plus forts ! »

De retour parmi ses compagnons de cellule, Kristen se réfugia près de la petite fenêtre à barreaux qui projetait dans la geôle un minuscule rectangle de lumière et, le dos tourné à l'assistance, s'abîma dans un silence morne. Les autres détenus le regardaient avec un mélange de tristesse et de curiosité. Les mensurations de la pièce les condamnaient à une inévitable promiscuité, et néanmoins, ce grand diable d'homme semblait y vivre comme dans une bulle lui ménageant un isolement presque total. Nul, durant ces trois derniers jours, ne conservait le souvenir d'avoir seulement effleuré sa chemise sale et déchirée, bien qu'à l'intérieur du cachot l'entassement fût à son comble. Ils seraient montés les uns sur les autres plutôt que de le bousculer. Mais de la même manière, par crainte, timidité ou sentiment de gêne, l'altruisme et la fraternité hésitaient à se manifester.

« Ben ! Qu'est-ce qui te fait faire cette tête-là ? » demanda sans façon le seul de tous les détenus qui se crût autorisé à de telles familiarités en vertu des tapageuses opinions libérales auxquelles il devait de moisir en prison, « on t'a refusé ton certificat de civisme ? »

Kermoguer haussa les épaules :

« Je viens de faire la connaissance du citoyen Brüe...

— Pouah ! fit l'agitateur en crachant par terre, Brüe et Guermeur, deux belles peaux de biques ! Ils peuvent bien se réjouir à présent et faire tout ce qui leur chante puisqu'il paraît que la paix est rompue à cause des royalistes.

— Paix rompue ? A cause des royalistes ? Mais de quoi parles-tu ? »

Kristen s'était retourné d'un bloc vers le bavard et l'épinglait de son regard de suie.

« Ben oui quoi, la paix signée là-bas, à Rennes, celle qui... celle que... »

L'homme commençait à regretter d'avoir entamé un débat dont il maîtrisait si mal le sujet.

« Ce que César veut dire, intervint posément

le doyen des occupants du cachot, c'est que les accords demeurent, mais que les hostilités reprennent de plus belle. Les vœux de pacification et les protestations de bonne foi n'auront duré que le temps d'un arc-en-ciel. Des incidents éclatent un peu partout et les deux camps s'en rejettent mutuellement le blâme. On dit que Hoche a repris les choses en main et que les renforts affluent vers le Morbihan comme si les Morbihannais devaient passer à l'offensive d'un moment à l'autre.

— Les Morbihannais ?

— Oui. Il paraît que ce sont les plus montés. On dit aussi qu'ils ont fait appel aux Anglais pour leur prêter main-forte et les aider à renverser la République. Soit, qui veut la fin veut les moyens, mais les Anglais, tout de même, j'avoue que ça me fait un peu bisquer. »

Kristen s'interdit d'apporter au commentaire les corrections qui s'imposaient. La plus anodine des rectifications l'eût entraîné trop loin, et l'aubergiste gourinois dont il avait revêtu l'identité n'était pas censé en savoir plus que quiconque sur les menées du parti chouan. Ce qui se colportait, entre autres choses, au sujet des Morbihannais l'incitait doublement à s'armer de prudence. La dernière phrase du doyen se perdit donc dans le vide, lestée de ses points de suspension, puis fut gobée peu à peu par un silence étale que personne ne voulut plus troubler.

Tourné vers la fenêtre, Kristen avait ancré son regard sombre au rectangle de lumière comme à une île de miséricorde. Dehors, la liberté le narguait avec son ciel de lazulite, le chant cristallin des oisillons, les prémices d'un été fécond dont la chaleur précoce léchait déjà les murs verdâtres de la prison. Il songea au dernier été de Kermoguer, à la luxuriance blonde des moissons, à la majesté rayonnante des grands arbres, à la splendeur des couchers de soleil tardifs sur la chaîne convulsée des vieux monts, à l'éclat diamanté de la mer et de l'Aulne mêlant leurs eaux moirées dans l'anse de Trégarvan. Une lassitude extrême, accablante, l'empoigna alors sans crier gare, l'étreignant jusqu'à la suffocation.

Il réprima le râle farouche qui lui montait aux lèvres comme un brame, serra les dents, raidit la nuque. Puis, sans se soucier de déchoir aux yeux de ses compagnons de misère, il se laissa glisser sur le plancher de la cellule, s'y roula en boule et ferma les paupières. Le sommeil le prit dès les premières secondes.

Il connut tout d'abord des instants de paix exquise, d'ineffable bien-être durant lesquels il se vit entrer dans un bain tiède et parfumé, tout près d'un feu de cheminée qui ne flambait que pour lui. Le bois brûlé exhalait des senteurs lénifiantes d'essences rares et les flammes éclaboussaient les murs blancs d'étincelles scintillantes. Son corps immergé ne pesait plus rien et son âme tutoyait Dieu.

Et puis, comme une image fragile posée à la surface de l'eau, son rêve se mit à onduler, à se décomposer lentement en un ballet mouvant de bulles et de ronds, ressuscitant à chaque frisson de l'onde les démons noirs de la mémoire. Il revit l'attaque de Grand-Champ, les combats de rue inégaux, meurtriers, la résistance acharnée des vaincus, la sauvagerie des vainqueurs. Il entendit les cris de ceux qui tombaient, fauchés, lardés, déchiquetés et qui, jusqu'à leur dernier souffle, invoquaient sainte Anne, saint Yves et la bonne Vierge Marie ; celui de De Silz blessé à mort, emporté par le galop furieux de son cheval et ceux, mouillés de pleurs, du petit Fañch, massacré sur le seuil de l'église. Il se reconnut lui-même, courant à perdre haleine d'une redoute à l'autre, sur la piste d'un foulard de matelot perdu dans la fumée, dénichant au prix de mille peines le farfadet pugnace qui l'arborait fièrement et entraînant celui-ci jusqu'au premier fossé où ils avaient roulé tous deux comme des sacs de grain. Ensuite, ils avaient rampé, rampé...

Les derniers ordres de Cadoudal concernaient-ils implicitement Nolwen ? Avaient-ils d'une façon quelconque convié la petite paysanne de Kerambraz à regagner elle aussi le Finistère ? Nolwen elle-même avait-elle manifesté, ne fût-ce qu'une seule fois, son intention de rentrer au pays ? Rien n'était moins sûr et, à dire vrai, il s'en moquait éperdument. Pour lui, Nolwen appartenait à la Montagne. Elle y avait ses attaches et ses racines. Et surtout, jamais il n'aurait pu se résoudre à fuir sans l'emmener avec lui.

Recroquevillé sur le plancher crasseux de la geôle, assailli de cauchemars, Kristen revivait dans les transes les étapes tragiques de leur course folle à travers les vapeurs de soufre et le sifflement des balles, puis au fond de ce fossé terreux qui semblait n'aboutir nulle part. Son grand corps secoué de spasmes se soulevait du sol par saccades, ses membres ivres raclaient le bois de leurs bracelets de fer et une bouillie de mots s'échappait de sa bouche en douloureux hoquets. Ses compagnons, médusés, n'osaient plus bouger. Tassés les uns contre les autres jusqu'à l'ankylose, ils lui cédaient charitablement l'espace qu'il leur volait sans songer à le lui disputer. Si pitoyable qu'il fût avec ses chaînes et ses vêtements en loques, cet homme leur en imposait encore.

Il se débattit encore un bon moment, comme un malade frappé du haut mal, avant qu'un début d'apaisement ne vînt atténuer la crise.

Quelque part, dans les brumes sanglantes de son mauvais rêve, une voix de femme venait d'entonner une berceuse dont la tendre mélodie le ramenait inexplicablement aux sources de son enfance. Il se fit attentif, gagné peu à peu par un sentiment confus de sécurité et de paix. Une seule femme autrefois chantait ainsi pour lui : Clervie. C'était il y a longtemps, là-bas, à Kermoguer, dans une chambre d'enfant qui n'en était pas une, où les cauchemars, déjà, le réveillaient souvent. La complainte de Clervie lc calmait instantanément et il se rendormait, rassuré par le son angélique de sa voix.

Tandis que, convaincu d'être rentré chez lui, il cherchait de toutes ses forces à apercevoir sa nourrice, il fut soudain aveuglé par une lumière vive qui jaillit sous ses yeux comme une aura de feu. Son père, le baron Brann lui apparut alors comme par enchantement. Sans un regard pour son fils, spectateur ébahi de cette intervention magique, le digne personnage se mit à professer solennellement :

« Les puissances du mal sont à l'œuvre. Il ne faut pas les laisser faire. Dieu nous a donné de grands pouvoirs pour les combattre, mais la vanité, toujours, nous en éloigne. J'affirme pourtant qu'aucune conviction politique ou religieuse ne doit légitimer la perte d'une seule vie, car il n'est rien de plus sacré ici-bas que la vie elle-même. Ce sont les hommes de peu de foi qui osent la mépriser. Dieu nous guide à chaque instant et c'est à l'intérieur de nous-mêmes que nous devons écouter ce qu'Il nous enseigne. »

Tournant alors son beau visage en direction de Kristen, il parut découvrir son fils et une expression affectueuse dérida le rude buisson de ses sourcils blancs.

Bouleversé, Kristen n'osait en croire ses yeux. L'auteur de ses jours, mort depuis six ans, était là devant lui comme derrière une vitre qu'il ne pouvait franchir. Il revoyait avec une émotion sans nom la haute stature et les larges épaules dont il avait lui-même hérité à l'âge d'homme ; l'épaisse et raide toison brune toute talquée de givre dont il hériterait sous peu, les traits forts et nobles d'un visage qu'il n'avait jamais connu jeune, mais dans lequel il se retrouvait déjà. Brann de Kermoguer, ce père triste et absent, inconsolable époux d'Adélaïde, lui était revenu pour lui offrir l'un de ses rares sourires :

« Le temps court, reprit le sage homme sur le ton qu'il employait parfois pour sermonner son fils, il faut agir vite. Si tu veux sauver la fille de Yann Kreïs, ne tarde pas à l'amener à notre Clervie. Tu sais que personne ne la soignera aussi bien que celle qui t'a tant de fois soigné. La place de cette petite est à Kermoguer. Tu ne dois pas en douter puisque, tout au fond de ton cœur, c'est là ce que tu veux. »

Le sourire de Brann s'étira doucement et son regard grave laissa filtrer une lueur tendre. Puis, avisant tout à coup les deux larmes brillantes qui entamaient une course humide sur les joues brunes de son fils, il ajouta plus doucement encore :

« Allons mon fils, je suis là, je ne t'ai jamais quitté. Pourquoi ne songes-tu pas à m'appeler plus souvent ? Crois-tu donc que la mort m'a séparé de toi pour toujours ? Qu'elle m'empêche de t'entendre ? Il n'en est rien. Je peux encore t'aider. Il te suffit de mettre ta main dans la mienne comme lorsque je t'emmenais en promenade jusqu'au bois de Rulan. Tu te souviens, Kristen, ta main dans la mienne... »

L'image du vénérable vieillard devint floue.

Kristen poussa un cri. Désespéré, il voulut retenir son père, tendit la main, suppliant, le cœur gros à éclater. Les larmes inondaient son visage, les sanglots crevaient dans sa gorge. Le mirage évanoui, il ne restait que l'orphelin des solitudes de Kermoguer, l'enfant éternellement en quête de ce que la vie lui avait trop tôt ravi. Quand enfin, il crut rencontrer les doigts de son père, il s'y cramponna, les serra avec force, ouvrit les yeux. C'était la main de son voisin qu'il broyait dans la sienne.

« Hé l'ami ! fit le prisonnier en se penchant vers lui, ça ne va pas ? »

Kristen recula vivement :

« Qui êtes-vous ?

— Germain.

— Je ne connais pas de Germain.

— Si fait, puisque nous partageons la même cambuse depuis quatre jours, mais tu ne m'as pas encore demandé mon nom.

— Ai-je parlé ?

— Crié, pleuré, gémi tu veux dire, et tout ça à la fois. »

Kristen se frotta les joues et constata avec confusion qu'elles étaient barbouillées de larmes.

« J'ai fait un rêve », expliqua-t-il hâtivement en essayant de se relever.

Ses membres engourdis lui fourmillaient et ses oreilles carillonnaient. Germain l'aida à restaurer son équilibre :

« Tu te sens mieux au moins ? Je ne sais pas ce qu'il y avait dans ton rêve, mais te voilà tout retourné, mon gars. Est-ce le sort de ton amie qui te rend malade à ce point ? Vous avez dû traverser des épreuves terribles, tous les deux. »

Kristen le considéra avec effarement avant de reconnaître dans Germain le plus âgé des occupants de la cellule. Celui-ci lui tenait toujours le bras avec une sollicitude presque paternelle :

« Tu sais, confessa le bonhomme avec une émotion pudique, tu m'as appelé père, or je ne le suis pas et ça m'a fait tout drôle. »

Kristen s'efforça de lui sourire, mais ses pensées avaient déjà franchi les murs de la prison :

« Qui commande la force militaire dans cette ville ? » questionna-t-il *ex abrupto*.

Germain ouvrit des yeux ronds :

« Fischer. C'est lui le chef du 3e bataillon de la 141e demi-brigade en poste à Quimperlé.

— Peut-on lui parler ? Vient-il parfois ici ?

— Ma foi non, je ne crois pas.

— Il faudra donc que je lui demande une entrevue. »

Germain se contenta d'opiner avec un brin de compassion. Ce pauvre Jérôme Martin n'allait décidément pas bien. Non content de s'être attiré les foudres du représentant, le voilà maintenant qui se disposait à chatouiller l'armée ! Était-il donc si pressé d'en finir avec la vie ou bien s'agissait-il, chez lui, d'une réelle inconscience ?

Cependant, dès que Lancien pointa le bout de son nez sale par le trou du guichet, Kristen se jeta contre la porte :

« Je veux parler au chef de bataillon Fischer ! Avise-le de ma demande et fais-lui savoir que c'est important !

— Oh là ! oh là ! renâcla aussitôt le concierge qui commençait à se lasser d'un pensionnaire aussi turbulent, qu'est-ce encore que cette invention ?

— Es-tu sourd ? Je veux rencontrer Fischer !

— Tu ne peux donc pas te tenir tranquille ? C'est plus fort que toi, hein ? Faut que tu empoisonnes le monde ! Tu crois pt'être que

Fischer va t'accueillir les bras ouverts ?

— J'ai des raisons de le croire, en effet, surtout quand il m'aura entendu.

— Et qu'as-tu à lui dire de si important ?

— C'est mon affaire et c'est lui seul que je veux voir. Inutile de m'envoyer le citoyen représentant.

— Ne te fais pas d'illusions. Ici, Brüe et Guermeur ont les pleins pouvoirs.

— Ce que je dois révéler à Fischer ne regarde que l'armée.

— Et alors ? Cela ne change rien. L'armée est aux ordres du gouvernement, et Brüe et Guermeur représentent le gouvernement.

— D'accord, mais c'est tout de même Fischer que je veux rencontrer et personne d'autre. A toi de lui faire remonter ma demande.

— Nom d'un chien ! Si tous les prisonniers étaient comme toi il y aurait de quoi devenir fou ! Enfin, j'vais quand même essayer, mais ne t'attends pas à grand-chose de bon. M'est avis que tu regretteras longtemps d'avoir eu cette idée, et quand j'dis "longtemps", je m'comprends. »

Lancien acheva de distribuer la pitance matinale avec la grâce enjouée d'un mercenaire allemand et referma le guichet comme on boucle un clapier.

La tête en feu, le regard fixe, Kristen s'adossa lourdement au mur de la cellule en soupirant. Il avait agi dans une sorte d'impulsion subite, extérieure à lui-même, comme pour répondre à un ordre venu d'ailleurs. Maintenant, il lui fallait réfléchir vite à ce qui risquait d'advenir dans les heures et dans les jours prochains. Mais Nolwen lui laisserait-elle le temps de mener à bien cette tentative audacieuse ?

Il passa machinalement ses mains sur les auréoles roussâtres de sang séché qui empesaient sa chemise et soupira encore. Ce sang, c'était un peu de Nolwen qui lui collait à la peau. Ses voisins l'entendirent murmurer : « *Alea jacta est* » tandis qu'il esquissait un bref signe de croix.

Moins de deux heures plus tard, on vint le tirer de sa geôle pour le mener tambour battant devant le représentant du peuple qui l'accueillit fort sèchement :

« Fischer n'est pas visible ! lui assena d'entrée de jeu l'homme au gilet rayé, si tu as des révélations à faire, c'est à moi que tu dois t'adresser !

— Tu n'appartiens pas à l'armée, or c'est à un militaire que je dois parler.

— Et peut-on savoir pourquoi ?

— Parce que ce sont mes conditions, citoyen. »

Brüe blêmit puis s'empourpra violemment :

« Prends bien garde, ta vie ne tient qu'à un fil, et ce fil, c'est moi qui l'ai dans ma main.

— Alors brise-le, ne te gêne pas, je t'en défie. Il y a des erreurs que même un homme comme toi ne peut pas se permettre. »

Kermoguer bravait avec une assurance tranquille la hargne du républicain, et dans sa tête, la voix de son père, à travers les échos assourdis de son rêve, semblait lui souffler chacun des mots qu'il prononçait. Curieusement, il ne sentait plus le poids de ses chaînes et Brüe était devenu transparent.

Le représentant du gouvernement s'était mis à arpenter la pièce avec une nervosité mal dissimulée. Convaincu d'occuper une position de force, d'incarner à lui seul l'omnipotence républicaine, il ne supportait pas l'impertinence hautaine de son interlocuteur et encore moins la noirceur insoutenable de son regard. Ses fonctions l'avaient accoutumé à imposer partout la crainte et le respect, ce qui le consolait en partie d'un physique irrémédiablement ingrat, et il s'était enivré de cette puissance au point d'être infatué de lui-même. Mais la personnalité singulière de cet épouvantail barbu, chevelu et dépenaillé faisait vaciller ses belles certitudes. Il avait beau s'évertuer à sauver les apparences, ses gesticulations trahissaient son malaise.

« Il n'est pas dans mes intentions de te faciliter les choses, menaça-t-il après un ultime va-et-vient, en évitant soigneusement de croiser le regard de Kristen. Je ne suis pas là pour obéir à tes injonctions ni pour satisfaire tes caprices. »

Il aurait aimé surprendre un frisson d'effroi chez le prévenu et savourer le plaisir de distiller la peur goutte à goutte dans l'âme de ce grand diable noir qui le toisait de ses cinq pieds neuf pouces. Il aurait aimé l'entendre gémir et supplier, et le voir s'humilier devant lui jusqu'à l'indécence. Mais indépendamment des sentiments d'hostilité farouche qu'il éprouvait à son égard, une espèce d'intuition naissante lui conseillait de tempérer son ardeur vindicative. Quelque chose dans l'allure générale de cet homme incitait à le considérer différemment des autres. Son maintien, sa raideur, son ton de commandement suggéraient peu ou prou la pratique des disciplines militaires. Peut-être s'agissait-il d'un déserteur, transfuge de l'armée régulière, ou plus subtilement encore, d'un officier en mission. Cette dernière hypothèse résolvait d'un coup la plupart des questions liées à son comportement insolite, et notamment, sa demande d'entrevue avec Fischer. « C'est à un militaire que je dois parler », avait-il martelé avec un dédain éloquent à l'égard des civils. Or, n'était-il pas dans l'air du temps de critiquer ouvertement les délégués de la Convention depuis l'instauration de cette étrange « paix plâtrée » ?

De tous les agents utilisés par Hoche, officiels ou anonymes, officiers républicains ou royalistes « retournés » qui travaillaient en sous-main à la pacification, sillonnant le pays, s'infiltrant partout, nouant des contacts indécelables, ce citoyen-là ne présentait-il pas certaines des caractéristiques ? N'avait-il pas été pris en possession d'un sabre et de deux pistolets appartenant incontestablement à un officier ? N'affichait-il pas une confiance inébranlable en son impunité au point de s'inventer une identité farfelue, de révolutionner la prison et de défier les autorités ? Enfin, comment connaissait-il Fischer ?

Brüe qui avait une très haute opinion de lui-même détestait par avance l'idée de passer pour un sot. Tout bien pesé, que risquait-il en accédant à la demande du prévenu ? Si celui-ci était un imposteur, Fischer aurait tôt fait de le confondre. Si, au contraire, c'était un agent de Hoche, on ne manquerait pas de saluer la perspicacité infaillible du représentant en mission.

Il mit néanmoins un point d'honneur à ne pas céder trop vite. Le citoyen Martin lui déplaisait si fort qu'il lui en coûtait de lui donner gain de cause, fût-ce dans l'intérêt de la nation. Son seul réconfort reposait sur la perspective d'en être bientôt débarrassé, et il n'aurait pas déploré que ce fût par la guillotine.

Sur un claquement de doigts, Brüe ordonna aux gardes de remmener le prisonnier. Faire durer le supplice de l'attente n'était pas pour mécontenter le républicain dont la susceptibilité froissée se payait de cette mesquine revanche.

En intercédant bon gré, mal gré auprès de Fischer pour que celui-ci reçût le prisonnier Martin, Brüe, tout convaincu qu'il fût de sa grande clairvoyance, était à cent lieues d'imaginer ce qui découlerait de cette entrevue.

Sitôt amené à comparaître devant le chef de

bataillon Fischer, Kristen n'y alla pas par quatre chemins. La proposition qu'il formula était lumineusement simple, et d'une simplicité telle qu'elle en semblait saugrenue. Longtemps après, il se demanda comment elle avait pu germer dans son esprit aussi spontanément et surtout comment il avait eu le front de la défendre jusqu'au bout sans trembler à l'idée de brûler ses vaisseaux.

Il demanda tout d'abord où se trouvait le capitaine Métrier, à quoi il lui fut répondu que le capitaine avait regagné Ville-sur-Aulne pendant la trêve du mois de mars. Alors, il dévoila sa véritable identité et requit qu'on avisât Métrier de sa capture en s'offrant le luxe de mentionner que celui-ci lui courait après depuis bientôt un an (ce qui était sans doute présomptueux mais produisit un effet certain sur l'incrédulité méfiante de Fischer). Ensuite de quoi, avec un aplomb qui suffoqua l'officier, il négocia ni plus ni moins sa « reddition » à Métrier ainsi que ses aveux complets à la condition que Marie Naour et lui-même fussent transférés ensemble à Ville-sur-Aulne afin que la blessée y reçût les soins nécessaires. Fischer eut beau regimber, s'esclaffer, menacer, tonner, Kristen tint bon, fortifié cette fois encore par la certitude obscure d'être mystérieusement guidé. Point par point, il combattit les objections véhémentes de l'officier, essuya sans broncher ses fulminations, parvint à le dissuader de rappeler les gardes tout en conservant un étonnant sang-froid.

« A Quimperlé, lui déclara-t-il non sans quelque superbe, je ne suis qu'un banal suspect. A Ville-sur-Aulne, je me flatte d'avoir un autre prix, et ce n'est pas le capitaine qui me démentira. »

Il ne pouvait en aucun cas présumer de ce

que Métrier répondrait à cela, mais poings et pieds liés il marchanda résolument sa tête sans donner à Fischer les moyens d'évaluer concrètement les avantages supposés de cette étrange transaction. Quant au cas de Marie Naour, il refusa catégoriquement de justifier le sacrifice qu'il s'imposait pour elle. A Métrier et à Métrier seulement il se confesserait de tout. Il n'en démordit plus.

Au bout du compte, il parvint à arracher à Fischer la promesse formelle de dépêcher un courrier au capitaine et s'engagea de son côté à respecter les conditions de ce dernier. Dès cet instant, le Normand devenait paradoxalement son unique espoir.

L'énormité de son pari ne lui apparut qu'après coup, lorsque, replié dans sa cellule, face à sa solitude intérieure, il vit défiler les jours et décliner sa foi. Il s'était battu comme un beau diable pour que Nolwen, conformément au conseil de son père, fût confiée à Clervie, mais quelles chances y avait-il, en vérité, pour que ce projet prît forme ailleurs que dans sa pauvre tête déjà lourdement gagée ? Un examen rétrospectif de son action, des arguments dont il s'était servi ne cessait de lui en démontrer l'insuffisance et la faiblesse. Au surplus, il n'avait même plus l'assurance que Nolwen fût encore de ce monde.

Lancien, qui ne lui adressait plus la parole, ne contribuait guère à le tranquilliser là-dessus.

Quand, quatre jours après sa rencontre avec Fischer, on vint lui annoncer laconiquement son départ, il n'en crut pas ses oreilles, et bizarrement, la nouvelle le laissa presque sans réaction. Il dut faire un effort pour comprendre ce qu'elle signifiait et surtout pour approfondir ce qu'il ressentait à la seconde même où elle pénétrait son esprit. Un sentiment de reconnaissance éperdue l'envahit comme une bouffée de chaleur, et il ne lui vint même pas à l'idée que sa réussite pût masquer quelque piège. L'intervention rapide d'une décision aussi inespérée démontrait à l'évidence que Nolwen était toujours en vie et qu'on souhaitait prolonger son sursis. Il n'en demandait pas plus.

Grâce à son audace insensée, son rêve devenait réalité, mais la nature quasi irrationnelle du revirement qui s'opérait en sa faveur lui procurait une si profonde stupeur qu'il refusait de s'en attribuer le mérite.

Derrière les obstacles réduits à néant et la miraculeuse combinaison des événements, quelqu'un soutenait son action, quelqu'un l'aidait. Il en avait maintenant l'intime conviction.

Ses compagnons de cellule le virent partir à regret. Sa compagnie peu ordinaire les avait momentanément distraits de leur ennui, mais ils ne sauraient probablement jamais à qui ils avaient eu affaire ni pourquoi ils s'étaient attachés à lui sans parvenir à l'aimer comme l'un de leurs semblables.

Dehors, la lumière blanche du soleil matinal lui lacéra les yeux. La ville s'ébrouait dans les tièdes exhalaisons d'un vent primesautier chargé de senteurs florales et d'effluves de rivière. Bien qu'il fût encore tôt, un frisson d'animation réveillait le mouvement des rues et les pavés retentissaient du martèlement sonore des sabots, du bruit sec des volets levés ou rabattus.

Des badauds s'arrêtèrent pour le dévisager sans vergogne, friands des sensations troubles qu'engendre la vue d'un grand criminel.

Ses cheveux longs, son faciès anguleux rongé de barbe, sa chemise maculée de sang bruni, ses membres enchaînés suscitaient une fascination incongrue et perverse. On se le montrait du doigt comme une attraction barbare tandis que les imaginations gambadaient sur l'inventaire de ses crimes et que l'attrait morbide de l'horreur allumait des lueurs étranges dans les regards curieux.

Quatre gendarmes l'encadraient de près. Comme ils le poussaient vers la voiture stationnée devant la porte, il s'inquiéta de savoir où était Marie Naour, mais au même instant, une civière portée par deux gardes franchit le seuil de la prison et Nolwen émergea dans un rayon de soleil, diaphane et somnolente. Lorsque la civière passa devant lui, il constata qu'elle était consciente et qu'elle le regardait intensément. Dans ses prunelles dorées, luisantes de fièvre, il put lire d'un trait toute les questions que soulevait pour elle ce déménagement inattendu : ses appréhensions, ses reproches, mais aussi une certaine forme de paix retrouvée qu'il mit sur le compte de leur réunion. Il lui adressa un petit sourire rassurant et surveilla son installation à l'intérieur de la voiture.

Les gardes déposèrent le brancard sur le plancher du véhicule, puis le firent glisser entre les deux bancs réservés aux passagers. Ensuite de quoi, ils enjoignirent à Kristen de prendre place sur l'un des bancs avant de s'y asseoir eux-mêmes, leur pistolet à portée de main. La voiture réquisitionnée pour le transport des prisonniers tenait autant de la diligence que de la charrette couverte. Les sièges qui la garnissaient étaient faits d'un grossier assemblage de planches mal rabotées et ses suspensions accusaient la souplesse d'une prolonge d'artillerie. Quant au revêtement du toit, il y avait visiblement longtemps qu'il n'arrêtait plus la pluie.

Ni Brüe ni Fischer, ni même leurs subalternes n'assistaient au départ. Seul, le brigadier qui avait procédé à l'interpellation des deux fugitifs fit une apparition à la dernière minute pour s'assurer du bon déroulement des opérations et remettre les documents administratifs relatifs à leur transfèrement. Un échange de recommandations et de consignes s'établit brièvement entre les gendarmes et leur chef pendant que le conducteur se perchait sur son siège. Enfin, l'attelage composé de quatre chevaux se mit en branle et, par un dédale de petites rues étroites, rejoignit les berges de l'Isole avant de prendre la direction de Rosporden.

Très vite, Nolwen sombra dans une sorte de torpeur. Les cahots de la route la suppliciaient. A chaque soubresaut, elle entrouvrait un œil vitreux, grimaçait et, sur son front éburnéen, la sueur perlait en fine rosée. Personne n'avait songé à emporter de l'eau, non plus que des couvertures, et Kristen, consterné, la voyait grelotter et humecter ses lèvres desséchées par la fièvre. Un moment, elle perdit temporairement connaissance et il fut le seul à le remarquer. Il l'appela plusieurs fois sans résultat et, quand il voulut la ranimer, ses gardiens le rabrouèrent brutalement. Lorsqu'elle revint à elle, livide, presque transparente, elle parvint à articuler « Kristen » en contraignant sa bouche à former douloureusement ce mot. Alors, il se laissa tomber près d'elle avant même que les gendarmes aient eu le temps de faire un geste pour le retenir.

« Je suis là, dit-il en lui soulevant délicatement la nuque, je suis là. »

Elle tenta encore de parler, ne put dire que « j'ai mal », et c'était bien la première fois que la douleur lui arrachait cette plainte.

« Que puis-je faire ? Dis-moi !... »

D'une main tremblante, elle lui désigna sa jambe. Il devina que l'ankylose lui était pénible et intensifiait les élancements. Malgré ses chaînes, il s'appliqua de son mieux à la soulager tandis qu'elle lui cramponnait le bras en étouffant ses gémissements.

Perplexes, les gendarmes observaient la scène sans broncher. Tout cela n'était pas très réglementaire, mais ces deux prisonniers-là semblaient à mille lieues de méditer une évasion. Aussi longtemps qu'ils se tiendraient tranquilles, il n'y aurait rien à redire ni rien à redouter. Ils laissèrent donc Kristen se caler au fond de la voiture et se désintéressèrent de lui pour piquer un somme à tour de rôle.

D'un imperceptible mouvement du menton, Nolwen fit signe à Kristen de se rapprocher. Il s'inclina vers elle et ses cheveux, en coulissant le long de ses joues, se refermèrent sur eux.

« Promettez-moi, lui dit-elle en posant sur lui un regard brûlant, si je meurs... ma mère, Ivona, à Landeleau... »

Il lui pressa la main avec force :

« Il n'est pas question que tu meures...

— Promettez tout de même, je vous en prie.

— Tu as ma parole, c'est entendu, mais nous n'en sommes pas là. Tu as toujours eu mauvais caractère, n'est-ce pas ? Alors, utilise-le contre le mal. Bats-toi ! Ne le laisse pas avoir le dernier mot. Tu es plus forte que lui, plus intrépide et tu détestes perdre. Mets-toi en colère un bon coup, comme tu sais si bien le faire, Bosco ! »

Elle émit un petit rire ténu et serra les doigts de Kristen :

« Toute ma vie, vous savez, je resterai une paysanne ignorante et stupide. »

Il fit l'effort de rire aussi, mais la boule au fond de sa gorge devint un peu plus dure.

« Tâche de te reposer. Je demeure auprès de toi. »

Le convoi poursuivit paisiblement sa route

jusqu'à Rosporden, première étape du voyage où une halte était prévue pour changer de chevaux. Pendant qu'on dételait au relais, les gendarmes descendirent de voiture pour se dégourdir les jambes et casser une croûte en attendant la relève. Par mesure d'économie, les déplacements étaient circonscrits aux seules limites territoriales ressortissant à chaque brigade, de sorte qu'à l'étape les gendarmes de Rosporden devaient relayer ceux de Quimperlé.

Ces derniers autorisèrent une servante à offrir un peu d'eau et de nourriture aux deux prisonniers. Kristen accepta une tranche de pain bis, mais Nolwen ne put rien avaler hormis les minces gorgées d'eau qu'il lui fit absorber de force en lui soulevant le menton. Après la rituelle passation des consignes, la nouvelle escorte, nantie de ses papiers en règle, grimpa à son tour dans la carriole et le convoi reprit la route.

Le mois de juin, en son début, anticipait les chaleurs de l'été et, à l'intérieur de la voiture, la touffeur ne cessait de croître. Engoncés dans leurs uniformes de gros drap feutré, les gendarmes transpiraient à grosses gouttes. Leurs mines ruisselantes et congestionnées se renfrognaient graduellement à mesure que le soleil aiguisait ses rayons sur le toit de la patache. La promiscuité, l'inconfort et la monotonie de ce voyage exacerbaient leur rancœur à l'encontre des deux détenus qu'ils fléchaient sans relâche de leurs regards meurtriers. Cependant, ils n'exigèrent pas de Kristen qu'il reprît sa place sur l'un des deux bancs où eux-mêmes se trouvaient déjà à l'étroit, et celui-ci demeura par conséquent agenouillé près de Nolwen jusqu'à l'étape suivante.

Quand il entendit un de leurs gardiens claironner le nom de Quimper-Korentin, Kristen ressentit un vif désappointement. Il avait espéré, un moment, qu'on leur épargnerait ce crochet par la grande ville où il n'avait pas remis les pieds depuis l'installation à l'évêché de Cornouaille de Mgr Expilly, le premier évêque constitutionnel du royaume. Le siège du directoire administratif du département, théâtre de tant d'émeutes et de convulsions, ne lui inspirait pas confiance, et il se mit à craindre qu'une complication de dernière heure ne les fît transiter par la maison d'arrêt pour un séjour indéterminé. Or, la prison de Quimper, rebaptisée "maison de justice", avait acquis une fort mauvaise réputation sous la Terreur, et il était notoire que bon nombre de prêtres et religieuses réfractaires au serment, de déserteurs, de "suspects" obscurs et d'innocents y avaient passé leurs derniers jours dans des conditions ignobles. De surcroît, un comité de surveillance particulièrement actif exerçait dans la ville une vigilance de tous les instants et il était très difficile d'échapper à ses contrôles. Ici, les républicains faisaient la loi, et pour cette bonne raison, Kristen eût cent fois préféré un judicieux détour par les bourgs d'Ergué-Gabéric et Kerfeunteun afin de piquer droit sur Châteaulin. Mais pas moins de sept lieues les séparaient encore de la vallée de l'Aulne, ce qui rendait inévitable le changement d'attelage et de convoyeurs.

Depuis le plancher trépidant d'où il ne pouvait apercevoir la cité épiscopale, il concentra son attention sur le circuit qu'ils empruntaient à l'intérieur de celle-ci afin de prévoir leur destination. Porte des Régaires, rue Toul-al-Laër, place de l'Équerre, la diligence décrivait d'incessants zigzags tandis que Kristen, gêné par la complexité du parcours, éprouvait quelque peine à se repérer dans le lacis des ruelles étroites et sinueuses. La ville avait conservé un aspect médiéval à l'intérieur de ses remparts où des pâtés de maisons en encorbellement s'ordonnaient autour d'un réseau serré de fines venelles, de petits ponts et de placettes. Seule, la cathédrale Saint-Korentin, magnifique fleuron de l'art gothique, semblait marquer ses distances en brandissant ses deux tours carrées au centre d'une esplanade que nulle habitation n'avait encore envahie.

L'attelage s'immobilisa enfin devant le porche d'un immeuble dont Kristen ne put distinguer qu'une partie de la façade austère et surélevée. Anxieux, il regarda les gendarmes quitter leur véhicule sans un mot, leurs papiers sous le bras. Trois d'entre eux restèrent monter la garde autour de la voiture pendant que le quatrième s'occupait des formalités.

L'attente qui s'installa ensuite lui parut une éternité. Manquait-on de chevaux ? Y avait-il pénurie de convoyeurs disponibles ? Les documents de transfert étaient-ils entachés d'irrégularités ? On pouvait tout envisager et tout craindre de cet arrêt prolongé. Alors que les hypothèses les plus pessimistes se bousculaient dans sa tête, Nolwen, épuisée, s'était endormie en lui tenant la main et il n'osait imaginer qu'on pût la priver brutalement des bienfaits de ce répit pour la jeter en prison. Elle était visiblement à bout de forces. Et pourtant, personne n'ayant jugé bon de les renseigner sur les modalités de leur transport, l'imprécision recouvrait également la durée du voyage. Pour les serviteurs de la nation, ils n'étaient que du bétail destiné à l'abattoir, et rien ne les obligeait à les y mener avec célérité.

Un vertige d'inquiétude s'empara de lui. Il voulut se redresser et risquer un œil au-dehors, mais un bruit de voix le fit se rencogner vivement au fond de la voiture. La portière s'ouvrit sur un inconnu en civil qui les inspecta de pied en cap avant de demander crûment :

« As-tu besoin de te soulager ? »

Kristen fit « non » de la tête. Le péquin n'estima pas utile d'interroger Nolwen mais montra ostensiblement sa répugnance en affectant d'être incommodé.

« Les chevaux sont prêts », lâcha-t-il, le nez froncé d'une grimace de dégoût.

La journée s'étirait paresseusement sur les coteaux crêtés d'ajoncs luminescents, de genêts blonds et d'aubépine qui bordaient le mince filet de route où trottinaient allégrement les chevaux frais de la patache. Quatre nouveaux gendarmes occupaient les sièges de bois dur, et entre leurs bottes entrecroisées Nolwen dormait toujours, veillée par Kristen. Contrairement à ce qu'avait laissé augurer la halte interminable dans un quartier désert de la vieille ville, on leur avait permis de quitter Quimper sans difficulté.

Sitôt franchies les douves de l'enceinte fortifiée et enfilée la chaussée pierreuse qui, au septentrion, montait droit vers la vallée de l'Aulne, Kristen respira. Peu lui importaient maintenant l'inconfort de sa position, la fatigue et la soif, ils roulaient vers Châteaulin, leur patrie, leur Ithaque ! Et même si leur odyssée s'achevait tristement, le rêve brisé, les ambitions trahies garderaient jusqu'au bout un goût de liberté. Dans leur petit royaume, la terre, le ciel et les rochers ne faisaient qu'un, l'espace se déclinait au nombre de clochers et le vent servait de colporteur entre la mer et la montagne. Aussi longtemps qu'ils le humeraient derrière les barreaux de leur prison, le vent leur parlerait de Kermoguer, de ses noirs labours et de sa chênaie, peut-être même de ses haras où Falco devait s'ennuyer ferme et où planait encore l'ombre des barons chevaliers. Il leur donnerait par le menu des nouvelles de « là-haut » et, les soirs de mélancolie, leur déclamerait la litanie des héros de l'indépendance bretonne morts pour leur pays. Grâce au vent disert, ils ne connaîtraient plus jamais ni la solitude, ni la peur, et la fin de leur aventure leur paraîtrait plus douce.

Le soleil commençait à piquer du nez vers la mer, et la chaleur faisait graduellement retraite avec lui. Par la fenêtre de la portière filtrait une brise de terre légère et parfumée dont le souffle séraphique imprégnait les lèvres de saveurs sucrées. La voiture brimbalait presque gaiement, car même les cahots du chemin traduisaient l'allégresse du retour et ils n'étaient nulle part ailleurs aussi aimables que ceux-ci. De part et d'autre, les talus débondaient sous la poussée exubérante des buissons de landes caparaçonnées d'or, autour desquels s'affairaient des flottilles de jeunes abeilles. De temps à autre, un troupeau de vaches déboulant de quelque pré communal venait obstruer provisoirement la voie et l'on entendait le conducteur et le paysan s'injurier copieusement. Dans les hameaux et les petits villages dépassés en chemin, la vie au quotidien scandait de mille et un petits bruits familiers la fin d'une journée ordinaire, et le breton chantant des gens de Cornouaille crépitait joyeusement dans les cours de ferme.

Tout à coup, Kristen dressa l'oreille. Les sept lieues avalées, on était maintenant entre chien et loup, et, sous le ciel laqué de bleu marine, la campagne s'endormait doucement. Il reconnut alors distinctement les bouillonnements lointains de l'Aulne, les gémissements plaintifs du moulin riverain, les exclamations sonores des mariniers attardés sur les berges. Sans bouger de sa place, il eut soudain devant les yeux sa cité de promission : Châteaulin !

Le convoi fila sans perdre un instant vers la

maison d'arrêt et ne s'arrêta que devant les factionnaires de l'avant-poste de garde. Un gendarme exhiba les papiers, jeta à la volée les précisions utiles, obtint le passage. On se remit en marche à faible allure pour stopper définitivement quelques toises plus loin, devant la porte de la prison.

La portière claqua contre la caisse, et la lumière jaune d'une lanterne d'écurie tomba sur les deux prisonniers. Après une brève concertation, le brancard fut happé par plusieurs mains, puis tiré vers l'extérieur. Les gendarmes observaient placidement la manœuvre sans y prendre part, dédaignant cette corvée réservée aux gardes, puis laissèrent Kristen s'extirper lentement du fond de la carriole. Ensuite, il fallut grimper l'escalier de pierre dont les marches usées semblaient ricaner dans l'ombre des souvenirs qu'elles ravivaient. Mais ce soir, les armes étaient muettes et un silence de crypte régnait à l'intérieur de la prison.

Métrier se tenait au milieu d'un noyau de gardes ; tête nue dans un buisson de plumets rouges. Quand la civière fut devant lui, il jeta un bref coup d'œil à la blessée sans marquer de surprise :

« J'aurais parié qu'il s'agissait d'elle », fit-il sobrement.

A ce moment, Kermoguer enjambait la dernière marche et se dressait face au capitaine. Plus d'une année s'était écoulée depuis leur ultime rencontre, mais le temps, entre eux, n'avait rien effacé. Au premier regard qu'ils échangèrent, ils eurent l'impression de se retrouver comme avant.

« Nous avons, je crois, beaucoup de choses à nous dire, baron Kristen, David, Élie de Kermoguer », dit Métrier en guise de bienvenue.

Mais il abandonna sur-le-champ le ton sarcastique quand l'éclairage de la lanterne lui permit d'apprécier l'état du baron. Le visage hâve, buriné et dévoré de barbe, les cheveux parsemés de fils blancs et divisés en longues mèches plates, les yeux creux et mornes comme deux tisons refroidis, Kristen de Kermoguer dans ses haillons crasseux, son émaciation, son hébétude lui parut affreusement changé. Avisant les fers qui lui lestaient les membres, Aurélien réprima de justesse un mouvement d'indignation :

« Ôtez-moi cela ! ordonna-t-il sèchement, ce ne sera pas nécessaire ici ! »

Les gardes s'empressèrent d'aller chercher pinces et marteau pour faire sauter les tiges de métal qui verrouillaient les bracelets. Lorsque ses chaînes tombèrent, Kristen ne put éviter de chanceler. La peau de ses poignets exhibait les marques mauves de vilaines meurtrissures.

« Nous abrégerons les formalités d'écrou pour ce soir, décréta Aurélien, laissons-les se reposer. Demain nous aurons tout le temps de les entendre.

— Pardonnez-moi de vous contredire, capitaine, objecta aussitôt Kristen en pesant soigneusement ses mots, mais nous avons plus urgent. »

D'un signe de tête, il désigna le brancard que les gardes avaient posé par terre.

« Je le crois volontiers, mais l'ennui, c'est que je n'ai personne sous la main pour lui dispenser les soins dont elle a besoin.

— J'ai mon idée là-dessus, si toutefois vous m'autorisez à vous l'exposer.

— Soit. Mais ne restons pas dans ce couloir. Gardes, faites entrer la blessée dans cette pièce. Gendarmes, passez-moi vos papiers, que je vous les signe. La gendarmerie n'est pas loin, on vous y conduira si vous le désirez. Je suppose que vous y passerez la nuit avant de repartir.

Non ? Vos consignes ne prévoient rien de tel ? Diantre ! La rigueur est plus que jamais à l'ordre du jour. Attendez-moi ici, je n'en ai que pour un instant. »

Il expédia en un clin d'œil les formalités de transfert, restitua les liasses contresignées à leurs dépositaires et se débarrassa des gendarmes en leur fermant la porte au nez.

« Si vous saviez ce que j'ai dû faire pour obtenir le droit de vous ramener ! confia-t-il alors à Kristen en baissant la voix. Il a bien fallu que je fournisse des raisons valables, lesquelles, pour une bonne part, n'étaient connues que de moi. Aussi n'allez pas imaginer que je dispose d'une totale latitude à votre égard. Les autorités civiles ne vous lâcheront plus, à présent, et il me faudra travailler avec elles. Si aucun membre du directoire n'était présent au comité d'accueil, c'est à cause de l'heure tardive. Je me suis porté volontaire pour vous attendre, mais en fait je n'ai personnellement rien à faire dans cette prison.

— Je comprends. Mais, dans ces conditions, la suite me semble hélas bien compromise.

— Cela concerne Nolwen, n'est-ce pas ? D'où tient-elle cette blessure ?

— Une baïonnette... La plaie s'est infectée. Elle est au plus mal et c'est miracle qu'elle ait pu parvenir jusqu'ici sans trépasser en cours de route.

— Mais que vais-je faire d'elle ?

— J'allais y venir, capitaine, mais auparavant je tiens à m'assurer de votre parfaite connaissance des engagements que j'ai pris devant le chef de bataillon Fischer. J'ai demandé qu'on me délivre à vous parce que je croyais pouvoir compter sur une certaine bienveillance de votre part, non pas pour moi mais pour elle. En échange de cette bienveillance, je me fais fort de répondre à toutes les questions que vous me posiez l'an dernier.

— Et sous quelle forme ma prétendue bienveillance devrait-elle se manifester ?

— En laissant soigner Nolwen par une personne à moi.

— Et qui est cette personne en question ?

— Ma nourrice, Clervie. Elle vit à Kermoguer.

— Comment puis-je la joindre ? J'ignore où se trouve votre château et on prétend qu'il est inabordable.

— Il faut toucher Maunoir, mon garde forestier.

— Bon, mais je ne sais pas davantage comment toucher votre Maunoir.

— Capitaine, je vous en dis là bien plus que je ne devrais, mais je n'ai guère le choix. Maunoir ne se laissera pas aisément convaincre si on ne lui présente quelque preuve irréfutable de ce que cet appel émane vraiment de moi.

— Alors ? Quoi ?

— Je vais lui rédiger un mot et le signer d'une marque qu'il identifiera sans la moindre hésitation. Ce mot, vous le ferez porter par un commissionnaire sûr à un aubergiste du quartier de Notre-Dame. C'est lui qui se chargera de l'acheminer vers Maunoir.

— Est-ce là l'une de vos "filières" ?

— Ne soyez pas impatient, Métrier, nous entrerons dans les détails plus tard.

— Savez-vous ce que je risque, Kermoguer ?

— Moins qu'elle en tout cas.

— Ai-je votre parole que... »

Deux petits coups frappés à la porte interrompirent leur entretien. Bertrand Aubry fit son apparition :

« Je suis curieux de nature, s'excusa-t-il en clignant de l'œil, et j'avais une furieuse envie d'assister aux retrouvailles. Comment t'en tires-tu, Aurélien ?

— Nous n'en sommes encore qu'aux préliminaires...

— Est-ce là la fille blessée... dont on t'a parlé ? Une de nos anciennes pensionnaires, à ce que je vois. Elle n'a pas l'air très en forme, et je me demande quel charlatan lui a posé un tel pansement.

— Un infirmier de l'armée... précisa aigrement Kristen

— Hum... il existe des traitements plus mortels que les blessures. Nous savons que l'armée n'est pas riche, mais la charpie et le linge propre doivent encore se trouver chez nous. Quoi qu'il en soit, nous ne pouvons pas la soigner ici. Que comptes-tu faire, Aurélien ?

— Dans un premier temps, descendons-la chez le concierge. Demain nous aviserons.

— Tu risques de prendre sur les doigts pour cette initiative. Il faudrait demander des instructions.

— Et qui irais-tu réveiller à pareille heure pour réclamer ces instructions ? Je te conseille d'essayer et nous en reparlerons.

— Aurélien, nous n'avons pas autorité dans cette prison. Demandons au moins conseil au capitaine de la garde nationale.

— Je doute fort qu'il soit à même de nous proposer une meilleure solution pour cette nuit. Charge-toi de l'installation, Bertrand, tu m'obligerais. Demain, à la première heure, j'entreprendrai les démarches utiles. »

Aubry consentit à faire taire ses objections et partit rappeler les deux brancardiers. De nouveau seuls, Kristen et Aurélien demeurèrent un moment silencieux, muselés par l'embarras qui s'était tissé entre eux en présence de Bertrand. La métamorphose physique du baron annihilait chez le Normand toute velléité de revanche. Il s'était préparé à la rencontre en se délectant par avance du plaisir qu'il prendrait à rabattre la superbe du hobereau, mais les circonstances différaient radicalement de ce qu'il avait imaginé.

« Capitaine, dit enfin Kermoguer sur un ton presque suppliant, acceptez-vous de m'aider ?

— Vous avez entendu le lieutenant Aubry ? Ce ne sera pas facile.

— Faites au moins venir Clervie.

— Ensuite de quoi, je suppose que je devrai oublier le gargotier du quartier de Notre-Dame et tout ce qui s'y rattache.

— Je ne me soucie pas de cela, Métrier.

— Puis-je vous croire ? Vous êtes malin, Kermoguer.

— Cette fois j'ai touché le fond. Je présume que cette expérience était nécessaire. Je tiendrai tous les engagements que vous exigerez de moi si vous consentez à faire soigner Nolwen par Clervie.

— Qu'est-ce qui a bien pu vous faire changer à ce point ? L'an dernier pourtant, je ne me souviens pas vous avoir vu en de si généreuses dispositions vis-à-vis de cette petite Nolwen.

— Faites-moi la grâce de respecter ma discrétion à ce sujet.

— Soit, mais à ce sujet seulement. Pour le reste, il faudra que vous me disiez tout ce que je veux savoir sans rien omettre, parce que cette fois, j'entends bien aller jusqu'au bout. »

*

* *

Une fois de plus, les événements s'étaient enchaînés si vite que Kristen, abasourdi, hésitait encore à leur accorder une foi absolue. Pourtant, il n'y avait aucun doute, c'était bien

Maunoir et Clervie qui se tenaient au bout du couloir où lui-même avançait comme un somnambule.

La lettre griffonnée à toute allure sur un coin de bureau avait manifestement atteint son but. Maunoir et Clervie étaient là, dans cette prison, le regardant venir avec une affliction qui en disait plus long que tous les discours du monde. Un garde lui serrait le bras, par routine, mais il ne sentait même plus sa présence à son côté. Une exclamation le fit soudain sursauter :

« Oh ! Doux Jésus ! Kristen ! »

Il reçut Clervie contre lui. Elle sanglotait. Il eut la force d'en plaisanter :

« Tu ne changeras jamais, toujours tes fontaines... »

Mais déjà il l'écartait gentiment pour rejoindre Maunoir :

« Heureux... de te voir, enfin ! »

Maunoir le dévisageait avec une tristesse mêlée d'ahurissement et de joie déteinte. Il avait longtemps désespéré de revoir Kristen un jour. Ce jour étant arrivé, il ne pouvait empêcher une déception poignante de brider les élans de son cœur. Dès le premier abord, il eut du mal à se persuader que l'homme hagard et titubant qui venait au-devant de lui fût réellement le baron de Kermoguer.

« Dois-je décréter que ce jour est béni ? » fit le Fouesnantais, la gorge serrée, tandis que sa main partait à la rencontre de celle de Kristen.

— C'est l'avenir qui le dira. »

Ils échangèrent du bout des doigts une effusion pudique.

« L'as-tu vue ? questionna sans attendre le chef chouan.

— Qui ?

— Nolwen !

— Nolwen ? Mon instinct ne m'avait donc

pas trompé ! Elle est ici ? avec vous ?

— Ne te réjouis pas trop vite, Maunoir, attends un peu. Elle est ici, certes, mais peut-être pas pour longtemps. Clervie, as-tu apporté ce que je demandais dans ma lettre ?

— Oui da ! Mes simples, mes onguents, de quoi nettoyer et panser, et aussi du linge propre pour elle et pour toi.

— Tu l'examineras bien, n'est-ce pas ? Et tu me diras franchement ce qu'il en est. J'insiste, Clervie. C'est la vérité que je te réclame et pas un pieux mensonge. »

Clervie appuya sa main sur son cœur en signe d'obéissance, tout en coulant vers Kristen un regard chargé d'interrogations. L'agitation inquiète de celui-ci à propos de la jeune fille la laissait perplexe. Cela ne ressemblait pas au comportement qu'elle était accoutumée à lui voir et contrastait singulièrement avec l'habituel sang-froid dont il savait faire preuve en toute circonstance.

Posté à quelques pas de là, Métrier assistait à distance au conseil insolite qui se tenait dans le couloir. D'emblée, sa curiosité s'était portée sur Maunoir. Plus il l'étudiait et moins il se le représentait en arpenteur des bois. La fine estafilade qui lui barrait la joue n'était pas l'œuvre d'une branche. Ses mains blanches et soignées n'avaient probablement jamais touché un tronc. En revanche, un ensemble de petits signes à peine repérables permettaient de retrouver sur lui l'ombre portée de Kermoguer. A l'évidence, Maunoir était assez intime avec le gentilhomme pour en partager tous les secrets, et cela le rendait doublement intéressant.

Dès le soir de son arrivée à la maison d'arrêt, Nolwen avait été transportée dans le logement du concierge situé au rez-de-chaussée du bâtiment et provisoirement vidé de son dernier occupant, Yon Goascoz. Conséquence logique et implacable de la double évasion de l'an passé, l'ancien concierge s'était vu remercié par le directoire du district sitôt l'affaire éventée, et, depuis, personne ne le remplaçait. Dans ce domaine, il n'était pas rare de constater que les corps administratifs semblaient trouver dans le renvoi des concierges un moyen de maquiller leurs propres carences. Il en résultait de curieuses situations qu'on pourrait qualifier de « vacances de conciergeries » dont les détenus faisaient généralement les frais. Depuis de nombreux mois, donc, la prison de Ville-sur-Aulne connaissait ce genre de situation et, compte tenu des inconvénients de la fonction, les remplaçants de Yon Goascoz ne se pressaient pas à l'embauche.

Pour la première nuit et le jour suivant, deux femmes du bourg connues pour leurs sympathies républicaines s'étaient relayées au chevet de Nolwen afin de lui administrer les soins de confort les plus élémentaires, mais depuis son transfert de Quimperlé, l'ancienne « chouannette » de Cadoudal avait cessé d'être une malade encombrante. On ne lui donnait même plus à manger, car elle ne sortait plus guère de sa léthargie.

A plusieurs reprises, Métrier était descendu s'informer personnellement de l'état de la malade afin d'en rendre compte au baron qui, lui, avait réintégré la chambre criminelle. Par chance, ni le directoire, ni la municipalité n'avaient encore trouvé le temps de s'intéresser de près aux nouveaux arrivants, de sorte que le capitaine disposait momentanément d'une courte marge de manœuvre dont il entendait bien tirer le meilleur parti à titre personnel.

Si d'aventure la citoyenne Clervie détenait le

don de guérisseuse et parvenait à sauver la jeune fille, il n'y aurait plus lieu, par la suite, de blâmer ce délicat compromis.

Sanglé dans une raideur de commande, le capitaine Métrier marcha sur le petit groupe :

« Ne perdons pas de temps, je vous prie, et veuillez me suivre.

— Suis-je autorisé moi aussi à descendre ? » hasarda Kristen presque humblement.

Aurélien laissa glisser son regard sur lui, plus longuement encore, et fut de nouveau frappé par l'impressionnante transformation du baron :

« Je ne vois aucune raison de m'y opposer », concéda le Normand en détournant les yeux.

Il n'aimait pas capituler si vite face à Kristen de Kermoguer dont il avait naguère détesté l'arrogance, la force et l'assurance, mais il ne retrouvait plus trace de ce qu'il avait tant détesté en lui. Comédien accompli ou grand blessé de la vie, le doute subsistait, mais l'homme le prenait au dépourvu.

Parvenus dans l'antre de Yon Goascoz où il faisait noir comme dans un soupirail, Clervie laissa jaillir un cri plus aigu que le précédent :

« Marie Immaculée ! Cœur de mère ! C'est-y Dieu possible ! » s'exclama-t-elle en joignant les mains.

Et elle se précipita sur Nolwen.

La fille de l'essarteur était étendue sur une sorte de châlit garni d'un peu de paille et d'une méchante couvrante. Elle ne bougeait pas plus qu'un gisant de pierre.

Clervie s'empara d'elle avec des gestes de nourrice ; des gestes qui n'étaient que le prolongement de son cœur et qu'elle adoptait spontanément toutes les fois que le hasard lui jetait entre les bras quelque malheureux à secourir. A la grande surprise des témoins, sauf de Kristen, elle commença par prier tout en traçant au-dessus de la jeune fille plusieurs signes de croix. Puis elle entreprit de défaire le bandage afin d'examiner la plaie.

Légèrement en retrait, Kristen, flanqué du garde qui, pour la forme, lui tenait toujours le bras, observait d'un air sombre les mains de sa nourrice. Lui seul avait l'expérience de ses méthodes et, depuis sa plus tendre enfance, n'avait jamais pratiqué d'autre médecin qu'elle. Aussi était-il le seul également à redouter ses conclusions.

Au terme d'une série de gesticulations bizarres durant laquelle la blessure ne fut pas une seule fois touchée, mais simplement effleurée par la paume de la main, Clervie rendit son oracle en ne s'adressant qu'à Kristen :

« Je peux encore la sauver, si Dieu le veut, mais pas ici. L'endroit est trop malsain, le lit mal exposé, la lumière naturelle trop faible et je ne gagerais pas mon salut sur la pureté de l'eau. J'ai avec moi tout ce qu'il faut pour parer au plus pressé, mais je propose qu'on l'emmène tout de suite à Kermoguer. »

Les traits de Kristen se contractèrent puis s'illuminèrent presque simultanément. Il retint le regard de sa nourrice un long moment dans le sien. Ils communiquaient ainsi depuis toujours.

« Vous n'y songez pas ! se récria aussitôt Aurélien qui commençait à s'alarmer de la tournure des choses, je ne peux y consentir !

— Capitaine, c'est moi que vous vouliez, et c'est moi que vous avez ! coupa impatiemment Kristen. Elle ne représente rien pour vous et ne peut rien vous apprendre. Alors, choisissez.

— Elle est tout de même compromise dans l'attaque de cette prison, et c'est une évadée. Ne me dites pas qu'elle est innocente !

— Ce coup de main était mon œuvre et l'évasion aussi. Ni son frère ni elle n'ont jamais appartenu à la Chouannerie.

— Il me faudra un peu plus que vos assertions pour me convaincre, baron.

— Alors laissez-la mourir ici, Métrier, car elle est bel et bien perdue, mais dans ces conditions, vous n'obtiendrez rien de moi.

— Quelles garanties ai-je de recueillir vos aveux dès que votre protégée aura quitté l'enceinte de cette prison ?

— Ma parole de gentilhomme. Donnez votre accord pour qu'on emporte dès maintenant Nolwen à Kermoguer, et, à la seconde même où elle franchira les portes de la maison d'arrêt, vous pourrez faire de moi ce que vous voudrez. Sa vie, Métrier, est la garantie que vous exigez, et je m'en déclare l'otage. Peu importent les moyens qui la sauveront. Elle a survécu jusqu'ici. Elle peut tenir encore. Je ne serais pas ici si je n'y croyais pas.

— Mais que dirai-je aux administrateurs ? A l'agent national ?

— Vous n'aurez pas lâché la proie pour l'ombre, capitaine, songez-y. »

Métrier s'irritait de sa propre indécision. Elle n'était que trop significative du trouble qui depuis peu perturbait ses facultés de discernement. Les sentiments de l'homme et ceux du soldat se livraient en lui un étrange combat. Il en venait à regretter le temps où l'action l'exemptait du moindre effort de réflexion ; où le devoir n'était qu'une ligne droite toute simple, limitée au bonheur de servir et à la rage de vaincre. A Ville-sur-Aulne, loin des champs de bataille, tout devenait trop compliqué.

« Est-elle seulement transportable ? fit-il en jetant sur Nolwen un coup d'œil sceptique.

— Ça, j'en fais mon affaire ! s'empressa

d'assurer Maunoir.

— Dans l'état où elle est, renchérit Clervie, elle ne s'apercevra de rien et à Kermoguer je pourrai la soigner plus à mon aise. Ici, ce n'est pas possible. Même un être bien portant finirait par y tomber malade.

— Comment pouvez-vous prétendre que vous la guérirez ? Ne serait-ce pas plutôt un marché de dupes ? Vous avez prémédité votre coup. Il vous est facile de préconiser ce qui vous arrange. »

Clervie, ulcérée, le foudroya des yeux :

« Il est des sujets avec lesquels on ne triche pas, mon gars ! Libre à toi d'y croire ou de ne pas y croire, mais dis-toi bien que ta fichue révolution n'a pas tout inventé. »

Exaspéré par le bagout de la vieille femme, Aurélien dédaigna de lui donner la réplique. Tout compte fait, il lui tardait d'être déchargé du fardeau de Nolwen. L'arrangement proposé par Clervie présentait au moins l'avantage de la commodité. Non seulement il résolvait un délicat problème d'intendance, mais encore il épargnait à l'administration les désagréments éventuels d'un décès à la maison d'arrêt. Par ailleurs, le capitaine – étourderie ou prémonition – se rappelait avoir enregistré l'incarcération de Nolwen sous l'identité que lui attribuaient les documents de transfert, à savoir : Marie Naour. Or, ce nom n'avait jamais figuré précédemment sur le registre d'écrou, pas plus que sur les différents rapports relatifs au détournement d'armes de Pont-Coblant et à l'attaque de la maison de force de Ville-sur-Aulne. Quant au procès-verbal d'interpellation de la gendarmerie de Quimperlé, chef-d'œuvre de concision et de brièveté d'un brigadier aux prises avec la langue française, il n'était pas aussi accablant qu'on aurait pu le craindre.

Hormis le délit caractérisé d'« entrave à la force publique » dont le degré de gravité restait encore à définir, la suite de l'énoncé des faits brillait surtout par son imprécision.

« J'accepte de laisser la prévenue quitter la maison d'arrêt, trancha-t-il tout à coup, mais qu'il soit bien entendu qu'elle ne devra en aucun cas résider ailleurs qu'à Kermoguer où je pourrai la faire mander aussi souvent que nécessaire. Sa liberté n'est que provisoire et conditionnelle. Ne commettez pas l'erreur de prendre cette décision pour une mesure de clémence, car il n'en est rien. Il faudra bien que la citoyenne Nolwen Kreïs comparaisse un jour ou l'autre devant l'autorité judiciaire, soit comme prévenue, soit comme témoin. En outre, n'oubliez pas qu'on me doit dès à présent une contrepartie dont j'ignore encore la teneur, mais qui ferait bien de justifier la faveur que je viens d'accorder. Si par malheur pour vous il n'en était rien, je n'aurais aucun scrupule à user de la loi avec la plus extrême rigueur, dussé-je pour cela retourner ma colère contre l'aubergiste du quartier de Notre-Dame et démasquer un à un tous vos complices afin de vous atteindre. Suis-je assez clair ? »

Il avait volontairement haussé le ton et martelé ses menaces pour leur enlever toute ambiguïté, mais en se contraignant à cette démonstration de fermeté, il avait du même coup évalué l'inconcevable portée de son geste. Était-ce par calcul, par découragement ou par faiblesse qu'il se rendait si facilement aux instances du baron ? Qui de Nolwen ou de Kermoguer avait eu raison de ses derniers retranchements ?

A peine avait-il achevé de dicter ses conditions que déjà Maunoir s'élançait vers la sortie en criant :

« Je me charge de trouver une voiture ! »

Sans plus attendre, Clervie entama les premiers soins en exhumant d'une main experte quelques-uns des remèdes qu'elle avait apportés. Dans le fond de son cabas s'entassaient pêle-mêle des bandes de toile fine, des pots d'onguents, des sachets de simples, des fioles et du savon. Elle avait apparemment envisagé toutes les éventualités, y compris celle de séjourner un certain temps à la prison. Dès que Maunoir lui avait lu le mot de Kristen, elle s'était disposée, comme toujours, à donner le meilleur d'elle-même, sans chercher à savoir qui était la jeune fille malade pour laquelle le baron faisait appel à elle. Depuis des années, tout ce qui portait la marque du fils d'Adélaïde devenait pour elle l'objet d'un dévouement sans borne. Elle aurait fait sans hésiter le sacrifice de sa vie pour le bonheur de ce garçon qu'elle aimait plus que tout. Or, il ne lui avait pas fallu longtemps pour surprendre dans le regard du jeune aristocrate une lueur inconnue, brûlante et fugitive, faite d'élan et de pudeur, de tendresse et de déchirement. Lui, d'ordinaire si secret, si impénétrable, dont la sensibilité semblait perpétuellement en sommeil sous la rude carapace de l'homme sans illusion, dévoilait à présent ses blessures intimes. Et il n'avait guère fallu plus de temps à Clervie pour pressentir l'influence de Nolwen dans cet étonnant changement.

Intrigué, Aurélien la regardait exercer ses talents singuliers en oubliant peu à peu ses préjugés. Ce qui se passait dans le sombre logement de Yon échappait au solide pragmatisme du Normand, mais le charme agissait de façon magique en dépit de lui. Il n'avait plus ressenti pareille émotion depuis l'époque lointaine où, jeune enfant de chœur, il participait à la célébration du mystère de la messe.

Bientôt, Maunoir revint, tout essoufflé,

annoncer qu'une voiture stationnait dehors. Clervie remballa prestement ses fioles et ses sachets et se donna le temps de vérifier une dernière fois le bandage immaculé qu'elle venait d'appliquer sur la cuisse de Nolwen. La petite paysanne n'avait pas bougé d'un cil, mais sa respiration plus régulière indiquait déjà un léger mieux. On la chargea avec précaution sur la civière qui l'avait accompagnée de Quimperlé à Ville-sur-Aulne et Maunoir étendit sur elle la vieille couvrante qui lui servait de drap. Au moment où la nourrice et le Major empoignaient les manches du brancard, Métrier se campa devant le Fouesnantais :

« Je te tiens personnellement pour responsable, citoyen, lui décocha-t-il sans aménité, de tout ce qui arrivera à compter de maintenant. En cas de malheur, sache que je ne t'oublierai pas !

— Il n'était nul besoin de me le préciser, capitaine », rétorqua Maunoir en pinçant les lèvres.

Puis, levant les yeux vers Kristen, il attendit que le baron lui fît ses propres recommandations.

Kermoguer fit un pas devant lui, livide, le front raviné de deux profondes rides.

« Vous reverrai-je ? demanda Maunoir, la bouche sèche.

— Je ne souhaite pas que tu te préoccupes de moi désormais. Te savoir dehors et libre me donnera la force d'affronter ce qui m'attend. Ne reviens ici que pour m'annoncer qu'elle est morte. J'aurai ainsi une bonne raison de me réjouir de ton silence. Que Dieu te garde, mon ami, et bonne chance... »

Maunoir sentit soudain le sol s'ouvrir sous ses pieds. La réalité, qu'il n'avait jusqu'alors que partiellement cernée, venait de lui exploser au visage comme une grenade. Kristen se sacrifiait pour la sœur du messager. Kristen allait sans doute mourir. Plus jamais ils ne battraient la campagne ensemble, ni ne tiendraient conseil à Kermoguer en rêvant d'imiter les Morbihannais. Plus jamais ils ne disputeraient les interminables parties d'échecs qui les tenaient éveillés jusqu'au petit matin. Cette fois la vie les séparait définitivement.

Le baron se recula un peu vivement tandis que Maunoir bandait son énergie pour maîtriser l'ouragan qui déferlait en lui. Dans son dos, un reniflement de femme vint lui rappeler qu'il n'était pas le seul à endurer le déchirement de la séparation. Il rassembla son courage, se composa une attitude digne et enleva le brancard sans se retourner.

Lentement, la porte se referma sur le carré de lumière bleuâtre qu'elle avait brièvement dessiné sur le mur sombre de la pièce. Un petit claquement sec marqua la fin de l'épilogue. Kristen se tourna alors vers Métrier et, le regardant droit dans les yeux :

« Capitaine, dit-il, je suis à vous. »

Chapitre VII

L'EMBELLIE

Le grincement d'un pêne rouillé dans la serrure, le tintement familier d'un trousseau de clefs manié sans précipitation et la porte de la cellule s'ouvrit en couinant. Métrier entra. Il portait sous son bras un paquet ficelé qu'il tendit à Kristen :

« On a déposé ceci pour vous ce matin. Il s'agit de vêtements. Un envoi de Clervie, vraisemblablement. »

Kristen tressaillit :

« Savez-vous qui a apporté ce paquet ?

— Un jeune homme, m'a-t-on dit. C'est au factionnaire qu'il s'est adressé.

— Il n'a laissé aucun message ?

— Pas que je sache. »

La mine de Kristen s'allongea. Il s'empara du colis et le jeta sur son lit sans l'ouvrir. Devinant son désappointement, Aurélien s'empressa de commenter charitablement :

« C'est plutôt bon signe, non ? Au bout de douze jours. »

Le baron retomba lourdement sur sa chaise et ne répondit rien.

La chambre criminelle dans laquelle on le tenait reclus avait subi quelques transformations depuis l'époque où Nolwen et lui y avaient été enfermés. Des raccords de pierres et de chaux colmataient çà et là les crevasses des murs. La cheminée s'était vue nantie de trois barres transversales scellées dans les moellons qui la rendaient maintenant inviolable. Un lit de sangles, emprunté au magasin de l'armée, une petite table et une chaise complétaient en outre le mobilier sommaire dont la pièce avait été dotée à la demande de Métrier pour agrémenter le séjour de son nouvel occupant. Et c'était sur la chaise que Kristen, quand il ne tournait pas en rond comme un lion en cage, passait désormais le plus clair de son temps.

« Comment allez-vous aujourd'hui ? s'enquit aimablement Aurélien.

— Merveilleusement bien, voyons ! rétorqua âprement le baron, en douteriez-vous ?

— Vous n'ouvrez pas votre paquet ?

— A quoi bon ? Puisque vous venez de me dire ce qu'il contient. Ne l'avez-vous pas suffisamment exploré avant de me le remettre ? »

Métrier soupira et chercha hâtivement une échappatoire :

« Avez-vous vu Bertrand ?

— Il est passé en fin de matinée et m'a remis vos livres. Je vous en remercie.

— J'espère qu'ils sont à votre goût. Il n'y a pas grand choix de lecture à Ville-sur-Aulne.

— Tranquillisez-vous, capitaine, ceux-là ne peuvent que me convenir. Ils portent encore le chiffre des seigneurs de Kerouartz. Les biens d'émigrés ont au moins la vertu de suppléer aux carences de l'État en matière de culture. »

Métrier se renfrogna :

« Rien ne m'obligeait à passer plus d'une heure à la salle des ventes pour vous les dénicher, Kermoguer ! » lâcha-t-il entre ses dents.

Rengainant ses attaques, Kristen se leva et offrit sa chaise à Aurélien :

« Prenez place, lui dit-il en s'asseyant au bord du lit, par quoi commençons-nous aujourd'hui ? »

Tout au long de ces douze derniers jours, ce protocole n'avait pas varié. Métrier, fin négociateur, avait obtenu des autorités locales le droit de mener à son gré les interrogatoires du prévenu à la condition expresse d'en dresser régulièrement procès-verbal. On lui faisait assez confiance pour lui laisser les coudées franches, mais il se savait condamné à produire tôt ou tard les résultats qu'on attendait de lui.

Or Kristen de Kermoguer n'était pas un homme facile, ce qui compliquait singulièrement la tâche du Normand.

« Êtes-vous si pressé ? releva l'officier avec une ironie acide.

— Vous m'avez bien éduqué. Il faut que je m'acquitte.

— Vous devriez plutôt revêtir la chemise propre que renferme ce paquet... »

Kermoguer leva un sourcil étonné :

« Vos prérogatives dans cette prison sont-elles aussi d'ordre vestimentaire ?

— J'hésitais à vous l'annoncer, mais vous avez une visite. »

Le visage de Kristen devint couleur de cire.

« Rassurez-vous, précisa aussitôt Métrier, pas celle que vous appréhendez. Il s'agit d'une jeune dame de qualité. Son nom est Blanche de Kervella. »

Ce nom déclencha chez Kristen un tourbillon d'émotions contradictoires. Angoisse, soulagement, surprise et déception se bousculèrent dans sa tête avant de faire place à un sentiment de gêne indéfinissable. L'idée d'affronter sa fiancée lui parut soudain incongrue et presque inopportune au regard des circonstances. Le temps avait fait son œuvre dans le lit de l'oubli et la mémoire n'avait pas lutté. La tendre et délicieuse Blanche appartenait déjà au passé. Elle avait sombré corps et biens dans le naufrage d'une époque dont elle avait été le séduisant symbole et à laquelle Kristen ne songeait plus que de loin en loin. L'annonce de sa visite mettait cruellement en lumière l'inconstance des pensées dont elle avait été l'objet depuis bientôt deux ans.

« Lui avez-vous promis ?... demanda-t-il à Métrier avec une moue significative.

— Je pouvais difficilement passer outre. Elle est porteuse d'une autorisation signée d'un juge de paix et il serait mal venu qu'un militaire mette son veto aux décisions d'un juge.

— En somme, je n'ai pas le choix.

— Je crains bien que non. Mais pourquoi ce manque d'enthousiasme ? Une visite si agréable devrait vous faire sauter de joie. Cette jeune fille est ravissante, je vous assure.

— Métrier, de grâce ! Est-elle seule au moins ?

— J'ai cru comprendre que son père l'accompagnait mais qu'elle l'avait supplié de l'attendre dehors. Quels dangers ne semble-t-elle prête à braver pour vous !

— Dieu soit loué ! Son père n'est pas de la partie ! La sinistre farce qu'on me joue là ! Où ai-je mis cette satanée chemise ? Ah ! La voici. Dites-moi, comment est-elle ? Dans quel état d'esprit ?... Enfin, vous me comprenez.

— Elle m'est apparue très nerveuse. Je suppose qu'elle est amoureuse et qu'il lui a fallu bien du courage pour surmonter sa peur en venant ici. Il faut voir comme elle triture son mouchoir de dentelle. Cela vous fend le cœur. Évidemment, celle-là n'a rien d'une amazone en culottes. »

Kermoguer, absorbé dans le déboutonnage de sa chemise, tourna vivement la tête :

« Qu'entendez-vous par là ? »

Aurélien laissa éclore un sourire ingénu :

« Qu'en l'occurrence vous avez un goût parfait. »

Kristen haussa les épaules :

« Vous êtes encore plus démodé que moi... »

Il n'avait plus été question de Nolwen entre eux depuis l'évacuation *in extremis* de la jeune brigande, Kristen esquivant délibérément toutes les occasions de parler d'elle. C'était comme si elle n'avait jamais existé ailleurs que dans les souvenirs personnels de Métrier. Pour autant, le Normand n'était pas dupe, et cette volonté de dissimulation le laissait d'autant plus songeur qu'elle contrastait singulièrement avec le comportement antérieur du baron. La pudeur seule n'expliquait pas ce brusque revirement. Au demeurant, pourquoi s'était-il tant démené pour cette paysanne obscure dont la société l'an dernier lui était visiblement à charge ? Pour quels mystérieux motifs avait-il mis sa liberté en jeu pour la sauver, alors qu'à l'évidence elle n'occupait pas un rang prépondérant dans la Chouannerie ? Et que penser de ce mutisme imperturbable à propos de Nolwen quand la moindre allusion à son sujet agissait sur lui comme une piqûre d'épingle ?

Aurélien prenait un plaisir un peu sournois à traquer les sentiments secrets du hobereau et à en jouer, le cas échéant, quand Kristen se laissait surprendre. Pourtant, ce dernier n'avait renié aucune de ses promesses et, bon gré mal gré, s'était plié sans protester au feu roulant des interrogatoires. De tous les coups de main dans lesquels il avait trempé, de toutes les actions dont il avait été l'instigateur, il avait formulé des aveux complets. S'en tenant strictement aux clauses de son marché avec le capitaine, il avait reconnu son adhésion au mouvement contre-révolutionnaire, ses menées subversives et sa participation active à la plupart des agressions commises dans le district contre les républicains. Toutefois, aucun autre nom que le sien n'était encore sorti de sa bouche. De ses complices, de ses amis, de ses « soldats », pas un mot. Il mettait un soin habile à n'exposer que sa seule responsabilité et à faire en sorte que toutes les notes et minutes dont le dossier du capitaine ne cessait de s'enrichir jour après jour ne tendissent pour l'essentiel qu'à établir sa culpabilité exclusive.

Kermoguer revendiquait comme un privilège le fait d'être reconnu coupable et protégeait ainsi jalousement les siens. Cantonné malgré lui au rôle ingrat d'inquisiteur, Aurélien devait user de finesse et de ruse pour tenter de démasquer l'homme qui se cachait derrière le chef chouan et dont la personnalité le captivait.

Peu soucieux de paraître inconvenant, Kristen achevait de se dévêtir sans plus de gêne devant Métrier qu'il n'en eût éprouvé devant Maunoir ou Meldreg. Il possédait un corps parfait tant par son architecture élancée que par ses harmonieuses proportions. Ses épaules noueuses et son torse aux courbes sculpturales soulignaient l'impression de sveltesse donnée par l'étroitesse des hanches et le dessin longiligne des membres. De sa pratique assidue du cheval il avait conservé la cambrure caractéristique des cavaliers ainsi que l'habitude de se tenir très droit sur ses jambes puissantes et infiniment longues qu'il gardait toujours un peu écartées. Ses cheveux raides lui couvraient toute la nuque et une partie du dos tant ils avaient poussé depuis les derniers coups de ciseaux d'un coiffeur d'occasion rencontré à Grand-Champ. Ragaillardi par une nourriture suffisante et par deux semaines de repos forcé, il avait rapidement recouvré sa robustesse naturelle et sa plénitude physique.

Aurélien, ébahi, le regardait s'apprêter sans hâte, avec des gestes mesurés qui traduisaient autant le manque d'empressement qu'un certain art de vivre. A la manière dont il dépliait la chemise très ordinaire envoyée par Clervie, on l'imaginait aisément dans ses habitudes quotidiennes où la nonchalance et la distinction dépouillaient de leur banalité les actes les plus simples. Faisant abstraction de la laideur environnante, Kristen de Kermoguer enfilait sa chemise comme on passe un habit. D'une main experte, il fit bâiller le col qui adopta d'emblée la tenue désirée :

« Je n'ai pas de cravate, déplora-t-il avec une pointe d'affectation, mais les mondanités n'étaient pas prévues. »

Sous le regard narquois d'Aurélien il changea de ton :

« Quelle ridicule mise en scène, n'est-ce pas ? Je ne puis cependant y déroger sans risquer de perdre la face. Figurez-vous qu'autrefois, lorsque j'étais encore le prétendant en titre de Mlle de Kervella, chacune de mes visites chez elle constituait un véritable événement. Les domestiques se précipitaient sur moi comme si j'étais le roi en personne. On me faisait mille civilités en me prêtant sans doute un usage du monde censé me rendre odieuse la moindre faute de goût. En réalité, j'ai toujours vécu bien plus simplement qu'eux, et ce que j'ai appris de la mode et des bonnes manières à Versailles n'a aucunement influencé mes propres règles du savoir-vivre.

— Mlle de Kervella n'est-elle pas noble comme

vous ? » observa naïvement Aurélien.

Kristen lui grimaça un sourire condescendant :

« Elle l'est, certes, en vertu de certaines conventions basées sur la fortune, mais nullement “comme moi”, ne vous en déplaise. La vraie noblesse ne se mesure pas à l'argent. Elle tire son origine de la chevalerie et des temps très anciens où elle ne se méritait que par quelque haut fait d'armes. En épousant Blanche de Kervella, j'allais me mésallier bien qu'elle fût beaucoup plus fortunée que moi.

« Dans ce cas, pourquoi vouliez-vous le faire ?

— Pour Kermoguer, Métrier, pour Kermoguer. Mais laissons cela, vous ne pouvez pas comprendre.

— Vraiment ? Des mariages d'argent, cela se voit dans tous les milieux, vous savez, de la noblesse à la paysannerie.

— Kermoguer n'est pas seulement un patrimoine composé d'un vieux château et de quelques terres. C'est une baronnie. Jadis, pour former une baronnie, il fallait six terres nobles tenues chacune par un chevalier. Aujourd'hui je n'en ai plus que deux : Kerambraz et Creac'h Gwen.

— Vous espériez racheter vos terres nobles perdues avec la dot de votre épouse ?

— Non, plus modestement préserver celles qui me restent y compris Kermoguer. Il y a de la distance, voyez-vous, entre ce projet et un vulgaire mariage d'argent.

— Je ne fais pas tellement la différence, mais qu'importe. Ces deux terres qui vous restent ne vous suffisent-elles pas ? Êtes-vous si assoiffé de biens et de propriétés ? La terre appartient à ceux qui la travaillent et non à ceux qui en vivent sans effort.

— J'ai déjà entendu cela quelque part, capitaine. Voilà la vieille rengaine révolutionnaire dont on s'est servi pour abuser les gens. Allez donc faire un tour dans ces fermes où la terre a changé de mains et vous serez édifié sur les vertus de la recette. Qui, de nos jours, rachète les biens saisis aux émigrés : métairies, fermages, pièces de bois, demeures, chapelles, mobilier ? Où est votre prétendu partage dans toute cette gabegie ? Allons, Métrier, épargnez-moi vos leçons de morale et menez-moi plutôt auprès de Blanche, qu'on en finisse au plus vite. Je suppose que vous assisterez à l'entrevue...

— Il va de soi que je ne puis vous laisser sans surveillance, mais si vous souhaitez quelque arrangement et à condition que cela reste dans les limites du raisonnable, je pourrai à la rigueur...

— Je ne vous ai rien demandé de tel, Métrier ! »

La réponse de Kristen avait claqué avec une sécheresse que l'offre ne justifiait en rien. Aurélien en conçut un peu d'aigreur, mais le baron se reprit bien vite :

« J'apprécie votre intention, mais il se trouve que je préfère vous avoir pour témoin. »

Métrier se contenta d'opiner sans réclamer d'explication.

Blanche avait été conviée à prendre patience dans le petit local où se déroulaient ordinairement les formalités du greffe et que le capitaine accaparait de plus en plus souvent. L'attente pesante et incertaine à laquelle on venait de la soumettre lui avait mis manifestement les nerfs à fleur de peau. Négligeant la chaise qu'on lui avait offerte, elle avait dû arpenter la pièce de long en large plus d'une centaine de fois tout en maltraitant sauvagement son mouchoir de dentelle.

Vêtue d'une robe choisie délibérément parmi

les plus simples, mais qui, compte tenu de l'endroit, faisait encore trop riche, le visage lavé de ses fards et de ses mouches et les cheveux sagement noués en un chignon sans fantaisie, elle parut à Kermoguer d'une émouvante fragilité. Il la trouva plus pâle et plus menue que dans ses souvenirs. Des cernes mauves creusaient impitoyablement sa peau de porcelaine sous ses paupières gonflées par le manque de sommeil. Dès qu'elle aperçut Kristen, elle poussa un petit cri d'oiseau effarouché et s'élança vers lui :

« Oh ! mon ami ! gémit-elle en le saisissant par les bras, comment est-ce possible ? »

La présence de Métrier l'incita à plus de retenue. Elle lâcha Kristen mais demeura tout près de lui.

« Kristen ! Je me suis fait tant de souci pour vous ! » dit-elle, des sanglots plein la voix.

Il n'était pas nécessaire qu'elle en fît le serment solennel pour qu'on la crût sur parole. Elle tremblait de tout son être et semblait à tout moment sur le point de défaillir. Vaguement déconcerté, le baron la dévisageait avec étonnement. Dépouillée de ses artifices de séductrice, loin du jabot protecteur de son père, elle dévoilait un naturel qu'il ne lui connaissait pas :

« Vous me voyez fort contrit de vous imposer une telle épreuve, ma chère, j'aurais cent fois préféré vous épargner cela. »

Il s'inclina devant elle et se força à lui sourire.

« Et moi qui ignorais tout ! s'exclama Blanche comme si elle s'en faisait le reproche. C'est bien par hasard que j'ai appris votre emprisonnement. J'ai cru en mourir. »

Elle le pensait si fortement qu'elle en pâlit encore.

« Il y a eu beaucoup d'emprisonnements tel que le vôtre à ce qu'on dit, poursuivit-elle à mi-voix, après un coup d'œil craintif vers Aurélien, mais il est fort répandu que la République ne châtie que ses ennemis. Par conséquent, je suis sûre qu'on vous libérera bientôt et que votre innocence sera reconnue. »

Kermoguer la considéra sans indulgence :

« D'où tenez-vous cette remarquable certitude, ma chère Blanche ? Savez-vous au moins de quoi l'on m'accuse ?

— Que sais-je ? D'être noble, peut-être, de posséder des terres et un château. Il paraît que bon nombre de gentilshommes ont été ainsi pourchassés et jetés en prison pour avoir voulu combattre le nouveau régime. Je n'entends rien à la politique, mais il s'agissait sûrement de mauvaises têtes.

— Appartiendrais-je selon vous à cette catégorie ?

— Certes non, c'est bien pourquoi vous ne resterez pas longtemps sous les verrous. Vous êtes manifestement victime d'une erreur. Je remuerai ciel et terre pour vous faire sortir de là, croyez-moi. Puisque le juge de paix Coadiou, de Gouézec, a eu l'extrême obligeance de me délivrer cette autorisation de visite, il ne refusera pas de regarder de près à votre affaire. Je retournerai le voir pour vous dès demain. »

La candeur naïve de cette proposition ne put atténuer le frisson d'indignation qui parcourut Kristen :

« Blanche ! s'écria-t-il durement, je vous interdis formellement de vous mêler de cela et je ne veux pas entendre parler de ce juge ! »

Elle se figea, pétrifiée par la rudesse incompréhensible de ce refus :

« Mais !... mon ami, protesta-t-elle d'une voix chancelante, c'est la seule personne que je connaisse...

— Blanche ! tonna Kristen derechef, pour l'amour du ciel acceptez de comprendre que je ne suis pas ici sans raisons valables. Je vais être jugé et certainement condamné. Aussi, je vous en prie, ne remuez pas pour moi vos précieuses relations, ce serait peine perdue, et par ailleurs je ne veux pas être aidé de cette façon. »

Les magnifiques yeux bleus de la jeune fille, démesurément agrandis, reflétèrent tout à coup l'horreur et l'incrédulité. Elle retint désespérément ses larmes pour conserver la force de le supplier :

« Vous vous moquez de moi. Je vous en conjure, Kristen, soyez assez généreux pour ne pas repousser mon aide. Ne m'enlevez pas tout espoir. »

Auprès de lui, elle paraissait aussi frêle et délicate qu'une miniature de biscuit et sa détresse faisait pitié. Si Métrier, par sa présence, ne l'en avait dissuadée, elle se serait jetée dans les bras de Kristen afin d'y épancher son gros chagrin d'enfant.

Kermoguer, quant à lui, bien que sur la défensive, sentait peu à peu fléchir sa fermeté. Peut-être avait-il aimé autrefois, à sa manière, la charmante vulnérabilité de cette poupée d'albâtre, ses élans puériles, son tendre attachement. Elle ressemblait à un bouquet de fleurs fraîches au parfum d'innocence et savait se montrer si enjôleuse. Il ne détestait pas se noyer dans l'azur de ses yeux ; y déchiffrer la juvénile adoration dont il était l'objet et sentir certaines fois son petit cœur de jouvencelle prendre le triple galop dès qu'il la serrait un peu fort contre lui. Elle lui avait offert sans partage sa jeunesse insouciante, ses rêves, sa loyauté confiante et surtout la grâce incomparable d'un amour absolu qui transformait chacun de leurs doux tête-à-tête en îlot de bonheur.

Hélas, de la force dont il se nourrissait, de la maîtrise dont il faisait un culte, elle s'était toujours révélée tragiquement dépourvue. Si elle incarnait à la perfection cet idéal d'exquise féminité auquel nul homme n'était censé pouvoir résister, elle ne possédait en revanche aucune des qualités qui consacraient dans l'opinion de Kristen la valeur d'une femme. Gracieuse et enjouée, coquette et frivole, elle pratiquait merveilleusement l'art de plaire et se donnait beaucoup de mal pour paraître accomplie, mais son âme trop légère, trop éloignée des réalités de la vie péchait par un réel défaut de consistance. En vérité, Blanche, qui ne supportait aucune contrariété, prenait pour de la fermeté ce qui n'était qu'entêtement, et l'existence d'enfant choyé que lui ménageait son père ne l'avait pas accoutumée à livrer bataille pour voir triompher ses exigences.

Pour mener à bien sa terrifiante entreprise, elle s'était donc équipée d'un courage que ne requérait pas d'ordinaire l'assouvissement de ses caprices, et l'importance même de l'enjeu la paralysait.

Comment aurait-elle pu prévoir que son principal obstacle, en l'occurrence, serait Kristen lui-même ?

Elle l'enveloppait de son regard humide et implorant que les larmes sertissaient de cristaux d'aigue-marine. Des sanglots contenus lui déformaient la bouche. Dans son affolement, elle s'évertuait à rechercher toutes les interprétations possibles aux paroles qu'il venait de lui infliger et s'obstinait à ne retenir que les plus acceptables, celles qui, précisément, l'éloignaient d'une vérité qu'elle refusait d'admettre.

« Mon ami... plaida-t-elle encore dans un aveuglement insensé, je vous connais plus qu'il n'y paraît. Vous voulez m'écarter de vous par souci de ma sécurité. Ne le niez pas. Vous êtes assez noble et généreux pour cela, mais je ne saurais vous être inférieure sur ce point. Je me dois d'être digne de vous et je me battrai pour vous sortir de là. »

Il l'observait sans mot dire, partagé entre la compassion et l'agacement. Des larmes maintenant roulaient sur les joues de Blanche, que son mouchoir saccagé négligeait d'essuyer. Elle ne pouvait se détourner de lui et attendait, pitoyable, qu'il fît un geste pour atténuer sa peine. Mais il ne se décidait pas. Kristen ne ressentait ni le désir ni la nécessité de la consoler, mais réprouvait, au contraire, par son silence glacé, cet étalage consternant.

Voyant qu'il ne bougeait pas, Blanche, abdiquant toute pudeur, s'abattit d'un seul coup contre lui :

« Je vous aime tant... » balbutia-t-elle en l'étreignant convulsivement.

Au contact de ce buste gracile pressé contre sa poitrine, du poids léger de cette tête nichée au creux de son épaule, le gentilhomme perdit un peu contenance. La chevelure blonde et soyeuse de celle qui demeurait, envers et contre tout, sa fiancée exhalait un doux parfum d'essence de rose dont l'odeur familière ressuscitait d'anciennes et troubles sensations. Un désir flou lui embruma l'esprit. Il ferma les yeux pour se soustraire à l'attrait du minois vernissé de pleurs qui se tendait vers lui avec une expression à faire damner un saint. Les lèvres offertes de Blanche le tentaient irrésistiblement. Sa beauté le bouleversait. Jamais jusqu'à ce jour il n'avait à ce point mesuré le puissant ascendant qu'il exerçait sur elle. Elle l'enserrait de ses bras menus comme pour le souder à elle définitivement, irrémédiablement, éperdue d'angoisse à l'idée de le perdre, prête à toutes les audaces pour le conserver. Métrier n'existait plus. Elle ne voyait même plus son uniforme bleu, ni ses épaulettes brillantes, encore moins la gêne indescriptible du capitaine devant cette scène insolite. Elle ne voyait que Kristen dont les traits crispés et le regard incandescent constituaient déjà pour elle un début de victoire.

Il se cabra pourtant quand la vision d'une autre femme s'interposa entre elle et lui. L'image glissa si vite qu'il n'en vit que les contours. Sidéré, il détourna la tête et découvrit alors sur son épaule une touffe de cheveux blonds. La brusquerie avec laquelle il s'écarta de Blanche n'échappa pas à Métrier :

« Je regrette, citoyenne, crut-il bon d'intervenir avec tact, il faut partir maintenant. »

Blanche sursauta :

« Encore un petit instant, s'il vous plaît, monsieur l'officier...

— C'est impossible.

— Ne revenez plus, Blanche, se hâta d'ajouter Kristen avec un soulagement évident, c'est une épreuve qui nous est trop cruelle, vous le voyez bien.

— Je reviendrai pourtant...

— Cessez de faire l'enfant. Vous vous êtes montrée très charitable en venant me voir, mais ne recommencez plus. Je ne suis plus fréquentable et cet endroit n'est pas pour vous. Il est temps que vous retourniez aux distractions de votre âge. Nos fiançailles n'ont plus de raison d'être. Oubliez-moi vite, ma chère Blanche. »

Un cri rauque jaillit de la poitrine de Blanche, aussitôt suivi d'une longue et douloureuse plainte. Elle vacilla, porta ses mains à sa gorge, et pendant un bref instant Métrier s'attendit à la voir s'affaisser sur le sol. Mais elle se ressaisit, reprit haleine et, dressant son petit visage mouillé à la hauteur du menton de Kristen, rassembla les ruines de son courage pour lui jeter en pleine figure :

« Jamais ! Jamais je ne renoncerai à vous ! Je suis votre fiancée, Kristen de Kermoguer. Nous nous sommes engagés l'un envers l'autre et vous ne me verrez pas capituler si facilement ! »

Il fit un pas en arrière et la regarda avec stupeur :

« Jamais est bien trop long pour une si jeune personne, songez-y, objecta-t-il calmement. Je serais un monstre d'égoïsme si je ne vous rendais votre foi et vous condamnais de la sorte à m'attendre indéfiniment. Vous êtes trop jeune et trop belle pour vous refuser aux plaisirs de la vie et surtout pour porter le deuil de quelqu'un qui ne vous mérite pas. »

Mais Blanche secouait la tête sans l'écouter.

« Faites-moi ce plaisir, insista-t-il en mettant dans cette prière toute la persuasion dont il était capable, reprenez votre liberté et jouissez-en comme seule peut le faire une jeune fille de vingt ans.

— Je vous répète que nous sommes fiancés et que cet engagement a valeur pour moi de sacrement. »

Kristen laissa éclater un soupir d'exaspération :

« Capitaine, de grâce, expliquez-lui... »

Mal à l'aise, Aurélien s'avança vers Blanche avec une raideur quelque peu théâtrale :

« Le ci-devant baron de Kermoguer est un dangereux séditieux, lui assena-t-il sans ambages. L'instruction le démontrera sans ambiguïté. Il est plus que probable qu'il sera condamné. Maintenant, retire-toi, citoyenne. Les visites ne doivent pas dépasser la durée réglementaire. »

C'était compter sans l'entêtement absurde dont s'arment parfois les êtres faibles pour faire échec aux raisons les plus fortes. Blanche ne l'entendait pas de cette oreille. Elle persistait à nier l'évidence, se débattait, s'opiniâtrait, se découvrait héroïque et rebelle.

« Ordonnez-moi tout ce qui vous chante ! s'écria-t-elle soudain, les joues en feu, je suis libre de vous obéir comme de me moquer de vos avis ! Kristen de Kermoguer, vous êtes à moi et vous le resterez, que cela vous plaise ou non. Et si vous ne souhaitez pas que je revienne vous visiter ici, eh bien ! c'est à Kermoguer que je vous attendrai ! »

Le baron tressaillit violemment :

« N'outrepassez pas vos droits, Blanche ! Vous n'êtes pas encore baronne, que je sache, et les Kermoguer ont pour principe de choisir eux-mêmes leurs invités !

— N'ai-je point qualité pour en être ?

— Ils les préfèrent en général bien élevés ! »

La repartie cinglante doucha l'ardeur vindicative de la jeune fille. Elle comprit alors un peu tard qu'elle était allée elle-même au-devant de son exécution. Parle-t-on d'investir Kermoguer quand on caresse en secret le doux rêve de porter un jour le titre de baronne ? Plus grave qu'une erreur, il s'agissait là d'une faute que Kristen, en aucun cas, ne pourrait lui pardonner. Elle s'était tout simplement comportée comme une roturière.

Son amour-propre en charpie, Blanche se tint momentanément coite.

Puis, après un silence lesté de sourde rancœur, elle tournoya sur elle-même et, dans un bruit d'étoffe froissée, marcha vers la porte qu'elle ouvrit d'un seul coup :

« Messire, je vous salue bien, lança-t-elle depuis le seuil dans un ricanement d'égarée, capitaine, ne me raccompagnez pas, je connais le chemin. »

Métrier la suivit néanmoins et donna l'ordre

au planton de lui déverrouiller la porte de sortie. Elle s'élança dans la rue sans se retourner et courut rejoindre son père.

Pensif, Aurélien s'en revint à pas lents vers le baron qui n'avait pas bougé.

« Bigre ! chaude affaire ! lui dit-il en simulant l'amusement, comme dit le proverbe : "Ce que femme veut..."

— Kermoguer s'en rit !

— Soit ! Je ne me permettrai plus désormais d'en douter. Mais dites-moi, est-ce un usage, dans votre monde, de se prendre de bec entre promis ?

— Tout dépend de ce qu'il y a à défendre. Ne vous avais-je pas annoncé qu'entre fortune et titre on ne balance point ? Sérieusement, Métrier, quelle était la part des sentiments dans ce que vous venez de voir ?

— Je parierais bien qu'il y en avait, pourtant, ça oui, et pas des moindres encore. Mais comme toujours avec vous, allez savoir où ils se cachent.

— Plaît-il ? Capitaine, vous devenez bien énigmatique.

— Question d'influence. En tout cas, il y a au moins une chose que j'ai comprise.

— Bravo, vous progressez. Et peut-on savoir laquelle ?

— Eh bien ! Que le plus grand tort de cette charmante Blanche est de ne pas être Nolwen Kreïs. »

S'écoulèrent ensuite quatre longs jours durant lesquels Métrier déserta mystérieusement la prison. Bertrand, qui parfois suppléait son ami dans la rotation méthodique des visites, dédaigna lui aussi de se montrer, si bien que Kristen ne put éviter de remarquer leur absence et de s'en inquiéter.

Les deux hommes étaient en effet ses seuls visiteurs et le seul contact qui lui restait avec le monde extérieur. Entre les quatre murs hideux de la chambre criminelle où même les meilleurs souvenirs perdaient peu à peu le pouvoir de le soutenir, la moindre distraction avait un petit goût d'évasion. A la longue, la pesanteur du quotidien jointe à l'inaction et à la solitude finissaient par étouffer en lui les instincts les plus simples et jusqu'à la capacité de rêver. Il survivait comme par habitude, sans repère dans le temps et la tête presque vide, s'efforçant tout au plus de fournir à Métrier les réponses cohérentes dont l'officier avait besoin. Ce faisant, il en venait à apprécier leurs entretiens journaliers pour la parcelle d'humanité qu'ils introduisaient dans son univers de reclus et pour l'effort qu'ils l'obligeaient à faire sur lui-même. A cet égard, seuls le capitaine et son lieutenant détenaient le pouvoir de suspendre momentanément sa lente et douloureuse asphyxie en lui donnant l'illusion d'exister encore. S'ils étaient tous les trois bien éloignés du terrain de l'amitié et si la qualité de leurs rapports ne pouvait occulter leur antagonisme de fait, ils ressentaient pareillement la nécessité d'une entente et s'appliquaient à l'établir sans heurts.

Au surplus, Aurélien et Bertrand possédaient un heureux caractère, et leur jeunesse rieuse et désinvolte, leur complicité quasi fraternelle contribuaient progressivement à amadouer le farouche hobereau. Bien que réfractaire par nature à toute relation affective, celui-ci se surprenait à souhaiter de plus en plus souvent la présence de l'un ou l'autre des deux officiers. Il aimait respirer l'air qui s'engouffrait avec eux dans la cellule et les odeurs que véhiculait le drap fatigué de leurs uniformes. Il aimait voir leurs bottes ternies par la poussière des chemins de campagne où lui-même avait tant de fois galopé, et surtout il aimait sentir à travers eux le pouls frémissant de la liberté. Ils étaient le cordon ombilical qui le rattachait encore au monde des vivants, à cet « au-dehors » mythique auquel il n'avait plus accès et qui continuait de s'agiter sans lui.

Quand, dans l'après-midi du quatrième jour, Métrier fit irruption comme un diable dans la geôle de Kristen, l'aristocrate crut sa dernière heure venue. Médusé, il vit le jeune Normand fondre sur lui, rubicond, tremblant de rage et le poing brandi comme un éperon. Il n'eut même pas le réflexe de sauter de sa chaise. Métrier s'arrêta de justesse à quelques centimètres de lui :

« Kermoguer ! Si vous avez trempé dans ce coup-là, vous allez me le payer cher ! » lui hurla-t-il en pleine face.

Kristen leva vers Aurélien un regard éberlué.

« Vous saviez n'est-ce pas ? Vous saviez ! accusa Métrier sur le même ton, je ne vous le pardonnerai jamais ! »

Kermoguer émergea lentement de sa stupeur :

« Mais de quoi parlez-vous ?

— La poudrerie du Pont-de-Buis, cela ne vous dit rien peut-être ?

— Quoi, la poudrerie du Pont-de-Buis...?

— Attaquée, mon cher ! Et par les vôtres encore ! »

Kermoguer ne fit qu'un bond :

« Que dites-vous ? »

Dressé de toute sa hauteur, les idées nettes, il vrilla Métrier de son regard de jais :

« Ils ont attaqué la poudrerie ? Mais qui cela ? Et quand ?

— Comment qui ? Je viens de vous le dire ! Les vôtres bien sûr !

— Les miens ? Mais soyez plus précis, bon Dieu ! Comment voulez-vous que je devine ?

— Vous ne saviez donc pas ?

— Comment l'aurais-je su ? Je n'ai pas le don de double vue ! »

Métrier réfréna son emportement :

« Crénom de nom ! maudite journée ! maugréa-t-il en repoussant la chaise d'un coup de pied.

— Racontez-moi, Métrier, le pressa Kristen, racontez-moi, je vous en prie. »

Aurélien laissa s'installer un temps mort durant lequel il oscilla entre l'envie de se taire et celle de parler. Il lui en coûtait d'exaucer la prière du baron sous laquelle perçait une impatience jubilatoire qu'il estimait pour le moins vexante. En outre, l'ignorance de ce dernier ne l'avait qu'à moitié convaincu. Kermoguer s'était montré surpris, certes, mais pas étonné. En toute hypothèse, l'affaire l'avait pris de court par la soudaineté de son intervention plutôt que par sa nature, et Métrier n'excluait pas le fait qu'il eût eu vent dans le passé de ce projet.

N'était-il pas, pendant plusieurs mois, devenu un « Morbihannais » ?

« Réjouissez-vous, ci-devant baron de Kermoguer, s'exécuta Aurélien à contrecœur, l'histoire est plaisante et vous amusera fort, j'en suis sûr. Je reconnais qu'elle était parfaitement montée et que son commanditaire ne manquait ni d'ingéniosité ni d'audace. Sans doute était-il bien renseigné sur la disposition des lieux. En tout cas, il a su en tirer profit avec un panache que nul ne lui contestera. La population en rit encore.

— Qui dirigeait l'expédition ?

— Pour autant que nous le sachions, il

s'agirait d'un dénommé Lantivy. »

Le visage de Kristen s'illumina. Ses lèvres se fendirent d'un sourire radieux. Il se retint de décliner allégrement le nom qu'il venait d'entendre.

« Un ami à vous ? questionna Aurélien aux aguets.

— J'aimerais que ce fût vrai... »

Les yeux du Normand virèrent au bleu de mer :

« Compliments ! Vous les choisissez bien ! Quoi qu'il en soit, il n'était pas seul. Au total, cinq cents chouans lui faisaient escorte. Cinq cents hommes, entendez-vous ? Qui passèrent sans encombre à notre nez et à notre barbe, malgré le renforcement des postes de contrôle. Risible, non ? Ils partirent paraît-il, de Guern, pour rallier le Pont-de-Buis le 17 juin. Chemin faisant, ils furent maintes fois signalés, mais rien n'y fit. Ils passèrent. Nous étions pourtant plus de deux cents à les attendre de pied ferme sur les berges de la rivière, aux abords de Ville-sur-Aulne. Comment firent-ils pour nous contourner ? Je ne l'ai toujours pas compris. Tandis que nous les guettions d'un côté, ils se faufilaient de l'autre pour gagner en un clin d'œil les hauteurs du Pont-de-Buis. Pendant qu'une partie d'entre eux restaient perchés sur les collines pour surveiller les alentours, les autres investissaient la poudrerie en enfonçant les deux portes. Une fois à l'intérieur, ils réquisitionnèrent les ouvriers pour charger les barils de poudre sur les voitures à chevaux achetées dans le voisinage. Seize à dix-sept mille livres d'explosifs, le fond de caisse et le matériel de fabrication furent ainsi saisis, et ce qui ne put être emporté fut jeté dans la Douffine. A trois heures de relevée, tout était fini. Ces messieurs s'offrirent même le luxe de signer une reconnaissance de dette au nom du roi pour le montant du fond de caisse. Ensuite de quoi, ils repartirent comme ils étaient venus, par petits groupes et suivant des itinéraires différents, travestis en paysans ou cachés dans les charrettes à foin qui, en cette saison, encombrent nos chemins et nos routes. Personne ne les dénonça et il n'y eut aucune violence ni coup de feu. N'est-ce pas admirable ? »

Kermoguer, le front pressé contre les barreaux de la fenêtre, humait avec délice l'air qui lui venait de la ville. Il avait écouté sans mot dire le récit d'Aurélien, attentif au moindre détail où la marque de Cadoudal s'inscrivait en filigrane, et le bonheur l'inondait. Le plan conçu à Grand-Champ, dans la maison du général, ce plan, Lantivy l'avait réalisé ! Lantivy avait vengé Grand-Champ ! Mais il n'avait pu le faire sans l'aide de Georges, cela crevait les yeux. Donc, Georges était vivant. Pour Kermoguer, cette certitude s'était imposée dès les premières secondes, et à la joie indicible qu'elle lui inspirait s'associait l'orgueil d'une contribution personnelle. En dépit de ses défaillances et de ses renoncements, il avait au moins participé à cette aventure-là ! Grâce à ses plans et à ses indications, Lantivy venait d'accomplir l'exploit qui les avait tant fait rêver à la table de Cadoudal. Cela signifiait aussi que le débarquement était en vue et que le général y travaillait plus que jamais.

Kristen fit une dernière provision d'air frais avant de se retourner vers Métrier :

« C'est en effet une bonne nouvelle, reconnut-il laconiquement.

— Ne prenez pas cet air patelin, au fond de vous, vous exultez et je ne vois pas ce qui vous empêche de le montrer ! Vous ne réagissez jamais normalement. On dirait que vous êtes fait de métal et de pierre. Vous tenez là une excellente occasion de rire, alors pourquoi vous en priver ?

— Soit, je suis heureux, profondément heureux et pour quantité de raisons qui manifestement vous échappent. Non seulement le coup d'éclat de Lantivy me comble d'aise, mais encore je le trouve plein d'enseignement.

— C'est-à-dire ?

— N'êtes-vous point frappé par l'aisance avec laquelle les Morbihannais ont opéré ? A quoi attribuez-vous cette surprenante facilité sinon à la bienveillance complice de la population ? Ils étaient cinq cents, m'avez-vous dit, et malgré toutes vos précautions, ils vous ont filé entre les doigts à l'aller comme au retour. Sérieusement, aurait-ce été possible s'ils n'avaient pas bénéficié du concours des habitants ?

— Qu'espérez-vous démontrer par là ?

— Que les gens en ont assez de vous et qu'ils choisissent désormais d'aider vos opposants.

— Taisez-vous, Kermoguer, vous délirez !

— Je m'en tiens aux faits. Combien de charrettes à foin a-t-il fallu selon vous pour cacher cinq cents hommes et dix-sept mille livres de poudre ? Combien cela fait-il de paysans complices tant par leur action que par leur silence ? Pas un coup de feu, pas une violence, vous l'avez dit vous-même, et, de surcroît, au beau milieu de la journée ! Les soldats de Lantivy seraient-ils tous sorciers pour accomplir sans dommage de telles prouesses et tenir sous leur charme une population entière ? Soyez réaliste, Métrier, on a désiré leur victoire.

— Ne vous hâtez pas de conclure qu'on vous aime à ce point. La suite de l'histoire fait grincer quelques dents. Des meurtres ont été commis lors du passage de vos amis, non pas à la poudrerie où les ouvriers de Campourcy ne leur ont guère opposé de résistance, mais à Pont-Coblant, à Gouézec et à Saint-Ségal. Les citoyens Goraquer, David et Guillou, respectivement recteurs assermentés des paroisses susnommées, ont payé de leur vie le fait d'être républicains. Êtes-vous si fier de l'apprendre ?

— Il ne fallait pas nous les imposer quand nous n'en voulions pas ! Vous êtes aussi fautifs que leurs exécuteurs. Chez nous, les curés intrus n'ont jamais eu leur place !

— En vertu de quoi vous les tuez. Belle charité chrétienne, en vérité, voilà une religion qui mérite d'être sauvegardée.

— Cette remarque ne manque pas de sel quand on songe à tous les prêtres massacrés sur ordre de la République ! Et d'ailleurs, qu'est-ce qui vous prouve que ces trois jureurs ont été abattus par les Morbihannais ? Ils étaient si impopulaires que d'autres ont pu vouloir leur mort.

— Ces assassinats sont signés, vous dis-je, ils sont bien dans la manière des chouans, exactement comme les trois autres exécutions de la vallée dont il serait grand temps que vous me disiez deux mots !

— En l'occurrence, deux des hommes auxquels vous faites allusion ont eu affaire à notre justice. Le troisième est mort sans notre aide.

— Vous avouez donc ?

— J'avoue avoir débarrassé le pays de deux gredins, oui. Interrogez les gens à leur sujet, là encore vous serez édifié comme pour les trois autres.

— Mais ce sont des crimes, Kermoguer ! Aux yeux des lois de ce pays, ce sont des crimes !

— Aux yeux de quelles lois ? Montrez-moi la justice qu'elles sont censées servir ; l'ordre qu'elles ont soi-disant établi ! Sont-ce ces mêmes lois qui ont envoyé Tugdual Kreïs à l'échafaud sans jugement ? Pardonnez-moi de croire à une autre justice que celle-là !

— Isabelle Jezequel a-t-elle été châtiée, elle aussi ?

— D'une certaine façon, mais pas comme vous l'entendez. Personne ne l'a poussée dans la rivière. Elle y est allée seule.

— Admettons. Et Thomas Le Goff ?

— Il a reçu la seule blessure de guerre dont il fût vraiment digne. Il est tombé au champ d'honneur qu'il méritait.

— Par traîtrise.

— Il en avait largement vécu. N'était-il pas votre informateur préféré ?

— Il servait son pays.

— La noble mission ! Mais le pays récuse les serviteurs de ce genre, il n'en veut pas plus que de vos prêtres jureurs, ni de tous ceux qui incarnent l'ordre républicain ! Aujourd'hui, voyez-le se dresser contre vous, vous frapper quand il le peut. Vous refusez d'assumer la haine que vous avez semée, mais ici, sachez-le, vous ne serez jamais les maîtres.

— Parce que c'est vous qui décidez, sans doute ? Votre mission à vous serait-elle d'écrire l'histoire à votre convenance ?

— De l'écrire, peut-être pas ; de la construire, sûrement. Les Kermoguer ne se connaissent pas d'autre vocation.

— Les Kermoguer ? La belle affaire ! Mais qui sont-ils donc ? Savent-ils seulement que les temps ont changé, qu'on ne se bat plus en armure, que les croisades sont finies et que le duché est à la France depuis plus de deux cent cinquante ans ? Le titre de baron lui-même ne signifie plus rien et je vous trouve comique avec vos préjugés et votre suffisance. Nous sommes presque au dix-neuvième siècle, que diable ! Réveillez-vous ! »

Les yeux de Kristen se plissèrent, et par la fente de ses paupières fulgura un éclair meurtrier :

« Mes ancêtres, petit Normand, étaient déjà les seigneurs de cette province quand les vôtres n'en étaient encore qu'à remonter la Seine sur leurs drakkars de carnaval pour aller conquérir cette partie du royaume qu'on appelle depuis la Normandie. Et en me basant sur certaines observations, je ne suis pas persuadé qu'ils aient jamais comblé leur retard en matière de civilisation. »

Aurélien s'empourpra violemment et, pendant une seconde, se retint de sauter à la gorge du gentilhomme :

« Surveillez vos propos ! » fulmina-t-il, furieux de se sentir trahi par cette rougeur honteuse qui donnait au baron une victoire trop facile, « votre situation personnelle vous déconseille de jouer les fanfarons. Nous n'en avons pas terminé, vous et moi !

— Si vous saviez comme cela m'est égal ! Plus rien ne peut m'atteindre, maintenant. Le succès de Lantivy m'a rendu invulnérable.

— Vous êtes complètement fou ! »

Kristen partit d'un formidable éclat de rire, d'un rire sonore, puissant, limpide qui lui montait des entrailles et jaillissait en cascade du fond de sa gorge. Il ressentait soudain un immense bien-être et sa vieille souffrance s'était évanouie dans l'explosion libératrice de ce fou rire incoercible. Merveilleusement libre dans sa tête, allégé du fardeau de ses remords, il narguait Aurélien sans forfanterie ni crainte, mais avec une confiance raffermie. Des jours et des nuits durant depuis son arrestation, il avait plus de cent fois revécu en mémoire son itinéraire de perdant sans se trouver la moindre excuse, et, surtout, il ne se pardonnait pas son rendez-vous manqué avec la Chouannerie, c'est-à-dire avec l'histoire de la Bretagne, histoire à laquelle ses ancêtres avaient pris une si large et noble part. Mais l'expédition triomphale de Lantivy venait de le racheter. Grâce à elle, il ne serait pas absent à la victoire finale, même si le couteau national devait l'envoyer *ad patres* bien avant le débarquement. Et cette assurance le réconciliait avec lui-même et avec son destin. A présent, il acceptait d'un cœur léger de quitter la scène.

Désarçonné, Aurélien le regardait rire sans saisir les raisons exactes de cet accès d'hilarité. Kermoguer irradiait d'une joie étrange presque inquiétante. A quelles sombres pensées faisait-il ses adieux ? Il semblait détaché de tout, comme en état d'apesanteur et son visage exprimait bien plus qu'un simple soulagement.

« Seriez-vous en train de vous moquer de moi ? grommela l'officier en fronçant les sourcils.

— N'en croyez rien, capitaine, mais ainsi que vous le voyez, je ne suis pas seulement fait de métal et de pierre. Vous vouliez que je laisse éclater ma joie, soyez satisfait ! »

Aurélien se mordit la lèvre inférieure :

« Pour autant, baron, n'espérez pas que je vous comprenne...

— Cela n'est pas indispensable, personne ne vous le demande. Et surtout, n'oubliez pas de consigner dans votre rapport que je vous ai avoué, ce jour d'hui, être l'auteur des exécutions de Kerbolé et du Quinquis. Je détesterais, en effet, être condamné pour la moitié seulement de ce que j'ai fait.

— Vous tenez donc tant à vous perdre ? »

Ils s'observèrent un instant à la dérobée, comme étonnés de ne pas éprouver plus d'hostilité l'un envers l'autre.

« N'est-ce pas ce que vous me promettez, Métrier ?

— Ce n'est pas ce qui me tient le plus à cœur en vérité. A l'origine, il m'importait surtout de mettre la main sur le responsable de l'embuscade de Pont-Coblant, et, par là même, de retrouver nos armes.

— Désolé de vous décevoir sur ce dernier point. Il y a longtemps que vos armes ont été dispersées. Plus de la moitié d'entre elles ont pris le chemin du Morbihan.

— Et moi, il y a longtemps que je ne me faisais plus d'illusion à leur sujet. Au demeurant, s'il n'y avait eu ce fusil retrouvé sur l'un de vos hommes, le dénommé Pain Sec...

— Pensec !

— Oui, Pain Sec, eh bien ! Jamais je n'aurais fait le rapprochement avec vous ni même demandé à vous interroger. Les droit commun ne sont pas de mon ressort. Je n'aime pas la besogne policière.

— Serais-je devenu encombrant pour vous ?

— Disons que j'aurais préféré ne jamais vous connaître et continuer paisiblement mon métier de soldat.

— Nous n'aurons plus à nous fréquenter bien longtemps. Encore un peu de patience et tout sera terminé.

— Je ne suis pas particulièrement friand de votre humour, baron.

— Quoi ? Auriez-vous des scrupules ? »

Un instant déconcerté par la tournure inattendue de cette conversation, Aurélien hésita à répondre :

« Les circonstances ont changé, finit-il par admettre. Et puis, nous avons fait un pacte dont je ne peux oublier l'enjeu. »

Kristen se rembrunit :

« Et alors ?

— C'est qu'il y a là-dedans quelque chose qui m'intrigue.

— Faites votre travail, capitaine, et ne réfléchissez pas trop.

— Cette jeune fille, pourtant, Nolwen Kreïs – Marie Naour...

— Eh bien ? »

Ni l'air de Kristen, ni son intonation n'encourageaient Aurélien à continuer. Il s'aventura néanmoins :

« Pourquoi teniez-vous tant à l'épargner ?

— Parce qu'il n'y a rien à lui reprocher, pardi !

— C'est peut-être aller un peu vite.

— Elle a amplement purgé sa peine bien avant son arrestation.

— Je ne demande qu'à vous croire, mais ce n'est pas suffisant. Cela fait deux fois que l'on vous prend ensemble et je veux bien être pendu si l'on me prouve que c'est par hasard. Vous disiez à l'instant que rien ne pouvait plus vous atteindre, n'est-ce pas ? Que vous étiez invulnérable. Cet entêtement à la défendre semble vous contredire. Alors, est-ce la brigande ou la femme que vous protégez de la sorte ? A moins que l'une et l'autre ne fassent qu'une pour vous. Dans ce cas, permettez-moi de m'étonner. Votre naissance ne vous a-t-elle pas habitué à des morceaux plus fins ?

— Si vous voulez sortir intact de cette cellule, Métrier, changez immédiatement de registre !

— C'est égal, on dirait que ce sujet vous dérange. A quoi bon vous fâcher, voyons, puisque rien ne peut vous atteindre ?

— Vous allez trop loin, Métrier.

— Parbleu ! Y aurait-il des limites à ce qui vous paraît supportable ? Ou bien Nolwen serait-elle votre mauvaise conscience ?

— Ma mauvaise conscience ?

— En voulant la sauver, n'est-ce pas un peu vous-même que vous vouliez sauver aussi ? »

Une expression de lassitude glissa sur les traits burinés de Kristen, accentuant au passage les cernes bistres de ses yeux et la teinte terreuse de sa peau. Les deux rides parallèles qui lui barraient le front lui donnaient une physionomie sinistre. Il haussa les épaules en esquissant un rictus, mais négligea de répondre.

Après une période d'exaltation et d'espoir, Kristen s'était installé dans l'attente, et cette attente l'aidait à ne pas sombrer dans la folie. Il avait été trop étroitement associé au projet du débarquement pour ne pas pressentir l'approche de ce dernier et, du fond de sa cellule, il en suivait mentalement les préparatifs comme s'il devait y prendre part. L'attaque de la poudrerie du Pont-de-Buis avait servi de signal. La suite ne faisait aucun doute. La descente s'annonçait.

Cependant, le temps commençait à lui peser. Dans l'enceinte de la prison, les signes d'agitation des jours précédents décroissaient peu à peu, laissant un calme désolant retomber entre les murs froids et sans âme de la vieille bâtisse. Les quelques suspects incarcérés après le passage des chouans de Lantivy n'avaient fait qu'entrer et sortir, prouvant s'il en était besoin la relative tranquillité de la population. L'incendie brièvement allumé par l'affaire du Pont-de-Buis s'était éteint aussi vite qu'il avait enflammé les esprits. Du côté des républicains, eu égard aux maigres résultats tirés des perquisitions et contrôles en série, on en était très vite revenu à la routine. Importuner à l'excès les habitants des bourgs et des campagnes ne pouvait qu'envenimer des relations déjà précaires. En outre, les trop fréquents stationnements de troupes au cantonnement de Ville-sur-Aulne et le passage incessant des soldats acheminés vers Brest ou déroutés vers le Morbihan contribuaient à entretenir un climat de tension qui allait à l'encontre des consignes de modération prônées par les Thermidoriens à présent au pouvoir.

Loin du tumulte et des rumeurs de guerre, les habitants de la vallée de l'Aulne vivaient au jour le jour en opposant aux républicains une sorte de résistance passive : résistance aux réquisitions, résistance à la conscription, résistance au droit de pacage des chevaux de l'armée et mauvaise volonté générale à se soumettre aux lois. Sans recourir aux armes ni à la rébellion ouverte, ils s'ingéniaient à compliquer la tâche des autorités et excellaient à contourner les consignes du gouvernement. Ce faisant, ils mobilisaient en permanence l'ensemble de la force armée sur tout le territoire, et la garde nationale, fréquemment débordée, devait alors requérir le soutien de la troupe pour mener à bien ses différentes missions.

Sollicité à tout instant de prêter la main aux opérations policières, Aurélien se voyait contraint de délaisser son prisonnier et ne venait plus à la prison que de temps en temps, lorsque ses obligations journalières ne le ramenaient pas trop tard au cantonnement. Peu à peu, son humeur s'assombrissait. Le surmenage le rendait grincheux. Aurélien n'avait jamais aimé ce qu'il appelait « la basse besogne de l'armée », c'est-à-dire l'assistance aux réquisitions ordonnées par les corps administratifs. Présentement, c'était la levée des chevaux décrétée par la commission des transports et des convois militaires de Rennes qui lui posait d'insurmontables difficultés. Au demeurant, l'argument sur lequel le citoyen Oblet fondait la décision de cette levée dévoilait sans équivoque les préoccupations majeures du Grand État-Major : « ...mettre l'armée des Côtes de Brest et de l'Ouest à portée d'espérer les mouvements nécessaires pour achever d'extirper cette infâme Vendée de dessus le sol de la France », ce qui, en d'autres termes, pouvait bien vouloir dire qu'en haut lieu on redoutait quelque imminent coup de force.

La question était de savoir où, quand et comment il interviendrait. Aucun espion n'ayant pu glaner à ce sujet la moindre indiscrétion malgré l'intense activité des services de renseignement, personne n'était encore en possession de ces réponses-là. C'est pourquoi, dès qu'il entrait dans la chambre criminelle et que le regard de Kristen lui sautait au visage, Aurélien éprouvait la désagréable impression d'être devenu pour le chouan un moyen d'information pratique. Il était clair que d'importantes nouvelles devaient d'un moment à l'autre tomber dans cette cellule par son intermédiaire, et il n'était pas moins clair que le baron n'attendait que cela.

Aurélien Métrier aurait donné cher pour surprendre la méfiance de son prisonnier et l'amener habilement à parler, mais Kristen ne laissait jamais sa méfiance en sommeil, même lorsque la fatigue et l'abattement semblaient avoir raison de lui. Comme les rochers de sa montagne Noire, il gardait farouchement ses secrets. Pourtant, le Normand n'était pas disposé à capituler sans avoir usé toutes les ficelles qu'il croyait détenir. Petit à petit, l'idée d'utiliser une fois encore les services involontaires de Nolwen commençait à s'imposer à lui. Si le procédé manquait d'élégance, seul importait le résultat.

Dès que son emploi du temps lui en offrit l'opportunité, il fit un saut jusqu'à la prison.

Son humeur, ce jour-là, le prédisposait moins au dialogue qu'à la provocation, car l'une des patrouilles affectées au secteur de Laz, Saint-Goazec et Spézet était rentrée à Ville-sur-Aulne porteuse d'un rapport assez préoccupant. Plusieurs témoignages identiques semblaient mettre en évidence la pénétration constante des brigands morbihannais dans le Finistère ainsi qu'une recrudescence notable de troubles et de violences dans les environs de Plévin, Saint-Hernin et Spézet.

La rumeur locale attribuait ces désordres à une quarantaine de « chouans » particulièrement redoutables et qui se déplaçaient d'un département à l'autre afin de brouiller les pistes. Un prêtre avait été tué trois mois plus tôt par la même bande. Il s'agissait à coup sûr de garçons du pays, mais les personnes interrogées avaient prétendu n'en connaître aucun. La peur, visiblement, empêchait les gens de parler, et pour Aurélien ce genre d'information dépassait de beaucoup le cadre du simple fait divers.

Si les brigands proliféraient à cette vitesse, ce n'était pas sans rapport avec le mécontentement croissant qui gangrenait la région. L'apparente passivité de la population dissimulait peut-être une opposition plus forte que prévu. A cet égard, malheureusement, Kermoguer avait fort bien analysé les choses.

Quand il poussa brutalement la porte de la cellule après avoir maltraité la serrure, il était résolu à frapper un grand coup. Coûte que coûte, il devait aujourd'hui même apprendre du royaliste ce que signifiait ce regain de sédition. En le voyant paraître si soudainement, Kristen jeta à terre le livre qu'il tenait dans ses mains et sauta de sa chaise :

« Où étiez-vous passé ? s'exclama-t-il impatiemment, je ne vous intéresse donc plus ?

— Détrompez-vous, baron, fit Aurélien, pincé, vous m'intéressez au contraire de plus en plus.

— Parfait !

— C'est ce que nous verrons plus tard. En attendant, ce sont vos amis qui m'empoisonnent.

— Encore ? Qu'ont-ils inventé cette fois pour vous faire cet air grognon ?

— Il semblerait que les Morbihannais soient de bons maîtres. Ils viennent jusqu'ici enseigner l'art de l'embuscade et de la subversion. Votre montagne Noire est une vraie passoire. On s'y promène comme on veut.

— Il en est ainsi depuis toujours, capitaine. Les départements sont une de vos ridicules inventions. Une ligne tracée sur une carte n'a jamais séparé les gens.

— Surtout lorsqu'il s'agit de rapines et de brigandage. A cet égard, la tradition perdure. Il y a des précédents célèbres.

— Brigandage ? Rapines ? Mes "amis", comme vous dites, ne se recrutent ni chez les brigands ni chez les voleurs. Vous devez confondre.

— Ils seraient une quarantaine là-haut, pas très loin de chez vous, à semer le désordre et l'agitation. Les gens s'en plaignent mais ne les dénoncent pas.

— Cela vous étonne encore ?

— Sont-ils à vous ?

— Mon Dieu, je n'en sais rien.

— Vous devez bien avoir quelque idée là-dessus. »

Kristen fit mine de réfléchir comme si la question lui imposait un réel effort de concentration. En fait, ses pensées s'étaient tout de suite tournées vers le camp de La Vraie Croix et vers certains de ses gars dont la pugnacité se prêtait assez bien aux actions de ce genre. A cette heure, il ignorait totalement ce qu'étaient devenus les occupants des terriers, mais, à son sens, il n'était pas impossible qu'ils eussent constitué des bandes semblables à celle que lui décrivait Métrier.

« J'ai quitté la Montagne depuis trop longtemps, je ne suis plus au courant de ce qui s'y passe, éluda-t-il prudemment en songeant à Guillaume, Ludovic, Pierre-Yves et à quelques autres irréductibles de la forêt de Laz.

— Nous les traquerons, Kermoguer, et nous les réduirons, je vous en réponds.

— Faites, capitaine, faites, si vous avez assez de monde pour quadriller toute la région. Pour ma part, je ne suis pas inquiet.

— Il est vrai que vos soucis sont ailleurs. Dites-moi donc ce que vous attendez si fiévreusement, baron.

— La libération de mon pays.

— Vous ne manquez pas de toupet ! Mais quelle idée vous faites-vous de la liberté ? La révolution a renversé le despotisme et la République a donné la parole au peuple. Cela ne s'était jamais fait. Que voulez-vous de plus, sinon la restauration de vos privilèges féodaux et des anciennes lois qui vous donnaient le droit de vivre sur le dos des pauvres gens. Vous menez un combat d'arrière-garde ; le combat de la noblesse revancharde attachée à la puissance de ses titres et à ses possessions. »

D'un coup de poing rageur, Kristen fit voler la chaise à l'autre bout de la pièce :

« Je m'en voudrais de quitter cette terre, dit-il à Métrier interloqué, sans vous avoir appris au moins quelque chose. »

L'expression terrifiante de son regard glaça Aurélien. Dans la violence intempestive de ce geste, l'officier crut entendre la menace suivante :

« Pour moi, vous ne pesez pas plus lourd

que cette chaise et je pourrais vous traiter de même si je le voulais. »

Il alla relever le siège et le rapporta au baron :

« Ménagez-la, vous n'en aurez pas d'autre... »

Son sourire un peu pâle désamorça la hargne de l'aristocrate :

« Il ne faut pas me pousser à bout, capitaine, fit Kristen en remettant l'objet en place.

— Je vois.

— Vous parlez comme un étourdi. C'est le défaut de votre jeunesse. Vous croyez tout savoir et tout comprendre, à peine sorti du giron maternel. »

Aurélien accepta la mercuriale sans broncher, reconnaissant envers sa bonne étoile d'avoir dirigé vers la chaise la colère du baron.

— Que voulez-vous m'apprendre ? releva-t-il avec une impertinence encore incertaine.

— A réfléchir.

— Mais encore ? »

Kristen se mit à marcher nerveusement, du mur à la fenêtre, de la table au lit. Quatre pas dans un sens, trois dans l'autre. Il aurait pu accomplir cette déambulation les yeux fermés tant la pièce offrait peu d'espace à sa grande carcasse désœuvrée. Parfois, il avait l'impression de rétrécir, de se ratatiner et de sentir les murs se refermer sur lui comme les parois d'un tombeau. Il n'en pouvait plus d'attendre et d'espérer en vain. Chaque nouvelle déception lui faisait l'effet d'un tremblement de terre.

« La colère du peuple breton, Métrier, attaqua-t-il d'une voix dure, n'a d'égale que sa déception. Vous n'avez pas su répondre à son idéal républicain. »

Aurélien faillit s'étrangler :

« Son idéal républicain ? Ça par exemple ! Vous diriez cela à un cheval de bois, il vous donnerait une ruade !

— Les Bretons n'avaient rien à apprendre des Parisiens. La démocratie fait partie de leur héritage culturel.

— Auriez-vous la prétention d'affirmer que vous avez été républicains avant la République ?

— Et nous le serions encore si votre République en était une. Jadis, le système politique des peuples celtiques reposait déjà sur le modèle républicain. Le pouvoir s'exerçait du bas vers le haut et nos rois n'étaient que les représentants du peuple qui les avait élus. Chaque citoyen disposait du droit d'approuver ou de désapprouver les décisions de son gouvernement, et rien ne se faisait sans son consentement. Voilà pourquoi la monarchie absolue, telle qu'elle nous fut imposée par la suite, nous poussa si souvent à la révolte. Le Breton, par nature, n'est pas fait pour vivre sous le joug. Toute son histoire le prouve. Il n'a pas attendu la Révolution pour défendre avec acharnement les principes de liberté, d'égalité et de justice sociale qui depuis des siècles n'ont cessé d'être bafoués par les rois de France. Aussi, lorsque par ignorance ou mépris on l'assimile à cette caricature idiote de paysan borné dévoué corps et âme au tyran couronné, c'est lui faire une très grande injure. Souvenez-vous que, chez nous, la Révolution a éclaté un an avant celle de Paris et que les Bretons furent parmi les premiers à se porter massivement à Versailles lors des états généraux du royaume afin de faire valoir les doléances de leur province. Et qu'ont-ils obtenu au bout du compte ? La répression, la guerre, l'abolition du culte et des libertés bretonnes ! N'est-ce pas la République qui a ramené au pouvoir l'intolérance et l'absolutisme à travers des individus comme Robespierre ou Marat ? Non, Métrier, au risque de vous surprendre, nous n'étions pas royalistes et nous ne le serions pas devenus si la République elle-même n'avait si mal tourné. Le retour à la monarchie n'est pour nous qu'un moyen politique de lui faire échec. Et quand vous me reprochez à moi, gentilhomme breton, de pleurer mes privilèges perdus, mes chartes féodales, je suis au regret de vous dire que ces privilèges n'ont pas disparu. Ils ont seulement changé de mains. Maintenant, c'est la bourgeoisie qui en profite. C'est elle la principale bénéficiaire de votre grande braderie. Mais les gens du peuple, eux, n'y ont rien gagné. Au contraire. Les fameuses chartes, que vous présentez comme le symbole de l'ancien esclavage, comportaient pour les seigneurs autant de devoirs que de droits fixés par la coutume et non pas par la loi. Or, dans notre ancienne société, la coutume a toujours primé la loi. Aujourd'hui, dites-moi ce que peut espérer un pauvre paysan de ses nouveaux seigneurs ? Travail, protection, secours ? Auprès de qui peut-il plaider la cause de sa misère ? Ne sont-ce pas les acquéreurs de terres nobles qui s'empressent de rétablir les anciens droits "féodaux" afin de les percevoir pour leur propre compte, même quand le seigneur avait abandonné ces droits depuis longtemps ? Ne sont-ce pas ces mêmes acquéreurs qui jettent sans pitié les gens à la rue quand ceux-ci ne peuvent fournir la preuve du rachat ou de l'exploitation légale de la terre qu'ils occupent ? Soit ! cela se pratiquait bien avant la Révolution, me direz-vous, mais est-il fondamentalement "révolutionnaire" d'encourager ces abus en leur offrant en prime le solde illimité des biens nationaux ? Je m'étonne, Métrier, oui je m'étonne qu'un homme aussi intelligent que vous n'ait pas encore remarqué cet étrange paradoxe qui consiste à promouvoir au nom de la République ce que l'on a si durement dénoncé sous l'Ancien Régime. Les Bretons, eux, n'ont pas été dupes longtemps et le parti qu'ils ont choisi de défendre par les armes est avant tout le leur. Comme leurs ancêtres, ils réclament un chef légalement élu qui ne soit ni un monarque, ni un dictateur et entendent qu'on respecte leurs libertés et leurs coutumes. Voilà ce que je tenais à vous expliquer, capitaine ! »

Kristen s'était arrêté de marcher et, les mains agrippées aux barreaux de la fenêtre, regardait fixement les fragments de ciel qui lui tenaient lieu d'horizon. Un ballet aérien de mouettes rieuses pointillait le vide infini où ses yeux se perdaient désespérément. Il y avait des moments semblables à celui-ci où il sentait son âme lui échapper pour lui faire toucher du doigt l'éternité. Il n'était qu'un maillon de la chaîne parmi des milliers d'autres, anonyme, éphémère ; une poussière d'humanité tombée là par hasard, qui mesurait soudain la vanité des choses. Il n'avait plus envie de vivre. Son corps était sa vraie prison. Une autre dimension de lui-même, inconnue jusqu'alors, n'aspirait maintenant qu'à rejoindre son père et à se reposer. L'avenir, déjà, ne l'intéressait plus.

« Merci pour cet exposé magistral, marmonna Aurélien en se raclant la gorge, vous êtes un professeur talentueux, quoique un peu partisan.

— Brisons là, capitaine ! Ces polémiques m'ennuient ! »

Une seconde fois, Aurélien s'éclaircit la voix avant de poursuivre courageusement :

« Laissez-moi pourtant vous préciser ceci : je n'ai pas endossé l'uniforme pour faire la guerre aux gens comme vous. Quand je combattais en Belgique ou ailleurs, c'était pour défendre ma patrie en danger. Je ne pensais à rien d'autre qu'à assurer la victoire de la France sur ses ennemis de l'extérieur et nullement à ériger ainsi le trône d'un Robespierre. Pas plus que vous je n'ai compris ce qui est advenu ensuite ni par quelle étrange déviation nous en sommes arrivés à nous battre les uns contre les autres. »

Kristen haussa les épaules sans répondre. Métrier n'insista pas :

« Je reviendrai vous voir ultérieurement... Il faudra bien que nous en finissions un jour. »

Le baron daigna enfin le regarder :

« A quelle fin faites-vous allusion ?

— A celle de l'instruction, bien sûr.

— Il ne tient qu'à vous de la hâter.

— Inutile de me le rappeler.

— Qu'étiez-vous venu me demander ? Vous n'avez rien noté, il me semble.

— Je voulais vous entretenir de Nolwen, mais en vérité cela peut attendre. »

Kristen se contracta :

« Cela ne saurait attendre, au contraire ! rectifia-t-il sourdement. Est-il nécessaire de vous le préciser ? »

Aurélien lui jeta un coup d'œil en biais :

« Comme ce nom vous fait réagir ! murmura-t-il, songeur. Ne dirait-on pas que vous montrez les dents chaque fois que l'on vous parle d'elle ?

— Métrier, au fait, je vous prie !

— Eh bien ! Je me disais qu'il était peut-être temps que je la fasse chercher et ramener ici afin de l'interroger, comme je m'en étais réservé le droit.

— Quel but poursuivez-vous en réalité ? J'ai répondu à toutes vos questions. Les procès-verbaux de mes interrogatoires en attestent par leur nombre. Vous avez votre content de preuves et d'aveux pour me faire comparaître devant les juges sans autre formalité. L'audition de Nolwen n'ajouterait rien de décisif à la montagne de papiers dont vous disposez déjà, et vous le savez fort bien. Alors, pourquoi un tel acharnement ? Tenez-vous tant à me voir à genoux ?

— Serait-ce un moyen de vous y faire mettre ? Seriez-vous à ce point capable de renier votre orgueil pour elle ? »

Kristen baissa la tête, les mâchoires serrées à se rompre, et un silence crispé fut sa seule réponse.

« Mon cher ! triompha Aurélien, que vous en conveniez ou pas, cela porte un nom ! »

Kermoguer ne se défendit pas. Quelque part, tout au fond de lui, la brûlure des souvenirs venait de se raviver.

« Laissez-moi seul, capitaine », fit-il, en dominant de son mieux un accès de désespoir subit.

*

* *

Installée devant une coquette coiffeuse qui, jadis, avait appartenu à Héloïse de Kermoguer, Nolwen abandonnait son opulente chevelure aux coups de brosse appliqués de la douce Clervie. Le miroir ovale, frangé de dorure qui trônait au centre de la tablette juponnée où s'éparpillaient des accessoires de toilette lui renvoyait un portrait d'elle qui l'étonnait au plus haut point. Ce visage lisse aux contours si gracieux était-il vraiment le sien ? Ces cheveux apprivoisés lui appartenaient-ils pour de bon ? Et ces yeux immenses avaient-ils toujours eu cette couleur d'hydromel ? Les rares fois où elle avait rencontré son image dans le reflet imparfait d'une vitre ou à la surface de l'eau, elle l'avait jugée d'une affligeante banalité. Un museau barbouillé, une tignasse en broussaille, c'était à peu près tout ce que l'on voyait d'elle, et de l'éclat magnétique de ses grands yeux, du velouté de sa peau et de la netteté de ses traits, on ne soupçonnait même pas l'existence. Fille de la Montagne, du vent et de la pluie, Nolwen se souciait peu d'être belle. Lucide, elle savait que sans ce caractère follement indépendant qui la rendait invivable, elle aurait aisément trouvé à se marier, parce qu'elle était robuste et travailleuse et qu'un gars avisé n'en exigeait guère plus d'une femme. Mais elle ne tenait pas plus à se marier qu'elle ne cherchait à plaire. Pendant des années donc, elle avait pris résolument le parti d'ignorer son apparence physique, ce qui l'avait amenée à n'en jamais souffrir. Puis, il y avait eu le baron de Kermoguer et la morsure de son regard sans complaisance qui, pour la première fois, lui avait fait éprouver le dépit de n'être pas plus belle. Elle conservait encore tout au fond de son âme la cicatrice de ce regard d'homme dont elle avait su, par la suite, forcer l'admiration, et c'était peut-être cela le secret de sa métamorphose.

Mais surtout, il y avait eu ce trou noir inexplicable, comme une grande déchirure dans la trame du temps ; ce voyage inconscient aux frontières des deux mondes dont elle ne ramenait que des souvenirs flous.

Combien de jours, combien de semaines avait-elle divagué en dehors de son corps ? Elle n'aurait su le dire, mais quand elle s'était réveillée dans ce joli lit blanc, elle ne s'était pas reconnue. Purifiée, remodelée, transfigurée par les effets conjugués de la fièvre et des soins, elle n'avait recouvré de son aspect premier qu'une réplique embellie, étrangement différente.

Le résultat de ce changement n'était pas pour lui déplaire et elle aimait assez le contempler dans l'œil cerclé d'or du miroir d'Héloïse, mais le poids obsédant des questions sans réponses l'empêchait d'en tirer un bonheur égoïste. Ni Maunoir ni Clervie n'avaient encore consenti à lui révéler les dessous véritables de son retour à Kermoguer. Ils s'ingéniaient au contraire l'un et l'autre à passer ce sujet sous silence. La nourrice, en particulier, d'ordinaire si bavarde, semblait à présent cribler ses paroles jusqu'à ne plus vouloir prononcer le prénom de Kristen en présence de la convalescente ; ce qui, bien entendu, ne faisait qu'exacerber les inquiétudes de la jeune fille. Nolwen en déduisait logiquement que seule une vérité affreuse et moralement insupportable pour elle pouvait justifier un tel déploiement de précautions, et le doute la tenaillait plus durement encore qu'une implacable certitude.

« Me voilà ramenée plusieurs années en arrière ! soupira soudain la vieille femme en suspendant momentanément les mouvements de sa brosse, au temps où je passais des heures à coiffer Héloïse... »

Elle se retint d'ajouter :

« Mon Dieu ! qui me remplace aujourd'hui auprès d'elle ? Est-elle encore de ce monde ? »

Leurs regards s'entrechoquèrent dans la glace. Clervie se reprit aussitôt :

« Mais j'aime te coiffer toi aussi, ma belle ! Tes cheveux sont si faciles et d'une couleur si rare ! Je n'en ai jamais vu de pareils. Ils ont dû t'en valoir, des coups de chapeau ! »

Nolwen ne comprit qu'à moitié le sens de l'allusion, et son hésitation à répondre enchanta Clervie :

« Quoi ! fit mine de s'indigner la servante, ne me dis pas qu'on ne t'a jamais courtisée, ou alors, c'est que les gars de Saint-Thois n'ont que des cailloux froids à la place des yeux ! »

Nolwen sourit distraitement. Avec cette coiffure de demoiselle, sûr qu'elle en étonnerait plus d'un, et pas des plus bêtes encore !

Quelques figures familières défilèrent devant ses yeux et son sourire s'élargit. La reconnaîtraient-ils seulement, sous cet édifice de torsades et de boucles fines qui enfermait ses cheveux fous dans une sculpture savante, et dans cette robe de mousseline rose pâle, exhumée d'une malle d'Héloïse, qui, bien qu'un peu large pour l'instant, lui allait à ravir ? Reconnaîtraient-ils sans mal, dans cette jeune personne propre et soignée, la sauvageonne crottée de Kerambraz, la gardienne de vache maigre, la paysanne ignorante et stupide...

Tout à coup, le souvenir de Kristen vint crever sa mémoire, et la douleur qui s'ensuivit étouffa instantanément sa joie. Elle avait beau se raisonner, elle n'était pas de taille à lutter. Tout se brouillait dans sa tête dès qu'elle pensait à lui. Par Maunoir, elle avait appris sa détention prolongée à la prison de Châteaulin, mais le garde, à l'instar de Clervie, mesurait si prudemment ses mots qu'elle n'avait pu lui soutirer les précisions qui lui manquaient. Pourquoi Kristen était-il encore en prison quand elle-même en était mystérieusement sortie ? Pourquoi, autour d'elle, ne répondait-on à cette question que par un silence consterné, chargé de terribles sous-entendus ?

Clervie surprit son regard fixe dans la glace, ses lèvres gelées sur l'ombre d'un sourire, et elle se disposa à prévenir la crise qui s'annonçait. Elle en connaissait désormais les symptômes.

« Je suis indigne, l'entendit-elle murmurer d'une voix lugubre, il y a trop de morts autour de moi. Je n'ai pas le droit d'oublier ceux qui ne sont plus... »

Clervie l'interrompit aussitôt en l'entourant tendrement de ses bras :

« Chut ! Veux-tu bien te taire ! Laisse les

morts dormir en paix. Ils n'ont que faire de tes remords et si tu veux vraiment les aider, ne les pleure point trop. Maintenant, sais-tu ce que nous allons faire pour te distraire ? Visiter Kermoguer ! T'en sens-tu la force ? Ne crains pas de t'appuyer sur moi. Je te porterai s'il le faut. Viens avec moi, mon petit, viens avec la vieille Clervie. »

Nolwen obtempéra machinalement et se détacha de la coiffeuse avec l'empressement docile d'un enfant sage :

« Où est Maunoir ? s'informa-t-elle en glissant son bras sous celui de la nourrice, je ne l'ai pas vu de tout ce jour.

— Il est auprès de Falco, lâcha Clervie tout en rabattant la porte derrière elles.

— Le cheval du maître serait-il malade ?

— Non pas. Une histoire de fer, je crois. Maunoir le fait courir tous les jours et le surveille de près. Il n'y a pas lieu de s'alarmer. »

Nolwen enregistra mentalement l'information. Si Maunoir s'occupait si bien de Falco, c'était peut-être en prévision du retour de Kristen. Il était donc permis d'y croire encore. A demi rassurée, elle laissa Clervie la guider le long du large couloir qui desservait en enfilade toutes les pièces du premier étage. Jusqu'à présent, elle n'avait circonscrit ses déplacements qu'à de petits va-et-vient entre sa chambre et la cuisine située au rez-de-chaussée et n'avait encore rien exploré des autres parties du château. D'instinct, cependant, elle aimait Kermoguer et ne demandait pas mieux que de le visiter de fond en comble. La demeure des barons ne l'impressionnait plus. Elle était tout entière imprégnée de Kristen.

Cramponnée au bras de la nourrice, elle vit s'ouvrir devant elle une galerie sévère et rectiligne, percée sur la façade de fenêtres à meneaux qui s'opposaient à une muraille épaisse comme celle d'une forteresse. Les blocs de granit nus, dépourvus d'ornements, exhalaient une fraîcheur douceâtre où flânaient des odeurs de cire, de bois brûlé et de salpêtre. Telles des hampes d'étendards, des torchères de fer forgé vieilles de plusieurs siècles balisaient le passage de leurs cônes encrassés de résine, tandis qu'un soleil opiniâtre, plaqué sur les croisées, s'obstinait à forcer le quadrillage étroit des meneaux pour tracer sur le sol des damiers de lumière.

L'austérité spartiate du décor évoquait la solitude glacée de quelque monastère.

A cette heure de la journée, toutefois, il faisait presque bon dans ce couloir désert. Sous la patine séculaire de leur chêne noirci, les vantaux des portes exsudaient le vieil encaustique et l'huile de lin. Les sabots de Clervie martelaient joyeusement le grès vernissé des dalles comme un danseur de *piler lann*[1]. Dehors, des tourterelles sauvages roucoulaient dans les grands arbres de Kermoguer.

Appliquée à suivre sans faillir le pas allègre de la servante, Nolwen s'évertuait à surmonter la gêne persistante qui lui tirait encore la jambe et l'empêchait d'aller bon train. Pour rien au monde elle n'aurait voulu attirer l'attention de Clervie sur son membre douloureux, et tout en réprimant sa claudication, elle laissait ses yeux vagabonder de part et d'autre du couloir en essayant d'imaginer l'animation qui y régnait autrefois, quand les membres de la maisonnée s'y croisaient à longueur de jour. Toutes les pièces réservées à l'usage privé ou commun de la famille étaient regroupées au premier étage, là où battait le cœur de Kermoguer.

Le sien, au même instant, se mit à cogner

1. Danse du pileur d'ajonc.

dans sa poitrine lorsqu'au milieu de la demi-douzaine de portes closes, encastrées dans l'épaisseur des murs, elle reconnut celle de la salle où Kristen l'avait reçue le premier soir. Depuis cette mémorable entrevue, sa vie n'avait été qu'une suite épuisante de rebondissements et d'improvisations à laquelle, aujourd'hui encore, elle ne comprenait pas tout. Pour autant, ce qu'elle avait acquis au cours de l'aventure la reliait à cette pièce comme à un port d'attache. Elle redouta alors de voir le lourd battant de bois s'ouvrir sur le silence et le vide qui hantaient désormais la pièce maîtresse du château. La cheminée monumentale, les chandeliers étincelants, l'homme au dos tourné, chaque détail de ce tableau vivant resurgissait devant ses yeux avec une stupéfiante précision. En fait, elle n'avait jamais pu les gommer de sa mémoire. Maintenant, elle tremblait de ne pas les retrouver conformes à l'image qu'elle en avait gardée.

Dans la salle plus qu'ailleurs, Kristen demeurait intensément présent.

« Ah ! si les murs pouvaient parler ! s'exclama subitement Clervie, saisie d'inspiration, ils en auraient des choses à raconter ! Tiens, par exemple, voici quelques années encore, les barons organisaient ici de grandes parties de chasse auxquelles ils conviaient les autres châtelains de la contrée. Il était de coutume, en ce temps-là, d'inviter à tour de rôle ses voisins et amis à d'interminables battues aux loups qui duraient parfois plusieurs semaines, notamment quand un grand mâle faisait courir la troupe jusqu'à Châteauneuf. J'ai vu héberger au château plus de cinquante personnes et loger dans nos écuries pas moins de trente chevaux. Toutes les chambres étaient réquisitionnées, même celles du haut qu'on devait alors remettre en état et dans lesquelles il fallait dérouler des tapis, allumer des feux, faire des lits confortables en utilisant tous les draps de la maison. La cuisine ronflait nuit et jour. On sortait la belle vaisselle. Madame était aux anges. Elle ne prisait guère les mondanités, mais elle adorait la chasse, et Dieu sait qu'elle y tenait sa place. Adélaïde chassait et montait comme un homme, et aucune femme à ma connaissance ne l'égalait dans ce domaine. A propos, savais-tu que la baronne de Kermoguer se prénommait Adélaïde ? »

Elles trottinaient l'une près de l'autre et Clervie, tout en bavardant, avait dépassé la salle sans s'y arrêter. Nolwen, rassérénée, secoua la tête négativement :

« Je ne crois pas », mentit-elle pour ne pas avoir à avouer qu'elle l'avait appris d'un capitaine républicain.

Clervie se composa un air solennel avant de poursuivre d'un ton important :

« Elle était aussi de très noble famille et presque aussi ancienne, je crois, que celle des Kermoguer. Seigneur, Marie, Joseph ! Quand j'y pense ! »

Elle coupa court sa litanie pour conclure sur une note faussement légère :

« Jamais Kermoguer ne fut plus agréable à vivre qu'à cette époque. Imagines-tu tous ces flambeaux, ces candélabres, ces feux de cheminées allumés partout, ces fenêtres éclairées jusqu'au milieu de la nuit, l'aimable vacarme de cette joyeuse assemblée ?

— Cela vous donnait beaucoup de travail, Clervie...

— Oh ! j'abattais mon ouvrage de bon cœur, allez ! Je ne crois pas avoir jamais rechigné à la besogne, ni même accueilli d'un seul froncement de sourcils l'annonce d'une partie de chasse à Kermoguer. Je ne mesure pas le travail quand il sert au bonheur de ceux que j'aime. Et j'aimais tant Madame ! »

Elles étaient parvenues à l'emplacement d'une autre porte, la dernière de la série, que Clervie contemplait à présent rêveusement tout en tripotant le trousseau de clefs qu'elle gardait suspendu à la ceinture.

« Où sommes-nous ? demanda Nolwen qui percevait chez la nourrice un brusque changement d'humeur.

— Devant sa chambre... Je ne sais pas comment j'ai pu t'y amener. L'habitude, sans doute... Personne n'y entre plus depuis qu'elle est partie.

— Sauf vous, Clervie, n'est-ce pas ? Je devine que vous venez souvent.

— Et j'ai bien tort, parce qu'on n'a pas le droit de vivre dans le passé. Ce qui est écrit est écrit. On n'y peut rien changer.

— Allons-nous-en si vous le désirez... »

Pour toute réponse, Clervie détacha la clef qu'elle réchauffait dans sa main depuis un moment et l'enfonça résolument dans la serrure :

« Après tout, dit-elle, il est peut-être temps que tu la connaisses. Entrons ! »

Nolwen obéit sans discuter.

La pièce qu'elle découvrit alors la laissa bouche bée.

Dès le premier abord, elle ne vit que le lit : somptueux et démesuré, qui prenait à lui seul la moitié de la chambre, avec quatre colonnes richement sculptées et des tentures brochées aux teintes éclatantes sur lesquelles s'étalaient à profusion d'étranges oiseaux-lyres, des fougères et des papillons.

Devant l'émerveillement manifeste de la jeune fille, Clervie s'empressa d'exposer avec fierté :

« Ce mobilier faisait partie de la dot de mademoiselle Adélaïde, qui le tenait elle-même de ses grand-mère et arrière-grand-mère. Un bien beau patrimoine, n'est-ce pas ? Plus tard, il reviendra à Héloïse, si elle se décide à l'aimer, ce qui n'était pas le cas jusqu'à présent. »

Nolwen écoutait d'une oreille absente. L'avenir présumé de ces coûteux ornements ne l'intéressait pas plus que les goûts d'Héloïse. Elle se contentait d'admirer en silence, tout en s'effarant de ce qu'il pût exister de telles chambres à coucher quand les paysans des alentours devaient se contenter de partager la litière de leurs bestiaux.

Puis, son regard fut attiré par un portrait presque grandeur nature, qui, dans son cadre ouvragé, meublait à lui seul toute une partie du mur qui faisait face au lit. Il représentait une jeune femme vêtue d'une amazone bleue parementée de velours noir et d'un surcot assorti. Son abondante chevelure couleur de nuit ruisselait en cascade sur son épaule droite. Elle portait avec une coquetterie altière un chapeau assez haut aux bords retroussés garni d'une voilette rabattue vers l'arrière. Entre ses mains longues et délicates, l'artiste avait placé une cravache de houx gainée de cuir tressé. La carnation de son visage, admirablement rendue par un habile dosage de teintes, exhibait une peau saine et ambrée. On la devinait grande et élancée, souple et racée comme les anciennes femmes guerrières. Ses yeux noirs, fendus en amande, s'ouvraient avec une franche assurance sur un monde à sa dévotion. Un front haut, des sourcils hardiment arqués dénotaient un caractère fort et une intelligence vive. La bouche, un peu trop grande, s'ourlait de lèvres pleines et roses derrière lesquelles affleurait une denture probablement parfaite. Elle était d'une beauté plus fascinante qu'idéale, et, cependant, sa ressemblance indéniable avec Kristen frappa Nolwen de stupeur. Kristen de Kermoguer, sans aucun doute, était né de cette femme-là qui non seulement lui avait transmis quelques-uns de ses traits les plus remarquables, mais encore la trempe et la vitalité de sa nature extraordinaire. Il suffisait de relever l'arrogance souveraine de son regard, la ferme autorité de sa bouche et ce rien de dureté qui lui verrouillait le visage pour comprendre de quels caractères dominants Kristen tirait l'essentiel de son hérédité.

« Elle est belle, hein ? fit Clervie en voyant Nolwen captivée par le portrait, je te présente Adélaïde, Marie, Tiphaine Le Lan de Kerhuiban, baronne de Kermoguer.

— Très belle... reconnut la jeune fille dans un murmure.

— Ce tableau date de 1763. Elle n'avait alors que dix-huit ans et venait de mettre au monde son premier enfant. »

Une fois de plus, Clervie évita adroitement de mentionner le prénom du jeune baron, ce que Nolwen nota avec un pincement au cœur.

« Vous l'avez bien connue, Clervie ?

— Mon Dieu oui ! Je l'ai même vue naître. Mes parents ont servi les siens toute leur vie durant, comme avant eux leurs parents et grands-parents avaient servi ses aïeux. Chez nous, ces liens de maîtres à domestiques sont bien souvent affaires de familles. A la vie à la mort, comme on dit. Et puis, les Le Lan de Kerhuiban ne sont pas gens que l'on quitte facilement. Pour ma part, je ne l'aurais jamais fait si Adélaïde ne m'avait suppliée de la suivre à Kermoguer lors de son mariage. Il faut dire qu'elle épousait un homme de trente ans son aîné et qu'elle s'arrachait au confort du manoir familial pour entrer dans ce repaire de fantômes où rien n'avait changé depuis l'époque de la duchesse Anne. Fille de devoir, elle avait accepté sans protester le parti qu'on lui avait choisi, mais son extrême jeunesse (elle avait à peine dix-sept ans) s'inquiétait à juste titre de ce changement. Je suis donc restée à son service après ses noces, avec, bien sûr, la bénédiction de ses parents et celle de son époux, mon nouveau maître. A dire vrai, ce n'était pas de gaieté de cœur que j'abandonnais le manoir de Rostanlec où vivaient tous les miens, mais il fallait bien que je m'occupe d'Adélaïde. Je n'eus d'ailleurs jamais à le regretter. Si le manoir de Kermoguer n'était pas agréable à vivre, le baron Brann, lui, était un excellent homme. Il me laissa d'emblée organiser sa maison, et je pense qu'il en fut bien aise, car pendant des années il n'avait eu que Meldreg et Alain, le père de Gildas, pour seuls domestiques. Quant à moi, c'est ici désormais que j'entends finir mes jours, car tu vois, Kermoguer m'a prise par le cœur et je n'ai pas d'autre ambition que celle d'être inhumée dans un coin du parc, pas trop loin de la chapelle où reposent Adélaïde et Brann et où Kristen viendra les rejoindre plus tard, comme tous les Kermoguer... »

A peine cette confidence venait-elle de lui échapper que Clervie se mordit la langue. Pourquoi diable s'était-elle permis d'évoquer la mort de Kristen devant ce lit où précisément il avait vu le jour ? Était-ce encore l'une de ses fatales prémonitions ? Elle refusa catégoriquement de la considérer comme telle afin de conjurer le mauvais sort et se mit à guetter du coin de l'œil le résultat de sa maladresse sur la physionomie de Nolwen.

« Comment est morte votre jeune maîtresse ? » s'enquit celle-ci d'un ton assez neutre pour endormir les alarmes de Clervie.

Trop heureuse de voir la conversation rebondir sans incident, la vieille nourrice enchaîna sans méfiance :

« D'une chute de cheval. C'était une intrépide cavalière. Elle n'aimait que les montures nerveuses et rétives qu'elle dressait elle-même. Chaque jour et par tous les temps elle montait. A moins d'un mois de ses couches, elle allait encore au petit trot, l'imprudente ! Elle n'écoutait rien, et quand je la mettais en garde, elle me répondait en riant qu'un Kermoguer devait naître en selle ! J'ai si souvent eu peur pour elle qu'il fallait bien que le malheur arrive. Un poulain d'un an un peu fou, qu'elle était allée acheter à la foire de Gourin et qui lui donnait du fil à retordre, lui fit vider les étriers. Sa tête heurta une arête de rocher. Ce sont des bûcherons qui nous la ramenèrent. Elle ne reprit jamais connaissance et mourut trois jours après.

— Qu'advint-il alors des enfants ?

— Kristen fut expédié en pension, à Rennes, dans un collège pour jeunes nobles qui préparait aussi à la carrière des armes. Il avait alors treize ans. Héloïse, qui n'en avait que trois, attendit sa sixième année avant d'être placée dans un pensionnat de jeunes filles à Quimper. Le frère et la sœur vécurent dès lors séparés pendant une bonne partie de l'année. »

Nolwen, enhardie par les confessions de la servante, se livrait maintenant à un examen minutieux de la chambre. Les goûts de la baronne pour les matériaux nobles, l'harmonie assez stricte des formes et des couleurs transparaissaient dans le choix de chaque élément du décor. Une impressionnante collection de cravaches, dispersée en maints endroits, rappelait à tout instant sa passion effrénée du cheval. Dans un coin de la pièce, un prie-Dieu de velours pourpre désignait l'emplacement d'un petit oratoire et, plus loin, une bibliothèque aux rayons surchargés n'exposait que des ouvrages pieux ornés de sévères et riches reliures. A l'opposé du lit, enfin, une imposante armoire de chêne aux portes travaillées en pointes de diamant complétait d'une note à la fois sobre et cossue l'ensemble du mobilier. En dehors de quoi, l'intimité d'Adélaïde de Kerhuiban ne reflétait ni la fantaisie ni l'insouciance d'une jeune femme de son temps, et les enfants semblaient singulièrement absents de cette chambre de mère où rien ne venait en trahir l'existence.

Entre les dévotions à Dieu, les plaisirs de la chasse et du cheval, Adélaïde ne faisait guère état de ses autres amours.

« Je me sens lasse, décréta soudainement Clervie en tirant Nolwen par le bras, et puis, si nous voulons un souper convenable, il est grand temps que je mette mes marmites sur le feu. Demain je te montrerai les pièces du haut qui sont presque en ruine et qui menacent le reste du château. Après la mort de sa femme, Brann a laissé les choses aller à vau-l'eau. Kermoguer n'est plus que l'ombre de ce qu'il a été. Personne ne s'en occupe plus.

— Pas même le baron Kristen ?

— Comment le pourrait-il, le pauvre ? Il n'est pas Dieu le Père. »

Clervie repoussa doucement Nolwen hors de la pièce et referma soigneusement la porte.

Quelques minutes plus tard, tandis qu'après avoir remonté tranquillement la galerie elles abordaient enfin le palier, elles aperçurent Maunoir qui s'engouffrait dans le vestibule et attaquait l'escalier de son pas élastique.

« Je ne rêve pas ? s'écria-t-il en avisant Nolwen au bras de la nourrice, c'est bien vous ? »

En équilibre sur deux marches, la tête rejetée en arrière, il leur souriait de toutes ses dents.

« Clervie me fait visiter...

— Excellente initiative qui, venant de Clervie, signifie que vous allez mieux ! Vous m'en voyez heureux.

— Comment va Falco ?

— Aussi bien que vous, ma chère. Aimeriez-vous le voir ?

— C'est que... Il faut demander à Clervie.

— Clervie ! Autorisez-vous notre jeune amie à m'accompagner jusqu'aux écuries ?

— Je n'y suis pas opposée, Maunoir, mais promettez-moi de ne pas trop la fatiguer.

— Je sais comment lui éviter toute fatigue superflue. »

En quelques enjambées, il les rejoignit près de la balustrade :

« Me tenez-vous pour un gentilhomme ? fit-il en considérant Nolwen d'un air rieur ; oui, n'est-ce pas ? En tout cas j'ose l'espérer. Alors fiez-vous à moi. »

Sans en dire davantage, il souleva Nolwen dans ses bras et l'emporta dans l'escalier :

« Je vous la ramène saine et sauve dans un petit moment ! » lança-t-il à Clervie en dévalant les marches.

Dehors, l'été renaissant les accueillit dans la tiédeur sucrée d'un petit vent de terre imprégné de parfums sauvages. L'herbe folle du parc, fraîchement fauchée, offrait l'aspect d'une fourrure tendre auprès de laquelle les pierres du manoir paraissaient presque blanches, et des constellations de millepertuis disputaient la lumière du soleil à l'or éclatant des genêts en fleurs. Dans le fouillis des hautes branches de la chênaie voisine, des colonies d'oiseaux piaillards interprétaient une symphonie allègre, déchirée de temps à autre par le cri perçant d'une buse. Kermoguer, au cœur de son esplanade de verdure, baignait dans la douceur immobile du temps et semblait savourer la trêve observée par les vents d'ouest.

« Vous pouvez me poser, maintenant,

Maunoir, dit Nolwen en apercevant les écuries, je sais encore marcher.

— Vous n'y songez pas ! J'ai promis à Clervie, rappelez-vous. Et puis, cela m'amuse. Je manque d'exercice. »

Nolwen se mit à rire :

« Je n'en crois pas un mot, Major !

— A la bonne heure ! Je vous ai fait rire. C'est un bien beau cadeau que vous me faites là ! »

Falco disposait à lui seul d'une stalle spacieuse à l'entrée de laquelle s'entassaient les divers éléments de son harnachement. Le cheval de Maunoir lui tenait compagnie un peu plus loin et le reste de l'écurie se composait de boxes vides où les râteliers ne servaient plus qu'à entreposer tout un attirail inutile. Quelques belles selles de cuir couvertes de poussière sommeillaient encore sur leurs chevalets de bois et, sur certains bat-flancs, des inscriptions à demi effacées conservaient la trace de leurs derniers occupants.

« Voici donc Falco ! dit Nolwen en glissant des bras de Maunoir, il est vraiment magnifique ! »

D'une main hésitante, elle caressa doucement le flanc de l'animal.

Falco tressaillit nerveusement.

« Tout beau, mon prince ! fit Maunoir en lui flattant le chanfrein, je te présente une amie. Il faudra que tu t'habitues à elle. Cela te changera de Gildas et de moi.

— Clervie m'a dit que vous le faisiez galoper tous les jours.

— Falco est un cheval fougueux. Il a besoin de se dépenser. L'écurie le rend neurasthénique.

— C'est une maladie ?

— Non, c'est un état d'âme.

— Alors il est comme les hommes ?

— Je le crois.

— Comprend-il que son maître n'est plus là ?

— Comment pourrait-il ne pas le comprendre ? Kristen le faisait courir des journées entières sans débotter. »

Maunoir s'arrêta subitement de parler, la main crispée dans les crins de Falco. Près de lui, Nolwen pleurait en silence.

« Allons-nous-en d'ici ! décréta le garde, mécontent de lui-même, il m'est arrivé d'être mieux inspiré. »

Son logement, situé dans une partie désaffectée des écuries, n'était distant que de quelques pas. Il y entraîna Nolwen d'autorité :

« Si Clervie vous voit dans cet état, elle va m'écorcher vif avant même que j'aie le temps de m'expliquer. »

La maison de Maunoir n'avait pas changé. Sa simplicité accueillante et chaleureuse, sa clarté, sa propreté méticuleuse firent que Nolwen s'y sentit tout de suite mieux. Elle sourit au garde qui lui offrait une chaise d'un air penaud :

« Allons, Maunoir, dites-moi, avez-vous des nouvelles ?

— Pas de celles que vous attendez, mon petit, hélas, confessa-t-il à regret. De Kristen, je ne sais rien de plus sinon qu'il est toujours en prison, dans l'attente d'un jugement qui semble traîner en longueur.

— Cela peut-il encore durer longtemps ?

— Pas éternellement. J'aimerais être devin et prophétiser un heureux dénouement, mais en l'état, je ne vois pas ce qui pourrait en sortir de bon.

— Autrefois vous étiez plus confiant, Maunoir. Que vous est-il arrivé ?

— Je me fatigue, Nolwen, si vous saviez combien !...

— Quoi d'autre ?

— Deux mauvaises nouvelles. Êtes-vous en état de les entendre ? »

Elle lui répondit d'un signe énergique du menton. Dans sa robe de mousseline rose pâle, le Bosco reprenait du service.

« Le dauphin est mort. L'enfant du Temple, le petit Louis XVII, celui qu'entre nous nous avions sacré roi, s'est éteint dans sa prison. L'annonce officielle de sa mort vient de nous parvenir. Elle émane de l'agence royaliste. Le prince serait décédé dans la nuit du 7 au 8 juin, cela fait donc un peu plus de trois semaines.

— Pauvre enfant. Mais qui sera notre roi désormais ?

— Le comte de Provence, frère aîné de Louis XVI. Il devait assurer la régence de son neveu. En réalité, il le remplacera. Malheureusement, bon nombre de ses sujets auront du mal à oublier que ce prince est un fuyard. Quand les défenseurs de la monarchie se faisaient massacrer en Vendée, en Bretagne ou ailleurs, il coulait des jours heureux dans une cour étrangère.

— Faut-il vraiment que ce soit lui notre roi ?

— La couronne lui revient de plein droit.

— Ne peut-on changer les règles ? Quand une chose n'est pas bonne, il faut la combattre ou la réformer. C'est bien ce qu'on nous a toujours dit, à nous qui combattions la République.

— S'il ne tenait qu'à moi...

— Alors quoi ? Ne me dites pas que ce qui est possible dans un sens ne l'est pas dans l'autre. Quand je pense à tous ces compagnons morts, à ceux que j'ai vus tomber sous mes yeux, sont-ils morts pour un mensonge ? Leur a-t-on menti ?

— Non !

— Il est temps que cela cesse, vous ne croyez pas ? C'est assez, maintenant. La

République ou un roi lâche, quelle différence ? Les jours continueront de succéder aux nuits...

— Vous avez raison, cent fois raison. J'aspire autant que vous à la paix, parce que je fais la guerre depuis l'âge de seize ans. Mais pour quelle paix faut-il œuvrer ? Vous étiez à Grand-Champ lors des pourparlers de La Mabilais et vous avez vu ce qui s'est passé ensuite. Parmi les plus nobles figures de notre parti, il y avait de Silz et Boishardy. Tous deux ont eu foi en la parole des officiers républicains qui avaient su gagner leur confiance. Peu de temps après, de Silz a payé de sa vie son honorable désir de paix. Quant à Boishardy...

— Boishardy ?

— Mort, lui aussi, et de façon ignoble. C'est là la seconde mauvaise nouvelle que je gardais en réserve. »

L'annonce brutale de la mort de Boishardy cloua Nolwen sur sa chaise. L'espace d'un instant, elle revit en mémoire le jeune gentilhomme aux cheveux longs et bouclés, au regard bleu pétillant de malice, au franc éclat de rire. Il avait la démarche d'un chasseur, l'effronterie d'un luron, l'élégance d'un aristocrate et donnait le sentiment d'être venu au monde pour s'amuser de tout.

Elle ferma brièvement les yeux et laissa s'écouler plusieurs secondes avant de s'indigner d'une voix éteinte :

« Il était ami du général Humbert et il avait signé le traité de paix !

— Pour autant que je sache, ce n'est pas Humbert qui l'a trahi. Il se rendait paisiblement à la chapelle où il devait épouser ce jour-là Joséphine de Kercadio. Les Bleus lui ont tendu un piège et l'ont abattu dans un champ comme un chien. Ensuite, ils se sont acharnés sur son cadavre et ont fini par lui trancher la tête.

— Oh ! Mon Dieu ! n'était-il pas immortel, celui-là ? Faudra-t-il toujours voir triompher la haine et la bêtise ?

— C'est bien pourquoi je me fatigue, Nolwen. J'envisage sérieusement de tirer ma révérence.

— Votre révérence, Maunoir ?

— En l'absence de Kristen, j'ai tenu comme j'ai pu, en veillant tant sur Kermoguer que sur les hommes. J'ai fait mon possible pour nous épargner les tracasseries républicaines après la mort de Thomas Le Goff et celle de Belig, ainsi que pour maintenir au camp de La Vraie Croix un semblant de discipline. Mais les gars, désœuvrés, se sont débandés et ont commencé à chouanner pour leur propre compte, ce qui leur vaut à présent une solide impopularité. Nous comptons de moins en moins de sympathisants. Les gens ne sont plus derrière nous comme avant. Eux aussi sont fatigués. Quant aux jeunes conscrits, s'ils choisissent encore de déserter, ce n'est pas forcément pour nous rejoindre. Les accords de paix ont endormi les consciences. On nous accuse même de les avoir rompus. Si Kristen était resté à Kermoguer, peut-être en aurait-il été autrement, mais beaucoup ont fini par le croire mort et ils se sont découragés. Alors, moi aussi je dépose les armes. Je ne crois plus aux possibilités d'une insurrection généralisée dans le Finistère, et plutôt que de consacrer le reste de mon existence à vivre sans idéal, je préfère m'en aller.

— Vous allez abandonner monsieur Kristen ?

— Pas avant le terme de son procès. Mais dès que son sort sera fixé, je n'aurai plus aucune raison de demeurer ici.

— Aucune raison de demeurer ici, dites-vous ? Mais qui prendra soin de Kermoguer ?

— Nolwen, je n'ai jamais été chargé de prendre soin de Kermoguer. Ce n'est pas mon rôle. Je ne suis ni qualifié ni mandaté pour intervenir dans les affaires de la baronnie. D'ailleurs, il y a fort à parier que tous les biens du baron seront saisis et mis en vente aux enchères publiques. Ce n'est pas un abandon, mais que pourrai-je faire d'autre que de partir ?

— Où voulez-vous aller ?

— J'ai bien réfléchi. Je m'en retourne aux Amériques. C'est une nation neuve où tout est à faire. Là-bas, les mentalités n'ont pas encore eu le temps de se fermer. L'innovation y est la bienvenue, la jeunesse aussi pour peu qu'elle ait le goût d'entreprendre. En ce qui me concerne, ce ne sera pas la première fois que je repartirai de zéro.

— Qu'est-ce que vous ferez, là-bas, aux Amériques ?

— Ne suis-je pas garde forestier ? Le continent renferme des forêts immenses, et l'exploitation du bois n'en est qu'à son balbutiement. Elle prendra bientôt une expansion considérable. J'entends bien m'y associer d'une manière ou d'une autre. Qui sait, peut-être ferai-je enfin fortune ? »

Il ponctua cette dernière phrase d'un ricanement doux-amer comme s'il se moquait de lui-même. Le désenchantement lui mettait de la douceur sur les traits et une ombre de tristesse au fond des yeux. En comprenant qu'il se préparait à sortir de sa vie, Nolwen sentit le chagrin l'empoigner. Maunoir était pour elle une sorte de protecteur et, depuis peu, un maître. Sa parole avait toujours pesé plus lourd que celle des autres. Par sa gentillesse et sa patience, il avait su l'apprivoiser et, en dernier lieu, il avait aussi entrepris de lui apprendre à lire. Sous sa férule débonnaire, elle se découvrait un appétit croissant de progrès et de perfection.

A la perspective qu'il pût lui reprendre tout

cela d'un seul coup et la priver d'un soutien qui lui était si nécessaire, elle fut prise de vertige. Ravalant tant bien que mal le noyau de salive qui lui encombrait la gorge, elle fit un effort sur elle-même pour cacher sa déception :

« Je vous le souhaite, Maunoir, dit-elle, car nul autre que vous ne le mérite autant. »

Il lui rendit son fantôme de sourire tout en posant sur elle un regard incisif, chargé d'interrogations.

« Et vous, qu'allez-vous devenir ? » lui demanda-t-il à brûle-pourpoint sans la quitter des yeux.

Elle se troubla légèrement :

« Je ne le sais pas encore. »

Le regard de Maunoir se fit plus pénétrant. Nolwen n'avait jamais pu lui cacher ses sentiments et cette apparence de flegme qu'elle lui opposait à l'instant ne parvenait pas à le tromper. Il connaissait mieux que quiconque la tragique imprécision de ses projets d'avenir. Il savait qu'en dehors de Kermoguer elle n'avait plus d'asile, et en dehors de lui, plus d'ami. Un retour au village n'était pas envisageable avant longtemps, et de sa famille il ne subsistait plus personne depuis le décès d'Ivona à Landeleau, l'année précédente. Nolwen avait donc tout perdu, y compris la capacité de décider de son sort.

« Je n'ai pas l'intention d'embarquer dans l'immédiat, précisa-t-il d'un ton qu'il voulut rassurant, nous avons donc un peu de temps pour y réfléchir tous les deux. Je conçois votre indécision et je ne vous laisserai pas dans l'embarras. Pour tout dire, j'ai déjà envisagé une solution, mais peut-être serait-il plus sage d'attendre le moment opportun pour vous l'exposer. Je ne voudrais pas que vous vous mépreniez... »

Il la dévisageait si gravement qu'elle ne put

se résoudre à patienter :

« Toutes vos idées sont les bienvenues... Je suis disposée à vous écouter dès maintenant. »

Maunoir hésita encore. Une gêne inexplicable semblait le priver brusquement de son éloquence habituelle et il cherchait visiblement ses mots. Il se concentra un moment sur ses mains comme si elles devaient les lui souffler, et ce faisant, il s'était rapproché de Nolwen :

« Les Amériques, commença-t-il enfin avec une lenteur étudiée, peuvent être une terre d'accueil fantastique pour ceux qui ont le courage de s'y transplanter. Le travail n'y manque pas et les occasions de réussir sont donc nombreuses. Personnellement, j'ai assez d'ambition pour me tailler un morceau de choix dans les richesses de ce nouveau monde, et par Dieu je crois en toute équité que j'ai le droit d'y prétendre à titre de compensation. Toutefois, une réussite, si brillante soit-elle, perd de sa raison d'être quand elle n'est pas partagée, et un homme seul reste un homme pauvre... »

Il lui tendit une main et l'obligea à se lever de sa chaise pour lui faire face :

« Je ne vous promets rien, poursuivit-il en la regardant droit dans les yeux, car je ne sais pas encore ce qui m'attend là-bas, mais c'est une aventure que j'aimerais tenter avec vous. Surtout, ne m'interrompez pas, Nolwen, car j'ai toutes les peines du monde à exprimer clairement ce que je pense. Voyez-vous, dès l'instant où j'ai conçu le dessein de rejoindre les États-Unis d'Amérique, l'idée de vous emmener s'est immédiatement imposée à moi. La solitude n'est pas le meilleur compagnon de route pour un si long voyage, surtout quand le but dudit voyage est de commencer une vie nouvelle. Vous et moi, nous avons justement une vie nouvelle à commencer, n'est-ce pas ? Une vie dans laquelle nous aurons à cœur de mettre tout ce qui nous a manqué jusqu'ici. Oh ! je n'ai pas la prétention de vous offrir le paradis, ni de me présenter comme un époux parfait. Il vous faudra probablement beaucoup de patience pour me supporter. En revanche, je sais exactement ce que j'attends de vous et que vous me donnerez sans aucun doute. J'ai eu le temps de vous étudier et je vous ai vue grandir. Vos qualités sont celles qu'il me faut. Mon passé d'aventurier, de soldat, de vagabond m'a doté d'un caractère qui ne saurait se contenter d'une femme ordinaire. J'ai besoin d'une compagne de bonne trempe, sûre et vaillante, d'une personne qui ne s'effarouche pas du danger et qui sache m'épauler en toutes circonstances. Bref, d'une femme sur qui je puisse compter aveuglément. Or, il est peu vraisemblable que je la trouve ailleurs qu'ici. Nous avons traversé des épreuves terribles, vous et moi. La vie nous a malmenés au-delà de l'imaginable. D'autres que nous n'y auraient pas résisté. Nous, nous sommes là et ce qui ne nous a pas détruits nous a rendus plus forts. Je ne veux pas gaspiller cette force. Puisque nous l'avons en commun, autant y ajouter le reste. Bien sûr, je n'exige pas votre réponse sur l'heure. Accordez-vous le délai de réflexion qu'il vous faut, mais auparavant, je tiens à ce que vous sachiez que vos conditions seront les miennes. Je ne veux en aucun cas vous contrarier en quoi que ce soit. »

Abasourdie par ce discours, Nolwen mit un certain temps avant de se convaincre qu'elle ne rêvait pas. Sa main dans celle de Maunoir était froide et moite. Le regard du garde la tétanisait.

« Est-ce une demande en mariage ? bredouilla-t-elle en rougissant jusqu'à la racine des cheveux.

— On le dirait bien. Pardonnez-moi de ne

pas vous parler d'amour, mais je crains d'être ridicule. Et puis, j'ai tant de fois entendu galvauder ce mot que je ne vous ferai pas l'injure d'en user avec vous. Vous connaissez à présent le fond de mes pensées. Je vous laisse libre d'en juger... »

Il lui baisa légèrement le bout des doigts avant de souligner :

« Le mariage que je vous propose est aussi une association. Il pourra rester de pure forme si vous le désirez. En clair, si vous êtes attachée ailleurs, je ne vous en voudrais pas de me repousser. Je n'ai pas la vanité d'être fin observateur, mais je n'ai pu m'empêcher de noter que votre passage dans le Morbihan n'a pas été sans conséquences sur vos rapports avec Kristen. Lorsque je vous ai revus, tous les deux, je l'ai compris tout de suite. Il m'importe peu de savoir ce qui s'est passé entre vous, mais la réalité du moment nous impose de regarder les choses en face. Kristen est en prison. Il ne reviendra certainement jamais, ou alors, pas avant plusieurs années. Vous n'avez plus que moi, et moi je n'ai plus que vous. C'est pourquoi je n'assortis ma proposition d'aucune obligation particulière, car je peux me permettre d'attendre. Un certificat de mariage simplifiera les formalités, voilà tout. Sur le bateau, nous dormirons ensemble pour faire vrai. Là-bas, nous organiserons notre vie de couple comme vous l'entendrez. Qu'en pensez-vous ? »

Elle se retint d'éclater en sanglots :

« Je ne sais... articula-t-elle faiblement, voilà une demande en mariage pour le moins singulière... Peut-être avez-vous raison de me la présenter ainsi. Au moins, elle a le mérite d'être franche... »

Son morne filet de voix alerta aussitôt Maunoir :

« Attention, Nolwen ! Ne vous y trompez pas ! s'empressa-t-il de rectifier en raffermissant la pression de ses doigts, je veux vous épouser pour de bon, n'en doutez surtout pas, mais je me dois d'être prudent. Vous avez souvent appelé Kristen dans votre sommeil, ce qui signifie peut-être que je ne suis pas celui que vous attendiez. Par conséquent, je tiens à respecter votre liberté. Mais si par bonheur vous aviez réellement envie d'unir votre destinée à la mienne en devenant ma femme, vous feriez de moi un homme infiniment heureux. »

Elle explosa d'un coup :

« Maunoir ! savez-vous qui je suis ? Une sauvage sans éducation, sans raffinement ; une pauvre fille qui ne possède même plus de vêtements et qui vit de la charité des autres ; une souillon dont les gens se moqueront des manières de paysanne et de la grossièreté. Comment pouvez-vous envisager de me présenter partout comme votre femme, vous qui avez tant de distinction ? On pensera plutôt que je suis votre servante et on n'aura pas tort de le croire. Regardez mes mains, elles sont tout abîmées ; regardez-moi bien, ai-je l'air d'une dame ? Écoutez-moi parler ce breton des Montagnes, le seul que je connaisse et que personne ne comprendra. Mon Dieu, Maunoir ! C'est donc votre honte et la mienne que vous voulez ? Je ne pourrai jamais faire illusion ! »

Elle avait haussé le ton pour brosser d'elle-même ce portrait féroce. Un sentiment de dérision amer et destructeur la poussait à rendre impitoyable cette description qui l'écorchait vive.

Consterné, Maunoir la prit vivement contre lui :

« Je ne supporte pas que l'on dise du mal d'une amie qui m'est si chère, lui dit-il en la serrant. Vous ne comprenez donc pas que c'est ainsi que je vous aime ? Je sais pourquoi vos mains sont abîmées. Je sais pourquoi vous n'avez plus de vêtements et je vous trouve injuste envers vous-même. Vous valez bien plus que cela. Cessez donc de vous torturer. Croyez-vous vraiment que je m'engage à la légère ? Me soupçonnez-vous d'agir par pitié ? Il n'en est rien, Nolwen, je vous le jure, ou alors vous ne m'avez pas bien écouté. C'est à vous que je destine mes efforts à venir. C'est avec vous que j'ai envie de bâtir. Aussi longtemps que je vous aurai à mes côtés, rien ne m'arrêtera. Je me sentirai invincible. »

Elle leva sur lui un regard teinté d'incrédulité naïve :

« C'est vrai ?... C'est bien vrai ?...

— Faut-il que je vous le jure sur mon salut éternel ? Vous ai-je jamais menti ? Hé, Bosco ! pour qui me prenez-vous ? »

Il la gratifia d'un sourire indulgent à travers lequel filtrait un rayon de tendresse. Le visage tout près du sien, elle le regarda longuement, attentivement, comme suspendue à cette seconde de vérité suprême :

« Alors, Maunoir, énonça-t-elle sérieusement, il faudra que je vous dise tout. Il ne saurait y avoir de mensonge entre nous. A partir de cet instant, je me considère tenue au devoir de franchise envers vous. Ensuite de quoi, vous serez libre à votre tour de maintenir votre parole ou de la reprendre. »

Il accueillit sa suggestion d'un froncement de sourcils inquiet :

« Vous ne me devez rien, protesta-t-il sans conviction.

— C'est à ma conscience seule d'en juger...

— Dans ce cas, votre moment sera le mien.

— Merci. Maintenant, allons rejoindre

Clervie. »

Il la retint une seconde encore entre ses bras, frustré par la sécheresse de cette conclusion. Il aurait aimé un peu plus d'abandon, un peu plus de douceur, et, pourquoi pas ? l'aveu instantané de ce qu'elle lui cachait encore. Par une brève étreinte, il voulut l'assurer de sa confiance, malgré ce délai imposé, et lui dire en même temps son impatience.

Elle s'écarta doucement de lui :

« Encore un peu de compréhension, Maunoir, s'il vous plaît. »

Il consentit à la lâcher et lui offrit son bras pour sortir.

Ils passèrent la porte, serrés l'un contre l'autre, et contournèrent sans hâte le mur arrondi de la chapelle. Le soleil les enveloppa d'un halo mordoré où perçaient les prémices du crépuscule. L'herbe moelleuse et tiède incitait à la flânerie. Ils prirent leur temps pour traverser le parc et, sans se parler, sans s'écarter l'un de l'autre, décrivirent volontairement un détour par l'orée de la chênaie afin de prolonger les instants savoureux de leur intimité naissante. Dans sa robe de mousseline rose pâle, Nolwen rayonnait d'un bonheur tranquille et Maunoir lui tenait la main sous leurs bras enlacés. Quand un geai, soudain, s'échappa en criant du fond de la chênaie, le même réflexe leur fit tourner les yeux dans sa direction. A une centaine de toises devant eux, un homme venait de surgir de l'épaisseur du bois et s'était immobilisé à la lisière du parc, dans l'ombre des grands arbres. La tête orientée vers eux, il guettait leur approche sans esquisser le moindre geste. De longs cheveux noirs lui couvraient les épaules. Sa haute taille se détachait nettement sur le rideau vert des feuillages. Il portait une chemise blanche ouverte sur la poitrine.

Nolwen et Maunoir s'entendirent alors saluer l'apparition de l'homme d'un seul et même cri :

« Kristen ! »

*
* *

« Sur l'instant, j'ai cru à une mauvaise plaisanterie. J'avoue que je n'ai pas compris... »

Installé sur la chaise en forme de cathèdre qu'occupait naguère le baron Brann au haut bout de la table, Kristen, pensif, faisait à son auditoire captivé le récit de son incroyable aventure. En face de lui, Maunoir, Nolwen, Clervie, Meldreg et Gildas, réunis sur son invitation dans la grande salle de Kermoguer, l'écoutaient avec une attention quasi religieuse. Mal remis du saisissement que leur avait causé sa réapparition soudaine et miraculeuse, ils buvaient ses paroles en le couvant des yeux comme s'ils doutaient encore qu'il pût s'agir de lui. Et la voix de Kristen les subjuguait plus encore que sa présence physique.

Il leur avait pourtant fallu patienter plusieurs heures, après son retour, pour pouvoir enfin l'entendre et l'approcher, car Kristen, affaibli et fatigué, n'avait souhaité voir personne. Sitôt rentré chez lui, il avait filé droit vers sa chambre pour se jeter tout habillé sur son lit où il avait dormi comme un loir jusqu'au milieu du jour suivant. A son réveil, Meldreg lui avait monté quatre ou cinq seilles d'eau chaude afin de remplir le cuvier de bois qui lui servait de baignoire. Dans le petit cabinet contigu à sa chambre, Kristen s'était vigoureusement étrillé pour éliminer jusqu'à la dernière particule de crasse qui lui restait de la prison. Ensuite, il avait confié au vieux serviteur le soin de rectifier sa barbe drue et ses cheveux trop longs, puis enfilé les vêtements propres apprêtés en toute hâte par Clervie. A l'issue enfin de cette longue et minutieuse toilette, il avait désiré déjeuner seul, ainsi qu'il aimait à le faire de temps en temps, dans un coin de la chambre, face à la fenêtre, et quand Clervie lui avait apporté son plateau, elle n'avait reçu de sa part qu'un « merci » poli et bref sans aucun autre commentaire.

Trois heures sonnaient aux pendules de Kermoguer lorsqu'il s'était décidé à sortir de sa tanière pour convoquer son monde. Vêtu de gris, botté de cuir, les cheveux noués dans la nuque par un mince ruban noir, il avait reçu ses domestiques et ses hôtes avec une raideur qui excluait d'emblée les effusions intempestives. En endossant sa tenue favorite, la tenue grise des grandes occasions qu'il gardait depuis sa présentation officielle à la cour, Kristen avait retrouvé sa froideur bien élevée d'aristocrate misanthrope. Sans un mot pour ses amis, sans même un regard pour Nolwen dont il pouvait constater, à l'évidence, le parfait rétablissement, il avait fait asseoir tout le monde à sa table et entamé, séance tenante, son récit.

« Non, sur le coup, je n'ai pas compris... Métrier avait son dossier sous le bras, celui dont il ne se séparait jamais lorsqu'il venait m'interroger dans ma cellule ou qu'il me convoquait au greffe. Il avait l'air un peu perdu, et, comment dire ? un peu exalté aussi... D'ordinaire, il arrivait armé d'un fagot de crayons à mine de plomb dont il se servait pour noter mes réponses, en utilisant la couverture rigide du dossier comme une écritoire. Il disait que c'était plus pratique pour lui qu'un encrier et une plume. A l'issue de chaque interrogatoire, il transcrivait le tout proprement, à l'encre, et, le lendemain, il me faisait relire le procès-verbal définitif. Je me souviens que l'absence des crayons, ce jour-là, m'a frappé, mais que pouvais-je en déduire de particulier sinon qu'il n'avait pas prévu de prendre des notes ? En fait, il lui arrivait souvent de venir me visiter sans raison. Je crois même qu'il y prenait un certain plaisir. Sa venue ne m'avait donc pas surpris outre mesure. Quand il a saisi ses papiers à pleine main, je me suis seulement étonné du traitement qu'il leur infligeait, mais je ne pouvais en aucun cas prévoir ce qu'il allait en faire. Il m'a d'abord annoncé que le lieutenant Aubry et lui-même étaient rappelés auprès de Hoche, avec une partie des effectifs d'Alençon cantonnés à Ville-sur-Aulne, et qu'après le Morbihan, où on les envoyait en renforts, ils suivraient Hoche Dieu sait où. La perspective de combattre les Morbihannais ne l'enchantait pas. Il me parla succinctement des représailles massives qui avaient lieu là-bas, après le débarquement manqué de l'escadre anglaise... »

Maunoir sursauta violemment. Kristen lui intima silence d'un signe de la main et poursuivit sans attendre :

« Un échec retentissant et lamentable dont les nôtres à cette heure subissent durement le contrecoup. Il paraît qu'on fusille beaucoup dans la région d'Auray et aux abords de la presqu'île de Quiberon où les Bleus s'en donnent à cœur joie. Bref, Métrier répugnait visiblement à prendre part au carnage. Il lui tardait, m'avoua-t-il, de connaître sa future affectation. Puis, il en vint plus précisément au but de sa visite.

« La réception de son ordre de marche mettait un point final à sa mission auprès de moi. Les autorités civiles seraient bientôt appelées à prendre la relève et il lui revenait de leur fournir toutes les pièces utiles à la rédaction du procès-verbal d'accusation destiné à m'expédier tout droit à la guillotine. Or, Aurélien Métrier n'en avait pas la moindre envie. Figurez-vous que ce petit capitaine normand s'était mis en tête de me sauver ; à tout le moins, de m'épargner la peine capitale au profit de l'enfermement. L'en avais-je supplié ? Pas qu'il m'en souvienne, et pour tout dire, les vues du capitaine n'épousaient pas les miennes. Je n'avais aucun désir de finir mes jours dans un cachot. Néanmoins, ses plans, pour généreux qu'ils fussent, s'effondraient avec son départ. Et dans cette couverture rigide, recouverte de toile, qu'il serrait sous son bras, il y avait assez de preuves pour compromettre irrémédiablement mes chances d'acquittement. Il me montra alors les pièces les plus dangereuses, notamment celles qui établissaient de manière formelle, grâce à mes aveux, mon appartenance à l'armée royaliste, et celles concernant l'attaque de Pont-Coblant. Une seule d'entre elles suffisait à me faire traduire devant le tribunal révolutionnaire et j'en avais eu clairement conscience lors des premiers interrogatoires, mais il m'importait peu à ce moment-là de sauver ma tête. Je voulais au contraire précipiter les choses, subir rapidement ma condamnation et donner aux républicains l'illusion d'avoir fait promptement justice. Ensuite de quoi, j'espérais qu'ils abandonneraient l'idée de vous traquer. J'ignore, par conséquent, à quelles subtiles manœuvres Métrier entendait se livrer pour obtenir ma grâce, mais, en tout état de cause, je ne lui avais pas facilité la tâche.

« Il me montra donc, disais-je, ces brûlots, et, à ma grande surprise, je le vis les froisser dans sa main, puis les jeter dans l'âtre avant de battre son briquet et y mettre le feu. Imaginez l'effet que produisit sur moi le spectacle de ces papiers en flammes dont Métrier surveillait la lente combustion d'un air impassible. Il les fit brûler un à un jusqu'au dernier, et quand ils furent tous réduits à l'état de cendres, il consentit enfin à s'expliquer :

« "Il n'y a que vous et moi, me dit-il, à savoir ce qu'ils contiennent. Je ne les ai jamais communiqués à quiconque. Ils ne pourront donc plus vous nuire."

« Comme je m'inquiétais des conséquences d'une telle initiative, il balaya mes craintes d'un geste désabusé :

« "L'homme que je croyais détenir n'est pas celui que je cherchais. Je sais maintenant que celui-là est mort à Quiberon, parmi les siens. Le chef chouan des montagnes Noires est mort à Quiberon, n'est-ce pas ? Vous ne me direz pas le contraire."

« Il m'avait vu anéanti par la nouvelle de la défaite dont il était venu me faire un rapport circonstancié. Il me connaissait assez pour savoir que je ne vivais plus que dans l'attente de ce débarquement. Il savait aussi que j'aurais préféré mourir sur les plages de la presqu'île, auprès de Cadoudal, plutôt que de survivre à cette tragédie. Enfin, le succès de Hoche le rendait magnanime.

« Je protestai vigoureusement. Sa clémence était pour moi inacceptable. Sa prétendue compréhension me mettait hors de moi et je détestais la manière dont il s'appropriait mes intentions :

« "Iriez-vous jusqu'à me voler ma propre mort ? Je trouve cet arrangement indécent. Je ne suis pas tombé à Quiberon, hélas, mais vous ne me ferez pas admettre que la prison représente pour moi une issue salvatrice, je ne veux pas être sauvé à cette condition, sachez-le !"

« Il me sourit d'une façon bizarre. Sans doute

avait-il prévu cette objection :

« “Qui vous demande de rester en prison, baron ? A quel titre devrait-on vous y garder puisque vous voilà maintenant avec un dossier vide ?”

« Je n'en croyais pas mes oreilles. Se moquait-il de moi ?

« “Personne ne vous croira, Métrier, vous le savez fort bien. Vous avez déjà trop parlé.

« — Je suis mieux placé que vous pour en juger.

« — Vous en prenez à votre aise. Mais qu'adviendra-t-il après votre départ ?

« — Vous sortirez d'ici en toute légalité. On ne vous poursuivra plus, je puis vous le garantir.”

« Il semblait avoir réglé tous les détails de ma remise en liberté comme s'il en mûrissait l'idée depuis un certain temps déjà. Quand je le questionnai sur les raisons de son geste, il me fit cette réponse ahurissante :

« “Baron, il y a longtemps que je ne suis plus votre ennemi. Ne me demandez pas de vous expliquer pourquoi, je ne le pourrais pas. J'ai servi la Révolution de toute mon âme et défendu la République de toutes mes forces. Durant ces années consacrées au devoir, j'ai essayé de préserver mon honnêteté et, par chance, je n'ai pas rencontré souvent l'occasion d'agir en désaccord avec moi-même. C'est dire que, jusqu'à présent, je n'ai encore rien accompli qui fût contraire à mes principes, mes convictions et ma conscience. Aujourd'hui, je suis confronté à l'obligation de faire un choix dans lequel l'intransigeance du devoir contrarie ma conception personnelle de la justice. Je pourrais sans état d'âme laisser les autorités civiles poursuivre l'instruction de votre procès et vous envoyer à l'échafaud, sachant que votre cas appelle indubitablement le châtiment suprême. L'ennui, c'est que je ne crois guère à l'efficacité de ce traitement. Je ne suis pas persuadé que la peine de mort soit le meilleur moyen de convaincre les gens d'abjurer leurs erreurs. On a exécuté en masse ces deux dernières années et l'erreur n'a pas disparu. En durcissant les rancœurs, en suscitant la vengeance, la République s'est fait des ennemis irréductibles. Je suis républicain mais je n'approuve pas. Vous ne me verrez donc pas prêter la main à ce jeu de massacre. Vous êtes coupable, baron de Kermoguer, et cependant je vous relâche parce que trop d'innocents ont déjà payé le prix de votre grâce. Au nom de toutes ces morts inutiles, je vous déclare libre, car votre mort, pour méritée qu'elle soit, serait à mon sens une mort de trop."

« Voilà donc l'idée géniale qui me valut d'être poussé hors de la prison et convié à regagner mes pénates afin de m'y tenir coi le reste de mes jours. Chenapan de capitaine ! Je ne lui pardonnerai jamais cette mansuétude empoisonnée ! »

Kristen abattit son poing sur la table avant de conclure, blanc de colère :

« Quelle liberté que la mienne désormais ! »

Comme on le regardait avec effarement, il ajouta :

« Fallait-il vraiment que je la doive à ce jean-foutre de Métrier ?

— Tu exagères ! s'insurgea Clervie, outrée, moi je trouve que ce garçon a fait preuve d'une réelle noblesse de cœur et le fait de lui devoir la vie sauve devrait t'inspirer de meilleurs sentiments ! »

Il tourna vers la nourrice un regard sépulcral :

« Était-il normal, selon toi, qu'il dispose d'un

droit de vie ou de mort sur moi ?

— Non pas, mais puisque tel était le cas, estime-toi heureux de ce qu'il ait usé de son droit de vie.

— Heureux ? Tu as dit heureux ? Ne comprends-tu pas que ce mot est banni à jamais de mon vocabulaire ?

— Kristen, mon garçon, je n'aime pas t'entendre parler ainsi. Tu devrais rencontrer Alan Labadan et te confesser à lui. Tu as besoin qu'on t'aide à mettre de l'ordre dans tes idées. Ce n'est pas ta faute, tu as beaucoup souffert. »

Sur ces mots pétris de compassion et de tristesse, Clervie se leva, et, ralliant d'un geste autoritaire Meldreg et Gildas, quitta la salle en signe de réprobation.

La sortie des trois domestiques fit tomber un silence de plomb sur les derniers occupants de la table. Ils demeurèrent un moment sans voix, tête baissée, presque honteux de ne pouvoir s'affronter des yeux sans craindre de dévoiler leur total désarroi. Puis Maunoir relança prudemment la discussion :

« Parlez-moi un peu de ce débarquement. Vous en avez trop dit ou pas assez. Quand a-t-il eu lieu ? Pourquoi laissez-vous entendre que l'escadre anglaise... Enfin, quelles sont ces représailles massives à Auray...? »

Kristen maintint le silence quelques instants encore avant de braver le regard inquisiteur du garde forestier :

« Maunoir... Nous avons perdu... L'armée royaliste n'existe plus. Si Métrier m'a libéré, c'est parce qu'il sait que l'agitation royaliste est jugulée et qu'il n'y a plus rien à redouter de nous. Voilà la vérité !... »

Une pâleur mortelle se répandit sur le visage du Fouesnantais :

« Comment est-ce possible ? regimba-t-il, la

bouche sèche, les dernières informations qui me sont parvenues faisaient état d'une nouvelle flambée : Lantivy et Guillemot en forêt d'Elven et dans les terriers de Saint-Bily ; Cadoudal et Mercier la Vendée dans les bois de Camors ; Sol de Grisolles à Rochefort-en-Terre, et même, depuis peu, Frotté en Normandie. Depuis l'attaque de Grand-Champ on mentionne d'importantes concentrations de chouans reconstituées en maints endroits et qui se battent, dit-on comme des lions. Et aujourd'hui vous m'annoncez que notre armée n'existe plus ?

— Tes informations relèvent déjà de l'histoire ancienne. Je parierais d'ailleurs que tu n'en as plus reçu depuis la mi-juin.

— Exact. Si l'on excepte la dépêche annonçant la mort de Louis XVII qui vient seulement de m'être délivrée, je n'ai reçu aucun message ni rapport de notre courrier habituel depuis la mi-juin, et rien en provenance du Morbihan non plus.

— L'échec du débarquement a bouleversé ce bel échiquier. D'après Métrier, nous n'avons jamais été si près, pourtant, de la victoire, mais Puisaye et d'Hervilly n'ont pas su se mettre d'accord entre eux et leurs divergences ont entraîné de graves retards dont Hoche s'est habilement servi. Le dispositif de guerre était considérable cependant. Dès le 19 juin, le combat naval engagé au large de Groix avait fait pencher la balance en faveur des nôtres. Si Puisaye et d'Hervilly avaient eu le bon sens de tirer profit de cet avantage, ils se seraient rendus maîtres sans dommage de la côte et de l'arrière-pays, car les Bleus n'étaient pas de taille à leur opposer une grande résistance. Toutes les forces royalistes mobilisées à terre étaient prêtes à fournir un formidable appui. Dans les campagnes, la population soutenait les Blancs.

Le fort de Penthiève était tombé dès le 30 juin. L'escadre anglaise tenait la mer et les chouans les routes. On ne pouvait rêver conditions plus favorables. Et puis, l'irrésolution de ces deux fantoches a offert à Hoche l'occasion de se reprendre. En deux jours, il est parvenu à rassembler 13 000 hommes et à organiser la défense, puis la contre-attaque. Faute d'un commandement en chef déterminé et cohérent, les nôtres ont dû effectuer plusieurs replis, sans stratégie, sans ordre. Ils se sont dispersés, accumulant erreurs et maladresses, recherchant en vain l'unité auprès d'un état-major totalement incompétent. Beaucoup sont morts, victimes de la bêtise de leurs supérieurs. Et Hoche a bien manœuvré. Aujourd'hui, il domine la situation et nous fait payer très cher le mal que nous lui avons donné.

— C'est insensé ! Je ne peux pas le croire ! Les désaccords de Puisaye et d'Hervilly auraient à eux seuls compromis la descente ? Mais que faisaient-ils à la tête de l'état-major, ces deux-là ? Qui leur a confié une telle responsabilité et pourquoi ?

— L'un est à Artois, l'autre à Provence. Faut-il s'étonner de les voir tirer à hue et à dia ? Au surplus, ni l'un ni l'autre n'est breton. Ils se moquent éperdument de nos valeurs et de nos combats. Leur seule ambition est de complaire aux princes qui les emploient. Lors de la conférence de base de Grand-Champ, Cadoudal n'avait pas caché ses préventions à leur égard. Il désapprouvait la confiance excessive dont on semblait les honorer outre-Manche et il se méfiait d'eux. Une fois encore, le général avait raison.

— Réellement, devons-nous abandonner tout espoir ?

— Une opération comme celle-là ne se

renouvellera pas de sitôt, tu t'en doutes, si l'on songe à ce qu'elle a nécessité de préparation et de moyens. Ce jour-là, Albion était au rendez-vous avec ses vaisseaux, ses frégates, ses fusils et ses équipages parmi lesquels avaient pris place 3 000 émigrés. Peut-on raisonnablement escompter qu'elle tienne deux fois de suite ses promesses vis-à-vis de si piètres alliés ? A cette heure, nos forces ont subi d'effroyables pertes et Hoche ne cesse d'en corner la curée. Il ne se retirera de Bretagne qu'une fois la place nettoyée. Je ne vois pas comment l'armée royaliste pourrait se reconstituer après cela.

— Vous tenez ces renseignements de Métrier. Peut-être a-t-il volontairement noirci le tableau ?

— Je ne le pense pas. Métrier n'a rien noirci du tout. Il disait vrai. Cela se voyait clairement. Il en était à la fois satisfait et navré.

— Navré ?

— Navré d'avoir à me l'apprendre. »

Maunoir haussa légèrement les épaules et se tut. Il en avait assez entendu pour que le dépit l'inonde jusqu'à la nausée tandis que durcissait en lui la volonté irrévocable de partir. Il commençait à éprouver un certain détachement envers la cause qu'il avait si longtemps servie. La vie l'appelait déjà ailleurs, sous d'autres cieux, vers d'autres rives, et les vicissitudes de la guerre ne l'affectaient plus que de loin en loin. Sa ferveur combative marquait le pas et ses aspirations tendaient à d'autres ambitions. Telle la nature qui invariablement reprend toujours ses droits, l'instinct de survie opérait chez Maunoir d'incessantes régénérations.

L'exposé consternant de Kristen, néanmoins, ne l'avait pas laissé insensible, et il ressentait douloureusement dans sa chair de partisan l'agonie de la Chouannerie. Il avait fait siens les idéaux de cette guerre étrange et, jusqu'au bout, n'avait jamais douté de ses légitimes raisons. De plus, il avait aussi aimé ses combattants en *bragou braz*[1], mal équipés, mal nourris, naïfs pour la plupart mais jamais avares de ce courage inconcevable qui fait la vraie grandeur des armées dissidentes. Il les avait vus de trop près, ces paysans-soldats, pour ne pas déplorer l'injustice de leur martyre et vouer au feu de la géhenne les généraux irresponsables artisans de leur déroute. Par-delà la désillusion politique et le sentiment amer d'un irréparable gâchis, il souffrait surtout pour ces hommes-là.

Instinctivement, il rechercha quelque réconfort du côté de Nolwen dont il n'apercevait que le profil de l'autre côté de la table. Elle regardait Kristen avec une fixité telle que toute trace de vie semblait s'être retirée d'elle. Une tension indéchiffrable lui gravait le visage comme un masque de pierre. Le dos droit, parallèle au dossier de sa chaise, les mains posées à plat sur les cuisses, elle en oubliait de respirer et son souffle était imperceptible.

A son tour, Maunoir cessa de respirer, car au même instant les yeux noirs du baron qui, jusqu'alors, avaient résolument ignoré la jeune fille, s'arrêtèrent brusquement sur elle. Elle soutint sans ciller le poids de ce regard terrible, et d'emblée la communication qui s'établit entre eux rendit dérisoire le secours des mots. L'intensité de leur dialogue muet transcendait le pouvoir des formules ordinaires. Vivants, contre toute attente, et encore stupéfaits de l'être, ils se savaient liés à jamais par la mémoire des épreuves et scellaient leurs retrouvailles du bout des yeux comme d'une chaste étreinte.

Pour la première fois de sa vie, le

1. Culottes d'homme larges et bouffantes.

Fouesnantais sentit l'aiguillon de la jalousie lui transpercer le cœur. Depuis la veille au soir, il connaissait l'épisode de la grange dont Nolwen s'était empressée de l'instruire sitôt Kristen rentré. Il savait désormais que le secret qu'elle tenait tant à confesser concernait cette aventure fugace, née de l'errance et du désarroi, dont l'explication bien simple, presque naturelle, échappait aux règles conventionnelles de la morale. Chevaleresque, il n'avait pas voulu en faire grand cas, eu égard aux circonstances, et cela n'avait pas ébranlé ses résolutions. Mais la jalousie veillait, qui le rappelait à l'ordre. Kristen n'était pas un rival quelconque. Il ne s'agissait peut-être pas d'une simple aventure. La vision inopportune de deux êtres enlacés sur la paille d'une grange lui traversa l'esprit comme une traînée de feu, tandis que l'aiguillon retournait son épine. Le doute, à présent, le taraudait. Il ne s'était pas assez méfié du caractère faussement anodin de cette histoire. Elle possédait, à l'évidence, des racines bien plus profondes, racines qui peut-être avaient pris naissance dans le camp de Grand-Champ où lui-même n'était jamais allé. Les appels répétés de Nolwen dans son délire en avaient éloquemment témoigné. Pourquoi n'en avait-il pas tenu compte plus tôt ?

Ces soupçons lui faisaient mal, et la complicité trop manifeste de ceux qu'il se prenait à qualifier d'« amants » l'amenait à tout remettre en cause. Il subodorait entre eux l'existence d'un lien étroit, puissant, indestructible, contre lequel il ne pouvait rien et au regard duquel ses modestes projets frisaient le ridicule. Devrait-il donc se résigner à partir seul ? En aurait-il la force quand le désir de vivre avec Nolwen l'habitait maintenant tout entier ? Car en lui épargnant ce « non » sec et sans appel auquel il s'était préparé, Nolwen l'avait tacitement autorisé à entendre « oui », et en quelques heures, le rêve pour lui était devenu réalité. Des formalités administratives à la traversée en bateau, il avait déjà arrêté mentalement les détails pour tous les deux. Quelle énergie ne lui avait alors insufflée cette seule perspective ! Penser et réaliser pour deux, agir dans l'intérêt commun, apprivoiser doucement cette notion de couple, aussi complexe et mystérieuse qu'une formule alchimique, et trouver là enfin de quoi combler sa vie. Il avait connu cela, l'espace de quelques heures, jusqu'à ce regard...

N'y tenant plus, il choisit l'épreuve de vérité, et, rassemblant son courage comme à l'heure des combats, interpella directement Kristen :

« Pourrais-je m'entretenir avec vous en particulier ? »

Comme Nolwen, à ces mots, se disposait à disparaître, il ajouta courtoisement à son intention :

« Cela ne durera pas longtemps. »

Elle lui sourit et s'éclipsa de bonne grâce.

D'un mouvement un peu vif, Maunoir quitta la chaise qu'il occupait à la gauche de Kristen et vint se poster devant le gentilhomme :

« Il est urgent que nous ayons, vous et moi, une conversation, attaqua-t-il incontinent tout en plantant son regard vert dans les yeux sombres du baron. Pardonnez-moi cette exigence, mais il m'est impossible de différer plus longtemps. »

Le ton cassant du Major éveilla l'étonnement du baron :

« Est-ce grave ?

— Pour moi oui.

— Je t'écoute.

— J'envisage de quitter la France. »

Kristen accusa le coup. Cette annonce

intempestive ne faisait pas partie de ce qu'il avait espéré entendre en revenant chez lui. Maunoir appartenait au monde familier de Kermoguer où il bénéficiait d'un statut particulier. Avant lui, personne n'avait pu forcer l'isolement volontaire du hobereau ni obtenir de sa farouche méfiance autant de marques de confiance.

Bien que le mot « amitié » ne fût jamais prononcé entre eux, il ne se passait pas un jour sans que cette amitié ne trouvât une occasion de se manifester tant dans l'éclat que dans la discrétion. Kristen ressentit cette perte prochaine comme une blessure, mais masqua soigneusement sa déconvenue :

« Si c'est là ce que tu veux, je m'incline. Dire que j'en suis ravi serait inconvenant, mais tu n'es pas prisonnier de Kermoguer. Tu as le droit de partir.

— Ne le prenez pas en mauvaise part, mais je dois songer à mon avenir et nul ne peut le faire à ma place.

— J'en conviens. Toutefois, nous aurions pu en parler.

— C'est ce que nous faisons, il me semble.

— Dois-tu absolument partir hors de France pour assurer ton avenir ?

— Je le crains, hélas. Ce qui se profile à l'horizon politique de notre pays ne me dit rien qui vaille, voyez-vous. La République m'apparaît dorénavant installée, et même si elle ne l'est que pour un temps, je n'ai aucune envie de me retrouver sous Provence ou Artois, lesquels n'auront d'autres préoccupations que de rééditer les erreurs du passé. Ce n'est pas pour les frères du roi Louis XVI que je me suis battu, mais pour son fils, l'héritier du trône de France, seul garant de nos libertés perdues. Avec lui, nous étions en droit d'espérer le rétablissement du traité d'alliance et la restauration du parlement breton, ainsi que l'avènement d'une monarchie constitutionnelle telle que nous la réclamons depuis le commencement. Sur les décombres de la République abattue par nos soins, nous aurions pu lui demander : "Qui t'a fait roi ?" et rappeler à sa gratitude le dévouement de ses amis bretons. Il aurait bien fallu alors que notre jeune roi comprenne qu'il nous devait tout. Avec ses oncles, ce n'est pas envisageable une seconde. Jusque dans l'exil, ils n'ont su démontrer qu'égoïsme et sottise, et si d'aventure ils revenaient au pouvoir, nous passerions avant peu pour des idiots, car la reconnaissance des Bourbons est réputée aussi courte que leurs idées et nous deviendrions alors les sujets méprisés d'un gouvernement de courtisans. Quant à moi, je préfère m'en aller plutôt que de subir ce que je n'ai pas voulu. »

Excédé, Kristen se leva d'un bond et entreprit de marcher de long en large devant la cheminée :

« Bon sang ! Maunoir ! grogna-t-il, les mains dans le dos, que ta lucidité est cruelle ! Cependant, je sais que tu as raison et cela me rend malade. Je t'envie cette merveilleuse liberté qui te permet de changer de cap à ton gré. Où comptes-tu t'installer, dis-moi ?

— En Amérique. Je pense y exploiter du bois. C'est aussi mon métier parmi tous ceux que j'ai pratiqués. Là-bas, je ferai table rase de ce passé encombrant et, avec le temps, peut-être parviendrai-je à oublier la France.

— Dieu du ciel ! Comment peux-tu tenir un tel langage !

— Ne soyez pas choqué. Souvenez-vous qu'ici la vie ne m'a fait grâce de rien, et, par conséquent, que je n'ai aucune raison d'être nostalgique. Bien sûr, je ne quitterai pas

Kermoguer sans regrets, mais c'est droit devant qu'il me faut aller. »

Kristen s'immobilisa un instant face à Maunoir, les mains toujours soudées dans le dos, les bottes vissées au sol et le visage terni d'une indicible aigreur :

« Je te comprends. Par ma foi, oui je te comprends, mais ne m'en veux pas de ne pas applaudir. Je te souhaite néanmoins bonne chance, et si par hasard la chance te faisait faux-bond, sache qu'ici tu auras toujours ta place.

— Merci, Kristen. C'est bon à entendre. Mais attendez. Je ne vous ai pas encore tout dit. Cette fois, il s'agit de Nolwen. »

Les traits du baron trahirent une légère crispation qui passa comme une ombre dans le creux de ses joues, mais il s'abstint de questionner Maunoir.

« Elle part avec moi », laissa tomber ce dernier avec un relent d'appréhension.

Kristen détourna la tête :

« Il m'avait bien semblé remarquer que ton empressement d'hier n'était plus tout à fait en rapport avec les nécessités du service.

— Pourquoi m'en cacherais-je ? Je l'ai demandée en mariage et elle n'a pas dit non. J'aimerais toutefois recueillir votre assentiment. Votre bénédiction me serait fort agréable.

— Je ne suis ni ton père ni ton tuteur, que je sache. Tu n'as pas besoin de mon accord pour te marier.

— Kristen, parlons franc. J'épouse Nolwen les yeux grands ouverts et en parfaite connaissance de cause. Dois-je me montrer plus précis ? Votre retour, pourtant, a bouleversé les données de l'affaire et je ne suis plus sûr de rien. Comme vous détenez manifestement les clefs du pouvoir, j'entends vous demander ce que vous comptez faire, et selon ce que vous déciderez, il se pourrait que je parte seul.

— De quoi parles-tu ? Quel pouvoir me prêtes-tu donc ?

— Celui qui peut conduire une femme comme Nolwen à revenir sur sa décision.

— Tu le crains vraiment ?

— Oui. Je vous le dis tout net. C'est la raison pour laquelle je souhaite être fixé sur vos intentions.

— Mes intentions ?

— En clair, qu'allez-vous faire d'elle ? »

Les yeux perdus dans les ténèbres du foyer, Kristen ne répondit pas tout de suite. L'insistance de Maunoir dérangeait son désir d'oubli. Avec le Fouesnantais, inutile de biaiser. Celui-là savait mieux que personne pénétrer le secret des âmes. Mais comment expliquer l'incompréhensible en réduisant à quelques mots une réponse qui en appelait cent ?

« Si tu t'adresses à ma loyauté, répondit-il entre ses dents, j'ai peur de te décevoir. Ma responsabilité est certes incontestable, et sans doute devrais-je réparer mes torts autant que faire se peut, mais j'avoue ne pas y avoir songé. A vrai dire, je ne suis pas certain de nourrir une intention quelconque.

— Mais vos sentiments réels, quels sont-ils ? Les avez-vous sondés au moins ?

— Non. A quoi cela m'aurait-il servi en prison ? Avec le temps, j'ai fini par ranger Nolwen dans un coin de ma mémoire sans chercher à définir la place qu'elle tenait dans mes sentiments. C'était plus commode ainsi.

— Et maintenant ?

— La question n'est plus de saison puisque c'est toi qui l'épouses.

— Mais ce n'est pas votre renoncement que je réclame ! Tudieu ! Si vous tenez à elle avouez-le sans détour !

— Il est trop tôt, ou trop tard, et de toute façon, je ne peux pas me le permettre. Les barons n'épousent les bergères que dans les contes pour enfants. Dans la réalité, il est fort peu probable qu'ils puissent être heureux ensemble.

— Permettez-moi de décréter ces arguments indignes et rétrogrades. Vous me décevez, en effet. Nous ne sommes plus sous l'Ancien Régime et Nolwen n'est pas une bergère.

— Maunoir, modère ta colère et écoute-moi. Tu me demandes si je tiens à Nolwen. Il me semblait l'avoir modestement démontré. Mais si cela ne te suffit pas, disons que je tiens assez à elle pour souhaiter la voir heureuse avec toi. Ce mariage est assurément ce qui pouvait lui arriver de mieux. Je le pense sincèrement et j'ai quelques raisons personnelles de me réjouir qu'il en soit ainsi.

— Vous n'avouerez donc pas ?

— J'ai dit tout ce que j'avais à dire. Le reste ne regarde que moi.

— Cette dérobade vous sied mal. Je vous ai connu plus courageux. »

L'algarade de Maunoir cingla Kristen comme un coup de fouet. Il se rebiffa :

« Je ne te permets pas !

— Je me passe de votre permission ! Votre attitude est déshonnête. Vous vous déchargez d'un fardeau pour apaiser votre conscience et vous ne vous inquiétez même pas des conséquences.

— Que veux-tu dire ?

— Quand un homme et une femme font l'amour ensemble, il arrive parfois que la nature décide de leur en faire porter le fruit. Avez-vous seulement estimé ce risque ? »

Kristen pâlit :

« Comme tu y vas... Que puis-je répondre à cela ? Tu dois bien te douter de ce qu'il en est.

— J'en ai une vague idée en effet.

— Insinuerais-tu que...? Nolwen t'aurait-elle confié ses craintes ?

— ... Non.

— Maunoir, nous sommes entre nous. Ne me cache rien, je t'en prie. Je te jure que je ne l'ai à aucun moment considérée comme un aimable divertissement. Toi et moi nous avons suffisamment, par le passé, échangé de confidences quant à nos aventures galantes. Nous en avons même partagé quelques-unes, en toute libéralité, sans hypocrisie ni remords. Je récuse donc l'accusation de malhonnêteté que tu viens de porter à mon encontre, car en cette circonstance précise je ne la mérite pas. Même si les apparences sont contre moi, j'ai respecté Nolwen au-delà de tout et je la respecte encore. Je ne l'ai pas séduite par jeu ou par concupiscence, mais je l'ai profondément désirée. Si ton hypothèse s'avérait exacte, je ne la laisserais pas dans l'embarras, mais c'est tout de même auprès de toi qu'elle devrait, à mon avis, rencontrer le bonheur. Je ne suis pas quelqu'un de vivable, tu le sais. Au surplus, je n'ai même pas l'assurance de conserver Kermoguer, et ce qui m'attend de ce côté-là ne laisse, pour l'instant, rien augurer de bon. Il est de tradition dans notre famille de s'appauvrir dans la guerre quand d'autres y font fortune, et avec moi, la tradition n'est pas près de s'éteindre. Aussi, Maunoir, dis-moi carrément de quoi il retourne afin que je sache à quoi m'en tenir. »

Maunoir demeura un moment silencieux et désarmé face à la confusion flagrante du baron. Il n'eut pas le cœur de l'accabler davantage :

« Tranquillisez-vous », lui dit-il simplement, non sans une pensée fataliste pour les caprices du destin.

Kristen respira :

« La vie vous réserve de ces frayeurs... »

Puis, changeant de sujet :

« Et sa mère ? Comment va-t-elle ? Se sont-elles revues ?

— Ivona Kreïs est morte au printemps de l'année dernière, deux mois environ après le départ de sa fille pour le Morbihan. Elle n'a jamais su que Tugdual avait été exécuté, mais peut-être l'avait-elle pressenti car sa mort coïncide à peu de chose près avec celle du garçon. Quant à Nolwen, elle refuse obstinément de se rendre sur sa tombe. »

Kermoguer baissa la tête et serra les dents sans proférer un mot. Maunoir, qui l'observait attentivement, le vit rentrer en lui-même, comme dans une armure.

« Va la chercher... » ordonna-t-il sans transition.

Maunoir marqua un temps d'hésitation :

« C'est qu'elle est encore fragile... Nous devons faire très attention.

— Va la chercher, te dis-je ! Je dois lui parler. Ne sois pas stupide, Maunoir. Aurais-tu peur ?

— Oui.

— Tu as tort. J'agirai comme il se doit. Tu peux me croire. »

Quand Nolwen pénétra dans la grande salle où Kristen l'attendait seul, elle crut tout d'abord que ses jambes ne la porteraient pas plus loin que le seuil. Campé devant la cheminée, le dos tourné à la porte, il se présentait à elle comme au soir de leur première rencontre. Ses épaules larges, moulées dans l'étoffe grise de sa veste, sa haute taille et ses cheveux de jais lui donnaient la même allure que ce soir-là et seul manquait au décor le ballet éblouissant des flammes du foyer. Reléguées dans un coin déserté de l'âtre, les pincettes semblaient attendre sagement la prochaine flambée.

Malgré la relative douceur qui régnait dans la salle, elle frissonna, saisie d'un froid soudain qui la glaçait de l'intérieur. Cette réception distante lui en rappelait une autre et Kristen l'intimidait plus que jamais. Figée sur place, décomposée, elle se prépara à affronter la courtoisie polie de son accueil comme un congé non formulé.

Kristen tourna lentement sur lui-même et le sourire qu'il lui dédia ramena un peu de soleil dans l'âme de la jeune fille. Elle s'efforça de répondre timidement à son sourire tout en rougissant malgré elle. Quand il lui tendit les mains, elle accepta de lui confier les siennes qu'il enferma dans ses doigts chauds. Ils se regardèrent un moment sans rien dire, empoignés d'une émotion si forte que le temps, autour d'eux, semblait s'être arrêté. Puis, inquiet de ce que réveillait en lui ce bouleversant face-à-face, Kristen prit la parole :

« Je suis heureux de vous revoir si bien portante, souligna-t-il avec chaleur, êtes-vous tout à fait guérie ?

— S'il faut en croire Clervie, je ne boiterai bientôt plus.

— J'en rends grâce à Dieu. »

Ce disant, il lui lâcha les mains et recula d'un pas. Sa toilette le déconcertait et provoquait chez lui un curieux sentiment de malaise. Cette robe de mousseline, sensuelle et aérienne, ressemblait à un défi tant elle dégageait de grâce féminine. Cette coiffure semblait conçue dans le seul but d'inspirer l'envie de la défaire. La féminité éclatante qui tout à coup s'affirmait devant lui lui faisait presque regretter la silhouette androgyne du Bosco qui pendant si longtemps l'avait tenu éloigné des dangers du désir.

« Maunoir m'a dit, pour votre mère... enchaîna-t-il en se détournant d'elle, je suis désolé...

— C'est sans doute mieux ainsi. Elle est allée rejoindre son fils. Elle ne désirait rien de plus.

— J'admire votre courage.

— On ne peut pas aller contre ce qui est écrit dans le grand livre. Il faut se résigner.

— Y êtes-vous parvenue ?

— A la longue. Ma foi m'a soutenue. Je n'ai jamais désespéré de Dieu.

— Et la haine ?

— Si de temps en temps elle s'agite encore, ce n'est plus elle qui me guide.

— En somme, vous êtes en paix.

— A présent que vous êtes rentré, oui. »

Il feignit de ne pas comprendre et se plongea dans la contemplation du foyer vide :

« Maunoir m'a également fait part de vos projets à tous les deux, reprit-il en évitant de la regarder. Je vous en félicite. Votre union prochaine me comble de joie. J'espère qu'elle aura lieu dans ma chapelle où Alan Labadan se fera un plaisir de la bénir. »

Un lourd silence lui répondit. Il n'osa pas se retourner.

« Il y a trop longtemps que Kermoguer n'a plus connu de vraie célébration. Ce sera une magnifique occasion... »

Ces considérations faussement réjouies n'éveillèrent aucun écho. Il se raidit :

« Et puis, cette idée de partir aux Amériques m'apparaît excellente. Je suis persuadé que vous y réussirez. »

Il se tut enfin, vaincu par le désappointement qu'il sentait poindre dans son dos. Les mains écrasées sur le bandeau de la cheminée, il prit durement sur lui pour trouver la force de conclure d'un ton nettement moins badin :

« Je sais que rien n'est encore arrêté, mais cela ne saurait tarder, n'est-ce pas ? La sagesse, Nolwen, vous conseille d'accepter. Vous n'aurez pas deux fois dans votre vie le privilège d'être demandée par quelqu'un comme Maunoir. »

Sa voix s'était progressivement assourdie pour finir dans un chuchotement :

« Suis-je donc seul dans cette pièce ? »

La question mourut dans un étranglement. Il pivota sur ses talons et tout à coup lui fit face :

« Au nom du ciel, Nolwen ! Qu'est-ce qui ne va pas ? Dites-le-moi mais ne restez pas plantée comme ça devant moi, sans réagir, sans faire un geste ! Est-ce que je vous déçois vous aussi ? Qu'espériez-vous de moi ? »

Il s'était avancé sur elle et se tenait si près que les bords de sa veste ouverte dérangeaient le délicat plissé du corsage de mousseline. Terrifiant, impétueux, il la dominait de toute la hauteur de son grand corps légèrement incliné et la dévisageait âprement. Plus morte que vive, elle accrocha aux prunelles fulminantes son regard vacillant. La large main de Kristen se posa alors en douceur sur sa joue. L'espace d'une seconde, elle reconnut dans la mobilité déconcertante de son visage quelque chose du tendre compagnon de la grange. Ses yeux, si durs, ne reflétaient plus qu'indulgence et tendresse. Ses lèvres esquissaient un sourire ému. Ses doigts dessinaient sur le satin de sa joue une caresse subtile comme un battement d'aile de papillon. Elle frémit de tout son être, obnubilée par la chaleur de son torse, par sa bouche entrouverte qui semblait venir vers elle. Les paupières closes, elle l'attendit. Il se contenta de l'attirer vers lui et de la presser contre son épaule :

« Je ne peux rien te donner, Nolwen, lui murmura-t-il près de l'oreille, la joue collée contre la sienne, rien que tu n'aies déjà. C'est avec Maunoir que tu dois faire ta route désormais. »

Elle acquiesça en silence, le visage enfoui dans sa veste, la poitrine soulevée de soupirs déchirés. Il la serra un peu plus fort :

« Vous me donnerez de temps en temps de vos nouvelles, n'est-ce pas ? »

Elle opina mécaniquement. Il l'écarta gentiment de lui :

« Maintenant, va retrouver ton promis. Il doit se morfondre en t'attendant. Va vite le rassurer et lui porter enfin ta réponse. »

Elle s'éloigna à reculons, d'un pas de somnambule, les yeux rivés sur Kristen, pâle comme un cierge. Il la laissa se retirer sans faire un mouvement. Elle disparut derrière la porte.

Pour tromper son ennui, Maunoir avait élu domicile dans le parc de Kermoguer et y déambulait depuis un bon moment tel un promeneur solitaire et tranquille. Les mains dans les poches de son pantalon de panne écrue, la veste grande ouverte sur une chemise au col béant, il affectait de prendre l'air en admirant les fleurs et, crânement, ne laissait rien voir d'une quelconque impatience. Trop fier pour montrer ses préoccupations, résolu à faire contre mauvaise fortune bon cœur, il s'efforçait vaille que vaille d'oublier ses incertitudes en trouvant de la distraction dans le spectacle pacifiant de la nature. Une brise acidulée soufflant de la chênaie faisait danser ses boucles claires dans la lumière tamisée du soleil couchant. Il crut y déceler une senteur marine et se vit déjà sur le pont du navire qui, de Nantes ou de Brest, l'emporterait bientôt de l'autre côté de l'Océan. Il n'avait que seize ans lorsqu'il s'était embarqué comme volontaire pour la guerre d'Indépendance d'Amérique et cette traversée mémorable lui avait donné le goût des voyages et de l'aventure. Son bateau ayant fait naufrage à quelques encablures de la côte, c'était à la nage qu'il avait abordé le sol américain, en compagnie d'un jeune aristocrate aussi bon nageur que lui dont il avait fait la connaissance pendant la traversée. Pour Maunoir, qui ne le savait pas encore, cette rencontre mouvementée allait sceller son destin. Cet homme s'appelait en effet Armand Tuffin de la Rouërie et deviendrait, plus tard, sous le nom de « colonel Armand », le fondateur de l'Association bretonne, l'organisateur de l'armée secrète royaliste et l'instigateur de l'insurrection. Quinze ans après leur naufrage, Maunoir serait à ses côtés pour préparer le soulèvement dans la clandestinité…

Il sourit en songeant à ces dix-huit années de pérégrinations dont quelques cicatrices et une mince médaille se bornaient à résumer le tout. Un bagage aussi léger s'emportait facilement. Il n'aurait aucun mal à le charger sur son dos s'il partait seul.

Cette pensée le ramena à l'objet de son attente. Il se tourna vers le manoir pour guetter furtivement l'entrée, et ses yeux tombèrent sur la silhouette diaphane de Nolwen qui, de loin le regardait. Il se retint de courir vers elle, et la laissa prendre seule l'initiative de venir vers lui. Elle traversa en boitillant l'espace d'herbe rase qui les séparait et, lentement, s'approcha du garde. Son air grave, son teint transparent n'avaient rien de rassurant. Elle s'arrêta à moins d'un pas de lui :

« Maunoir, dit-elle d'une voix claire et ferme qui surprit l'interpellé, je vous demande infiniment pardon pour tout ce temps perdu. Si vous le voulez encore, je serai votre femme quand il vous plaira. »

Pour toute réponse il lui ouvrit les bras. Elle vint s'y réfugier.

« C'est bien... fit-il sobrement sans se laisser griser, nous ferons donc ce qu'il faut... »

Puis, poussé malgré lui par le désir de savoir, il ajouta assez fraîchement :

« Il vous fallait probablement trancher quelque lien avant de vous prononcer. Vous y a-t-on aidée pour que vous me reveniez ?

— Cela n'a pas été nécessaire. Il n'y avait pas de lien. »

Maunoir ne dit plus rien. Le cœur gros, il la serra contre lui en soupirant.

*

* *

Devant la porte de la chapelle, un petit attroupement de gens endimanchés s'était formé en demi-cercle, pendant que la cloche, qui n'avait pas retenti depuis plus de deux ans, carillonnait à toute volée.

Quand les nouveaux époux parurent sous le cintre, escortés d'Alan Labadan dans sa chasuble blanche, des applaudissements éclatèrent en crépitements joyeux. Clervie, Meldreg, Gildas, Arzhel, Pierre-Yves, Ludovic et Guillaume composaient à eux seuls la modeste assistance et, en l'honneur de la cérémonie, ils avaient ressorti les beaux habits qui sommeillaient dans les coffres depuis l'éclipse des années noires et qui, jadis, faisaient la magnificence des fêtes religieuses et des pardons : chapeaux à guides, gilets de velours, guêtres claires et boucles cuivrées pour les hommes ; coiffe à grandes ailes empesées et tablier brodé pour la vieille nourrice. Kristen, quant à lui, arborait sa tenue grise à parements noirs sur une chemise fine. Il avait ceint autour de ses reins une écharpe blanche garnie de franges et portait en bandoulière la lanière du fourreau qui renfermait son sabre.

Un soleil radieux déversait sur Kermoguer une lumière étincelante et les oiseaux chantaient à tue-tête, comme pour s'associer à la fête, car ce qui se passait au-dessous d'eux n'était pas un mariage ordinaire tel qu'il s'en célébrait peut-être ailleurs au même instant. En rétablissant au grand jour les traditions anciennes, si longtemps combattues par les adversaires de la foi, celui-là proclamait le triomphe des années de lutte contre l'oppression républicaine et la fin du règne de l'antéchrist. Alan Labadan ne s'y était pas trompé qui, des prières à l'Évangile en passant par l'eucharistie, symbole du sacrifice suprême, avait scrupuleusement respecté les rites de la sainte Église afin de rassasier l'âme de ses ouailles d'une messe véritable à laquelle ne manquaient ni un amen ni un alléluia. Et pendant plus d'une heure, oraisons latines et cantiques bretons s'étaient succédé sans relâche, avec une ferveur telle que la petite chapelle en avait vibré sous ses bouquets de fleurs et ses buissons de cierges. Puis, par quelques mots très simples, le chapelain avait rendu hommage aux victimes des persécutions religieuses et aux défenseurs de la foi dont il avait partagé la peur et le dénuement dans les caches de fortune du camp de La Vraie Croix. Après la prière des défunts prononcée à la mémoire des compagnons du Sacré-Cœur tombés ici ou là sur le sol de Bretagne, ainsi qu'à celle des prêtres réfractaires, déportés ou massacrés, le *Te Deum* avait explosé d'un coup entre les murs du sanctuaire pour monter droit vers le ciel comme un immense cri de joie, et les hommes rudes des terriers de La Vraie Croix avaient pleuré comme des enfants.

Tout pénétrés de la miséricorde divine et de cette paix ineffable que leur avait conférée la sainte hostie, les membres de la petite assemblée s'étaient ensuite détachés de leurs prie-Dieu pour se porter en procession vers la sortie afin d'y attendre les jeunes mariés que le prêtre retenait encore auprès de lui. Déjà, la tradition profane supplantait le sacré en invitant aux réjouissances et à la fantaisie. Les mariés, dès qu'ils parurent, reçurent les ovations d'usage et l'on entonna à leur intention le répertoire inépuisable des chansons de noce. Chacun y alla de son couplet en s'aidant des talons et des mains pour marquer la cadence faute de musiciens, tandis qu'on se bousculait pour les congratuler, les embrasser, les abreuver de vœux et de conseils.

Souriants, un peu étourdis, ils se laissaient entraîner docilement par la petite cohue chahuteuse qui, peu à peu, s'approchait de la table où paradait le somptueux repas froid préparé par Clervie.

La vieille servante avait déployé des trésors d'ingéniosité et d'adresse pour donner à cette collation les allures d'un festin. Poulets rôtis, lard cuit, terrines, saumon en gelée, gâteaux de beurre, fars et biscuits au miel s'alignaient en bon ordre sur des plats de service, au centre d'une nappe blanche semée de fleurs fraîches. Des miches de pain croustillantes à souhait et cuites le matin même dans le four de Kermoguer voisinaient avec des piles de crêpes de sarrasin et de froment, tandis que des cruches d'eau et de cidre, quelques cruchons de gniole ainsi qu'un tonnelet de vin rivalisaient d'abondance pour satisfaire à la fois les goûts et les besoins. Elle avait remué ciel et terre pour se procurer les denrées nécessaires à la composition de chaque mets, arrachant aux fermiers des rabais sur les poulets et les œufs, négociant fermement la fourniture du lait, du beurre et du miel dans les fermes de la baronnie, disputant aux pêcheurs les plus belles pièces de la rivière, trafiquant avec les braconniers pourvoyeurs de gibier, explorant à l'infini les réserves de Kermoguer avant d'organiser plusieurs expéditions à Châteauneuf afin d'acheter ce qu'elle n'avait pas pu soutirer ailleurs. Ensuite de quoi, ses talents de cuisinière avaient fait le reste sans qu'il en coûtât plus que de raison aux finances domestiques de la maisonnée.

Son dévouement et sa générosité trouvèrent leur récompense dans l'accueil que réservèrent aux plats les invités de la noce. L'émerveillement général fit jaillir un concert d'éloges. On battit des mains frénétiquement et Maunoir accepta en riant de payer son écot, ainsi que le voulait la coutume. A Ludovic, Pierre-Yves et Guillaume qui lui barraient le chemin avec des mines de gabelous, il jeta une pièce en leur recommandant de la boire à sa santé, ce qu'ils lui promirent de bien bon cœur en attaquant sur-le-champ une chanson à la gloire du cidre et de l'ivresse.

Après un toast porté par Arzhel et repris en chœur par les convives au bonheur des époux, le buffet fut pris d'assaut et l'on se mit en devoir de goûter consciencieusement à tout, sans exception, tandis que Clervie, rose de plaisir, surveillait d'un œil pétillant la mise à sac de ses plats.

Dès que les estomacs, soumis au jeûne pour cause de communion, furent suffisamment sustentés et les gosiers irrigués, les distractions commencèrent. A défaut de cavalières – Clervie, trop âgée, ne pouvait plus danser, et Nolwen, la mariée, n'en avait pas le droit – les garçons improvisèrent une démonstration de danses acrobatiques composées des figures réservées exclusivement aux hommes, où sauts, virevoltes et martèlements s'enchaînaient avec une virtuosité étourdissante. Lestes et agiles comme des farfadets, ils bondissaient de plus en plus haut, se défiaient, s'échauffaient aux accents du *kan ha diskan* dont ils accompagnaient leur exhibition d'une voix nasillarde. Les spectateurs tapaient des mains et chantaient avec eux. Meldreg et Arzhel, admiratifs, se souvenaient du bon vieux temps de leur jeunesse. Clervie faisait bouffer ses jupons en sautillant sur place. Maunoir et Nolwen, ravis, se délectaient. Kristen, lointain, suivait d'un regard distrait les exploits chorégraphiques des jeunes gens.

Les festivités durèrent jusqu'au déclin du jour sans que rien ne vînt assombrir la bonne humeur ambiante. Quand la table si joliment dressée ne fut plus qu'un vaste désordre et qu'il ne resta plus une seule miette des miches de pain croustillantes, l'ardeur des danseurs faiblit sensiblement. La fatigue incrusta leurs visages de sillons grisâtres. Ils cessèrent de s'agiter et commencèrent à parler de paille fraîche pour une nuit de bon sommeil. Les yeux clignotants, le teint allumé, légèrement titubants, ils sombrèrent dans une sorte d'hébétude qui les poussa à prendre congé sans formalité. Sur un bref salut mollement jeté aux résidants de Kermoguer, ils se disposaient à quitter les lieux lorsque le baron les intercepta. Un conciliabule très court, ponctué de hochements de tête et de clins d'œil complices, retint provisoirement les trois compères autour de leur chef. Puis Kristen les relâcha presque aussitôt, et, tandis qu'ils s'éloignaient en traînant les pieds, lui-même opérait une rapide retraite en direction de sa demeure.

Quelques instants plus tard, alors que Clervie, Meldreg et Gildas s'affairaient au rangement, il resurgit du côté des écuries, sur le dos de Falco tout frais sellé. Il avait troqué ses élégants habits gris contre le velours d'une tenue de cheval. L'étalon piaffait fébrilement, heureux de retrouver son maître et impatient de prendre le galop.

Kristen lui fit traverser le parc au petit trot jusqu'à l'endroit où Nolwen et Maunoir s'étaient isolés pendant qu'on desservait. Tout étonnés encore de ce qu'ils venaient d'accomplir ensemble, ils se tenaient l'un devant l'autre sans se parler, tournant et caressant machinalement du bout des doigts l'alliance brillante qui ornait depuis peu leur phalange et matérialisait leur union. Cette journée les avait comblés en même temps qu'elle leur avait semblé se dérouler en dehors d'eux, comme s'ils n'en avaient été que les spectateurs éblouis, et ils commençaient seulement à prendre conscience de la gravité de leur engagement. Ils étaient devenus mari et femme sous le regard de Dieu, compagnons pour l'éternité, et rien ne les séparerait plus sinon la mort elle-même. Cette notion d'irrévocabilité les impressionnait, compte tenu de la célérité avec laquelle ils étaient passés du projet de mariage à son exécution. C'était à peine s'ils avaient eu le temps de se faire à cette idée. Néanmoins, la sensation confuse et douce qui rayonnait à feu couvert tout au fond de leur cœur amorçait discrètement l'apprentissage du bonheur. S'ils n'osaient pas encore décrypter à coup sûr ce message, ils ne refusaient plus de l'entendre.

Un hennissement de Falco leur fit lever la tête conjointement. Kristen les avait rejoints sans bruit et son regard noir allait de l'un à l'autre sans qu'il fût possible d'y surprendre la moindre émotion. Impassible comme à son ordinaire, il se contentait de les toiser du haut de son cheval, de cet air impérial qui lui avait attiré tant d'antipathie mais qui, chez lui, n'était qu'une expression naturelle. Sa main gauche retenant les rênes de Falco, il laissait reposer l'autre négligemment sur sa cuisse dans une posture décontractée qui traduisait l'aisance du cavalier. Un petit ballot roulé en boule occupait l'arrière de sa selle.

« A quelle heure le départ demain ? questionna-t-il pour la forme, bien que parfaitement renseigné sur ce point.

— Quatre heures, répondit Maunoir.

— Autant nous dire adieu maintenant. Je ne serai pas là.

— Dommage. Où serez-vous donc ?

— Quelque part sur la côte. Il y a des siècles que je n'ai vu la mer et Dieu sait combien elle m'a manqué.

— Y passerez-vous aussi la nuit ? Je vous vois partir bien vite.

— J'ai trop attendu. A présent je suis pressé. »

Peu convaincu par cette explication, Maunoir approuva d'un bref mouvement de tête tout en dardant le baron d'un regard aigu. Sous ses dehors désinvoltes, Kristen ne donnait pas le change. Il y avait comme un désir de fuite dans ce besoin subit de revoir la mer.

« Avez-vous l'intention de coucher sur la grève ? ironisa le garde en désignant du menton le ballot.

— Ce n'est pas exclu, car la douceur du temps s'y prête assez. Cela dit, il ne manque pas de maisons accueillantes où je pourrai éventuellement demander asile, Maunoir, dois-je te le rappeler ? »

Le cynisme de cette réplique froissa le

Fouesnantais qui s'empressa de baisser la tête. Cette allusion trop claire à leurs anciennes escapades de célibataires le gênait fortement. S'ils avaient autrefois fréquenté les mêmes lieux de débauche et pris plaisir ensemble aux cabrioles et aux beuveries, il n'aimait plus les souvenirs ni les images que cette époque évoquait pour lui. Certes, il les connaissait bien, ces maisons accueillantes où Kristen et lui avaient brûlé quelques cartouches sur l'autel de la jeunesse et de l'ardeur, mais il ne voulait plus y songer et ce rappel indélicat excita sa rancœur. Puis l'amitié le rendit après coup plus clairvoyant. L'accent désenchanté de Kristen, son humour acerbe, le pli dur de sa bouche démentaient à l'évidence la légèreté de ses propos. Peut-être allait-il effectivement se rendre dans l'une de ces maisons, s'y enivrer jusqu'à tomber raide mort ou bien se rompre les reins dans quelque couche douteuse, mais le plaisir, cette fois, aurait un goût de fiel et de néant. Il le savait déjà, probablement, comme il savait aussi que la vie lui faisait là une farce de plus. Il était libre, soit, mais pour rien ni personne.

« Maunoir ? »

L'intéressé redressa vivement la tête, touché par la chaleur inattendue qui accompagnait l'énoncé de son nom.

« Je voudrais que tu me fasses la grâce d'accepter ceci en mémoire de moi. »

Kristen venait de détacher son sabre et le présentait à Maunoir, enveloppé dans l'écharpe blanche qu'il portait tout à l'heure à la taille

« Mon père me l'a offert pour mes quinze ans. Il ne m'a jamais quitté. »

Maunoir tendit les mains et reçut le présent religieusement, comprenant qu'il ne devait en aucun cas le refuser. Sur le pommeau du sabre aux armoiries des Kermoguer la devise familiale se résumait à un seul mot : « Loyauté. »

Ému jusqu'aux larmes, Maunoir se souvint de Pont-Coblant et de Roc'h-ar-Plen où il avait vu ce sabre accomplir des prodiges et mesura la valeur inestimable du cadeau. Il voulut remercier mais Kristen ne lui en laissa pas le temps :

« Quant à vous, Nolwen, j'ai pensé que cette médaille vous plairait. Elle est fort ancienne et fut portée jadis par mes aïeules Kerhuiban avant de revenir à ma mère. Gardez-la aussi en souvenir de moi. »

Il fit glisser dans la main tremblante de Nolwen une chaîne en or au bout de laquelle pendait une lourde médaille à l'effigie de la Vierge.

Nolwen porta instinctivement celle-ci à ses lèvres, mais seul Maunoir comprit la signification symbolique du geste de Kristen. Par le sabre des Kermoguer et la médaille des Kerhuiban, le baron les unissait à sa famille. Il faisait d'eux les derniers membres d'un clan qui s'éteignait avec lui.

Serrant le sabre contre lui, Maunoir saisit la bride de Falco et, la gorge nouée, laissa entendre une exclamation rauque :

« Kristen ! oh ! Kristen ! jurez-moi de ne jamais renier le baron de Kermoguer ! Faites-moi la promesse de demeurer vous-même et d'entreprendre encore ! Il me faut vous savoir dans cet état d'esprit pour avoir l'âme en paix. »

Kristen pressa affectueusement la main qui bridait Falco :

« Entreprendre ! Quel joli mot ! Rassure-toi, j'ai encore cette envie. Je ne suis pas mort, Maunoir, pas même de dedans. J'attendrai seulement le temps qu'il faudra.

— Et la Chouannerie, Kristen ? La Chouannerie ! »

Kristen laissa flotter un sourire énigmatique

sur ses lèvres à présent détendues :

« Qui peut savoir ce qu'ils ont dans la tête, ces incorrigibles batteurs de landes ? La réponse, désormais, leur appartient. »

Là-dessus, il enleva Falco d'un vigoureux coup de reins et ses amis le virent s'élancer à bride abattue vers les chemins de la Montagne, homme et monture ne faisant qu'un, et longtemps la terre dure des vieux monts leur renvoya l'écho de cette folle galopade.

Ce jour-là, dans la vallée, on vit de nouveau filer comme l'éclair en direction de la mer un cavalier sans visage sur son pur-sang à robe brune.

Reproduit et achevé d'imprimer en juin 2000
dans les ateliers de Normandie Roto Impression s.a.
61250 Lonrai
N° d'impression : 001367
Dépôt légal : juin 2000